兩世冤家

4 完

文創風 269

溫柔刀 著

目錄

第八十八章

一路再行準備到上了船，浩浩蕩蕩的上百條船一入寬達數百丈的江河，甚是壯觀。

因一行的官吏兵士皆為北人，多數不諳水性，更從不曾坐過船，遂暈船之人數頗多。

這天傍晚，五彩雲霞密布江上，不僅讓船隻猶在仙境，連船上之人都平添了幾許仙氣，連趴在船頭對著江水的嘔吐之姿都不顯狼狽了。賴雲煙站在船頭欣賞了一會兒眾生嘔吐百相，往前方太子的船隻還多瞄了幾眼——聽說太子已經吐到膽汁都出來了。太子遭罪，說是太醫的暈船藥方吃了也不管用，賴雲煙這個不常給他請安的人這時也不好去獻殷勤，連看看人受罪的模樣也不成。

更為可惜的是，一會兒魏大人還要去給太子獻上從她這裡得到的暈船藥的藥方。賴雲煙本想瞞了，但無奈羅將軍也中招了，天不怕地不怕的羅將軍說是一天都沒吃下過一粒米，為了不忘恩負義，賴雲煙只得把手頭準備好的藥方送出去。只是岑南王軍那邊要送，但最先送的該是太子，萬事都不能越過這東宮太子去，只能讓太子先沾沾羅將軍的光了。

「我去了？」近夜行船速度減緩，魏瑾泓便會在此時去與太子請安，只是得了賴雲煙的方子，他良心有所不安，在還沒走之前便走到船頭與賴雲煙說話。

「唉，去吧。」賴雲煙拍拍胸口，調笑道：「去吧去吧，早送我早安心。」

若是太子暈船能暈死，她早中晚都給江神爺上香，絕對把江神爺看得比佛祖都重，可惜暈船這症久了也會習慣，太子又是個有良醫奇藥救的矜貴命，要死也是死在陰謀動亂中，不可能死在區區的暈船上，賴雲煙再迫不及待，也只能按捺住了這不想見人好的心。

她這性子，魏瑾泓再了然不過，見她在僕從中都敢調笑，也不敢再招她說話，點了下頭就令船工靠近太子的船。

魏家的小左魏瑾瀲本是跟在族兄身邊辦事，這時見族兄要上太子船，臉色頓時一白。

賴雲煙瞅見，拿帕掩了掩嘴，還不忘假裝虛弱地咳嗽兩聲裝病，沒等兩船的跳板搭上，魏瑾泓還沒上太子的船前，就對魏瑾瀲道：「小左，下去游兩圈就可回來與嫂嫂一道用膳了。」

「嫂嫂……」魏瑾瀲作揖，正要尋思詞語推託一會兒，就被他親哥一腳踹到了空中，他只得在空中轉了個圈，一頭猛扎進了水中；他還沒進水，魏家這邊就有諳水性的兩名下人進了水中，等著帶他習水。上船兩日，第一日被嫂嫂盯著下水，第二日被兄長踢了一屁股，這皆是長者，魏瑾瀲敢怒不敢言，只得在水中撲騰著游水，有了這麼大的刺激，進水就僵硬的他連帶那點暈船之感也拋之到腦後了。

魏瑾榮見威風凜凜的魏瑾瀲在水裡撲騰得像隻落水的雞，不禁站在船邊哈哈大笑，他難得輕鬆，但一對上賴雲煙看上他的眼，笑容便僵住了。「大嫂……」榮老爺勉強朝她一笑。

「早學早好。」賴雲煙語重心長。

「瑾榮記下了。」魏瑾榮輕咳了一聲，也不敢再看堂弟的笑話，趕緊掉頭走了。

「世齊……」

「大伯母，世齊這就下去。」魏世齊與魏世宇是魏家人這一行人裡輩分最小的，魏世宇帶人先走了陸路，只餘他跟著長輩，自然是長輩們說什麼，他就辦什麼。賴雲煙剛一叫他，他就脫了外袍，穿著裡衫、襯褲，朝空中一跳就往水裡扎，驚得魏家那幾個會泅水的連連下水去拉，生怕他嗆了水。

見小孩兒也下水去了，賴雲煙嘴邊有幾許笑意。

這時剛到太子船上的魏瑾泓往自家船頭看來，見她有幾分樂不可支，不禁搖搖頭往主艙內走去。

「你呢？」身邊只餘得一個魏瑾允，也是個不諳水性的，賴雲煙便問他。

「入夜再說。」魏瑾允淡然回道。

賴雲煙欺軟怕硬，沒有意見地點了點頭，坐在船頭的軟椅上，看著大江盡頭的暉光。

「嫂嫂曾見過海嗎？」魏瑾允站在她身邊，問道。

賴雲煙搖搖頭。「不曾。」就是見過，也是上上輩子的事了，久遠得她都記不清海是什麼樣子。

走在最前頭的船隻遠遠看來就只有一個巴掌大，魏瑾允看著那似能吞噬一切的寬廣江面，握劍的手緊了緊。

自十一歲跟著他父親上戰場第一次殺人過後，這二十來年，他很少如此無力。在這往下探不到底、往前不見邊際的江水面前，他們這些人站於其前實在過於渺小；聽說，大海比這還要大。

「您怕嗎？」

賴雲煙扭頭，詫異地看著氣勢要比魏瑾泓外露幾分的魏瑾允，她看了他繃得緊緊的臉兩眼，這時江中的魏瑾澂正被僕從托在水面上，兩手刨著狗爬式；多數魏家人有個共同的特點，那就是——一旦要做何事都是全力以赴，認定了就不會撒手。

「怕死？肯定怕，但不想死，只能什麼都不怕，走到哪步算哪步，盡力了就好。」沒了賴家那麼多的人讓她思慮，賴雲煙最近把心思就放在了魏家人身上，與魏家人說的話，比這近二十來年說的還多。「到時候也會發現，盡力了也就不怕什麼死不死了。就你，以前最難時想著怎麼過去的，這次也一樣想著就是；要是太難了，便想想，你兄長、我，都與你一道，走同樣的路、過同樣的難關，便是入黃泉路也會有個伴，應也沒什麼可怕的了。」

魏瑾允輕「嗯」了一聲，點了點頭。

船行半月，不諳水性的魏家兒郎泰半都學會了游水。魏家開了個頭，其餘幾家便也效而仿之，只要船速減慢，就有不少旱鴨子撲騰撲騰地入水，就只有魏家的榮老爺彷彿秤砣，一下水就沈，半月都無絲毫進展。

大船再行半月，岸邊風景從荒涼逐漸轉為青翠壯觀，太子下令靠岸查看的次數便多了起來，一直緊攏不鬆的眉頭也輕鬆了一些。

「可是到了西海？」底下人心中犯起嘀咕，連白氏也不例外，這日太子下令護衛隊上岸後，她與賴雲煙道。

賴雲煙坐在船頭刺繡，她手上功夫還算可以，只是常年不握針，最近為了打發時間重新握針，也是練了好幾日才找回點手感，這時她正格外關注地盯著繡框，聽到白氏的話，她頗有點茫茫然地抬頭，望了碧波蕩漾的江面一眼後，道：「我也不知，問瑾榮去。」
「是。」白氏欠了欠身，安靜地退了下去。
白氏自上了船就服貼了許多，賴雲煙不管她心裡是怎麼想的，只要不明著給她刺頭，她看白氏能有多順眼就有多順眼；本就不帶刺，非要亮爪子，真是平白徒惹是非。
白氏來見，賴雲煙准了，賴十娘來見，她還是給推了。
船隻不大，她坐在窗邊還聽到賴十娘有些悲傷地在問——
「姊姊今兒個還是不見我嗎？」
姊姊當然不見，叫主母、叫長嫂，她興許還會見上一見。賴雲煙沒把賴十娘再當娘家人了，賴十娘要是認不清，幫著太子把賴家賠進去了還肖想自個兒是賴家人，那麼她們這圈子還得一直往下兜。

第八十九章

京中情況不好，各地造反。自國師開了口後，人人都想逃出一條生路，宣京也不再像頭一年那般固若金湯了。船行再幾日，太子那邊就得了訊，說已有幾路人馬跟了過來，而途中更是死傷了數萬人，不少人連天山都沒上；還有異族之人，就是王族，也紛紛西行。

大陸要沈之事，信的人太多，於是不信的人都信了。

事態有一些不可控制起來，宣京的人也急於知道他們走到哪兒了。

太子洋洋灑灑寫了幾十頁紙，把魏瑾泓寫的見聞放一塊兒，讓探子回報。信鴿、信鷹因路途太遠不可靠，大半距離只能靠人力奔波，想來，宣京收到信，至少也在數月以後了。

賴雲煙這邊沒了賴家的人，已經久不見京中來的信了，只有魏家的密報可看，也算聊勝於無。

他們走在最前面，後面的人想著他們已到蓬萊仙境，追趕的腳步便更快了，不出十日就又收到信，說馬金人已有船隻入了這大江，來人數量頗多，將近千人之隊。

「這下可好。」一看完魏家的密報，賴雲煙撫掌，如若不是她嘴角含著嘆息，魏家人都要認為她是在幸災樂禍了。

魏家幾人都在族長的主艙議事，魏瑾榮眼皮跳了跳，假裝自己沒聽到賴雲煙的話，對魏瑾泓說道：「馬金人驍勇善戰，怕是不好對付。」

「嗯。」魏瑾泓輕頷了下首。

「那，只有化敵為友這條路了？」魏瑾榮手指輕彈桌面，詢問道。

魏瑾泓再行點了一下頭。

「太子那兒怎麼說？」

「由我主事。」魏瑾泓淡淡道。

賴雲煙噗哧一聲笑出來，引來魏瑾泓朝她掃來的眼光。

「太子派你送死有一手啊！」賴雲煙真真感嘆道，目光悠遠，在魏大人神色緩和之時，她又悠悠地補了一句。「不過，你是魏大人，最愛為皇上當出頭鳥，不派你還能派誰？」

長嫂又來嘲諷長兄，魏家幾人都垂下了頭，全當作聽而不聞。

「如妳話中之意，我不接誰接？」相比幾兄弟對他們嫂子態度的逃避，久經折磨的魏大人淡定得很。「上下都認為該我去。」

「到時也活該你倒楣。」賴雲煙覺得自己賦閒得久了，這嘴皮子的功夫就也拾起來了，這嘴皮沒個把門的，一見魏大人要倒楣，上下牙齒便磕碰得挺厲害。

「是。」相比她的刻薄，魏瑾泓就要顯得寬和得太多，微笑的臉看起來還是無人能奪他風采般，他平平靜靜地坐在這兒，連長相不俗、身分最為尊貴的太子也只及得上他一半。

「唉，該你去。」他一笑，賴雲煙也覺得活該他倒楣了。不派他去迷惑馬金人的人心，還能派誰去？太子積威已多，人人臣服，可魏大人是天上謫仙，誰都仰望他。

「咳。」一眼見兄嫂已說了好幾句了，魏瑾榮輕咳了一聲，打斷了夫妻倆特殊的感情交流。

「你們接著說。」賴雲煙也覺得自己打斷正事不應該，說完這話就軟下了身，懶懶地靠回了椅背。

「就是不知還須多久才能到西海。」賴瑾榮看著桌面上新畫的地圖思忖道。知道時間，許多事才好開始打算。

魏瑾泓看了眼大窗外，提筆在地圖上畫上山巒。「如若不出差池，半年即可。」他們準備得充分，上了船，許多事就快了。

「所以馬金人只能和，不能戰？」魏瑾榮試探地問。

魏瑾泓頷首。他們所帶之人，現在沒有一個是廢人，便是丫頭，也具織布製器之能，傷一個都是損耗。

「那到了西海呢？」魏瑾榮再問。

魏瑾泓抬眼朝身邊的女人看去，見她拿起繡框，就知她已不耐，便問她。「妳說呢？」

「到哪兒都是誰的拳頭大誰說話，放諸四海皆一樣。」賴雲煙端詳著自己繡的仙鶴雲海圖，琢磨著自己的針線活兒是不是有點精妙了？花樣是魏大人畫的，布底為藍，她用的是黑白線，現在只繡了一半，但意境已然出來了。

「我知道了，我們會仔細著人。」魏瑾允接了話。

「偶爾也拿出來練練，別到時手生。」魏家人裡，賴雲煙現在看魏瑾允最順眼，所以與他說起話來，真是格外和睦。

「遵大嫂金令。」賴雲煙這麼多年搜集了不少法子訓練底下之人，所知甚多，魏瑾允這些天得了她不少心得，待她也較以往要更為尊重一些。他不比魏家其他人的正經，賴雲煙的法子雖過於直接粗暴，有些還過於陰險，但簡單有效，是保命之法；得人活著，才有以後，才有將來。

「老爺……」翠柏在外頭打斷了他們的談話。

「何事？」

「太子請您過去一趟。」

這時太子的船往岸邊靠去，他們的船也半轉過了彎，緊隨其後。

眼看魏瑾泓跟隨太子上了岸，一路一直沒上過岸的賴雲煙站在船頭看著他們。

「您真不下去？」魏瑾榮站她身邊問。他們身後站著七個護衛，圍了三層，隔開了船裡的別的人，就連冬雨、秋虹，也站在他們的身後。

「不了。」賴雲煙搖搖頭，太子還是對她忌諱得很，她還是不下去自討沒趣了。

「聽說煦陽賢姪手臂的傷還沒好。」賴絕、賴三他們被太子派在了最前面，能以性命護主的賴家兩忠僕不在，跟在太子身邊的賴煦陽要護主，下船之後總是有點小傷。

「唉……」賴雲煙嘆氣，頓了一會兒，對魏瑾榮淡淡地道：「你看，我真是個婦道人家，心腸軟，上次就是冬雨落馬，也把我心疼了個半死，現在煦陽受傷，我更是心疼，可有什麼法子？也只能哭哭，掉幾滴淚。」

這哪是什麼心腸軟？簡直就是在指桑罵槐，罵太子連身邊的人都護不住，還不如她一介婦道人家傾身救丫鬟！雖說他們的話傳不到太子耳朵裡，但魏瑾榮聽到這話還是忍不住左右看了看。

「唉……」賴雲煙又嘆了口氣，想自己也只有在魏家人面前耍耍嘴皮子的本事，不禁自嘲道：「沒了遣用之人，確是什麼本事都沒了。」

「您就別這樣說了。」榮老爺搖頭。「一個個都把您當老虎敬著，怕您都來不及了，您這些話要是傳出去，便是連兄長都笑不出來。」

太子確是折了她不少人，但她也隔三差五地通過各種方式哭訴自己命衰，便是這時，只當著他的面，也不忘提及她沒有了的那些人；怕是說得久了，他們覺得太子虧欠她，而太子不如是想，最後都難免要被她左右。三人成虎，誰敢當她是傻的？太子不防她，也是不可能，族兄為著她，都要在太子面前軟著些。

這時下人來報，說白氏她們要下船。

魏瑾榮看向賴雲煙。

「讓她們去。」賴雲煙點了頭，走到一邊讓路。

侍女眷朝他們欠身福禮下了船後，賴雲煙問魏瑾榮。「你不下去？」

祝家的人也紛紛下了船，都朝從不下船的賴雲煙看來了。

「等一會兒。」魏瑾榮還要下去跟祝家人打交道，邊作揖朝岸邊之人回了禮，嘴上邊與賴雲煙道：「太子還得一直依仗兄長，兄長現在全力護您，太子確也奈何您不得，可水滿則溢，您最好拿捏住分寸，畢竟太子才是正經主子。」

賴雲煙便微笑了起來，看向魏家最能操心的榮老爺。

「你看我都不下船。」

族兄都拿她無法，魏瑾榮更是不能有失分寸，盡言語敲打之責後，便帶著他的人下了船。

賴雲煙站在船頭看著岸上之人不斷向她福禮，一會兒後也沒了趣味，轉向去了船尾的小艙，讓冬雨她們為她洗頭淨身。

第九十章

半年後。

馬金人與宣朝人在快要接近入海口時相見，自見到馬金人的船隻後，魏瑾泓便帶了幾個護衛入了馬金人的船隻，幾日都不見回來。

過了五日，魏瑾泓還是未回，賴雲煙便指著江面對魏瑾榮說：「仔細點江面，可別落了你兄長的影子。」

她暗指馬金人會棄屍，魏瑾榮聽了著實牙疼，看著精神抖擻的長嫂，實在恨不得她像來時那般孱弱多病，說一句話都要喘上半天氣，這樣也省得她什麼百無禁忌的話都敢說。

「嫂嫂，那是您夫君。」魏瑾榮搖頭。

「我心裡慌，不說說心裡過不去。」賴雲煙歉意地道。

她說慌，可面上一點也不顯，越接近入海口，她的神態越是安詳；哪怕宣朝人為著與馬金人的談判而忐忑不安，卻也抵不住快要到海口的狂喜，可她只越來越沈，沈到身上見不到一點喜悅。

「嫂子。」魏瑾榮叫了她一聲，忍不住問：「您在想什麼？」

「一路那麼多人。」賴雲煙看著馬金人大船的方向，臉上斂了笑。她其實一點也不擔心與馬金人的談判，目前一切前路未明，馬金人也不會斷了自己的後路，談判再難，雙方也會找到方法達成一致的。「他們怎麼過來？」

魏瑾榮遲疑了一下，說道：「有皇上。」所有的精銳之兵全在皇上那兒，別的不敢說，跟著他來的他們幾家就不會有什麼問題。

賴雲煙但笑不語。現宣京已經有頹敗之相，皇上他們等不及另一個五年，已經帶兵前來了，這一路來這麼多人，途中若捨棄點人，誰能說皇上的不是？任、賴兩家帶著鉅富同行，皇上要是起了侵占之心，他們能如何？為保命，兄長與舅父只能作下與她一樣的選擇，到時，他們到了之後，所能依靠的也只有她了。可她現在還有什麼？魏家人有魏瑾泓，還有魏瑾榮他們竭力保全家族，可她已經沒有能比擬魏家的力量了，當真是前路莫測啊……

「您在擔心震嚴兄他們？」順著她的話，魏瑾榮腦海裡打了一個轉，就明白了他這長嫂的思慮。

賴雲煙淡淡地點了頭。

「賴家世代為名門望族，皇上不會趕盡殺絕。」魏瑾榮看著什麼都不信的長嫂輕言。

賴雲煙微翹了下嘴角。「到時候看吧。」

這一路來，她不知說了多少「大逆不道」的話，可魏家的幾個人裡還是心存著對皇上、對天下的幾分忠義之情，其中也還是有著對賴雲煙的幾分不以為然。

皇上須他們幾大家扶持，有魏家在，皇上斷不了賴家的根，頂多不過是像太子之前所做的一樣，把賴、任兩家的東西充公。為了大義充公，賴家人要當真是聰明，早早奉上，得了名聲，皇上更不會生事，只會褒獎；只可惜，以賴震嚴為家主的賴家重利輕義……

魏瑾榮在她話後不語，賴雲煙瞄他一眼，大概也知他在想什麼。

魏瑾泓是在傍晚落霞滿天之際出的馬金人的船，之後就進了太子的大船，半個時辰後回了魏家大船，倒頭便睡。

魏家人圍著魏瑾泓的睡相端看了半晌，確定他還有氣後，就出艙與民同慶了。

與馬金人的契約商定後，馬金人那邊也是熱鬧非凡，還擊起了樂鼓。

賴雲煙站在船頭一看馬金人的大鼓，不禁咋舌道：「這鼓是怎麼搬上來的？」

「在船上新做的，本是拿來打仗用。」魏瑾勇在旁解惑。

「趕緊去睡。」見跟著魏瑾泓談判了幾天的魏瑾勇還在，賴雲煙朝他揮手。

「您去看看兄長吧。」魏瑾勇與家人出了艙門，見嫂子只顧著往向宣朝人靠近的馬金人的船隻端詳，一點兒也沒有回去之勢，忍不住提醒了一句，太子的人還往這邊看著呢！

賴雲煙也知道太子的船那邊看過來的眼神，魏瑾勇又提醒了一句，她便不無遺憾地道：「還想看看馬金兒郎的英姿的。」

魏瑾勇握拳輕咳了一聲。

賴雲煙沒法，只得轉身進了船艙，去看魏大人睡覺，以盡嫡妻之責。

那廂馬金王爺見她入了艙，問身邊大相。「你看她能不能收買？」

馬金大相搖頭。「魏師是妥當之人，不會給她可乘之機。」馬金人尊魏瑾泓為先生，雖說是敵人，但對魏瑾泓卻是佩服不已。

「可說來，她也是有反心。」

馬金大相失笑，點頭道：「王爺高見！若是宣朝皇帝對賴家有殺盡之心，我們也不過是推了一把。」

「那就找人跟她接洽吧，我看魏夫人看向咱們的野心都藏不住了。」馬金王爺哈哈大笑，倚在虎皮椅上道：「魏師怎麼娶了這麼個愚昧的妻子？」

魏瑾泓那愚昧的妻子賴氏，當夜帶著一個小丫頭為魏大人守夜，兩個貼身丫鬟都被她趕去休息了。

艙內燈光不滅，面貌甚是平凡、身形頗有點粗壯的小丫頭，把這幾日探得的馬金人帶來的人馬、物資一一道出，嘴間馬金語與宣京官話相互交替。賴雲煙手上毛筆急揮，把馬金人的東西當自己的盤算，身前之人說的越多，她的筆就揮得越快，且眼冒精光。

賴雲煙眼前的丫鬟是賴家暗探，跟著魏瑾泓去的這幾日所探的也不多，花了一個時辰說完之後朝她跪了磕頭，聲如蚊蚋。「小的只探得這麼多。」

「這麼多已然夠了，剩下的擇機再探。」賴雲煙本就對自己的家士寬和，何況是剩下的這為數不多的其中之一。「坐，自個兒吃點心，別讓我叫。」

「是。」喬裝為丫鬟的暗探身形一鬆，坐在了她之前，捏了塊吃的，看著主子在紙上盤算。

夜很靜，賴雲煙當著睡著的宣朝第一君子的面，老神在在地把別人的東西當自己的算計著，末了還與自家人嘆道：「妳主子我這世燒再多的香，佛祖也不會喜我。」

暗探點頭，輕聲道：「咱們也是沒法子。」

盟約是魏瑾泓與馬金人定的，她卻暗地要拆他的臺。賴雲煙看了眼榻上昏睡不醒的魏瑾泓，確也覺得她這惡妻把他的良知吃了大半了；她此舉，最欣喜的怕是皇帝爺了。

待入了海口，第一批先到西海的宣京人前來迎他們，遠遠見到來迎的船隻，鼓聲響了起來，領路的岑南王軍把喝喊聲喝得響徹天際，後面船隻上的人都躁動不已，皆滿臉緋紅。

便是賴雲煙身邊的冬雨，出去看了一圈回來後，臉上都有點激動的紅暈，進來與賴雲煙道：「小姐，真有人來接咱們了！」

「還能有假？」賴雲煙拍了拍自己的臉。「來，給我上點胭脂。」

冬雨剛給她上妝，翠柏就來了，在門口激動地說道：「夫人，老爺讓您過去，與他一道去見太子！」

賴雲煙拿過鏡子看了下自己的臉後，略一咬牙。「塗重點。」人人都躁動，她也不能例外。

賴雲煙在出去之前又裝扮了一番，且換了嶄新的華麗外袍，剛一出去，魏家船上跟著軍士齊喊的壯士們聲音便小了許多，眼睛不斷朝雍容華貴的族母看去；她頭上的金鳳釵在海上輝煌的陽光下，就像展翅欲飛的鳳凰。

「夫人。」一魏家家丁歇了聲，祝家那邊的人也不斷朝這邊看來，站在船頭的魏瑾泓這時朝賴雲煙伸了手。

賴雲煙微笑，不疾不徐地朝他走過去。
他們上了太子的船尾，一路走到船頭，給魏大人與魏夫人請安的聲音不斷。
他們走近後，太子聽到聲音，掉頭一看，看到了華貴得儼然就像金鳳凰的賴氏，下意識就不由得笑了起來。這就是他們宣朝第一君子的夫人——看到她，一路歷經艱辛阻難的他們就像見到了宣京的富貴溫柔鄉。
「見過太子。」魏瑾泓揖禮。
賴雲煙隨之在他身側與之行禮，目光含笑，一一看過站在船頭不斷打量她的眼神。
「魏大人、魏夫人免禮。」太子笑道：「魏夫人，妳過來。」
太子特意叫了一句，賴雲煙就走到了他身邊。「太子。」
「魏夫人今日甚美。」太子朝魏瑾泓說道了一句後，轉頭朝賴雲煙說：「魏夫人可看到了，我們宣朝的新國即將到了。」
賴雲煙欠身福禮。「恭賀太子。」
太子意氣風發，眼神湛亮。「天佑宣朝。」
他此言一出，身邊的袁將軍便振臂高呼。「天佑宣朝——」
士兵們跟著齊聲大喊，一時之間，海面上振動不停。
賴雲煙保持著微笑，欣喜於自己有先見之明，把胭脂添得甚厚。花費了巨大的人力、物力，找到了新地方生存，活下來的人有多狂喜都是應該的；不過，新的地方到了，新的爭鬥也就免不了了。

前方來接的將軍到後，賴雲煙便回了魏家的船上。

狂喜過後的婦人都有些疲倦，聽說兩日後就可到達他們的新家，她們已經可惜起一路沈下江的什物了；經過幾次暴風雨後，留在船上的可用之物已不多，便是衣物，也只得身上常穿的幾身。她們曬得烏黑，便是身為主子的榮夫人與瀓夫人，容貌也不復往昔。

但，祝家帶來的那幾個不到十歲的幼女，這時卻長出了國色天香，其中一位還成了太子的侍妾。

現在賴雲煙身邊只有冬雨、秋虹，剩下的人全交給了白氏，白氏治下講究賞罰分明，便是賴雲煙原本的武使丫頭也對她心服口服。相較賴雲煙對丫頭的嚴加管制、上下分明，不許放肆出錯，白氏通情達理的管制就要得人心太多；而且她們被歸到榮夫人下面管之後，也不常見深居艙內的族母，長時間以往，也對賴雲煙生疏了不少。

賴雲煙身邊只有她的兩個大丫鬟，但這卻緩和了白氏與賴雲煙的關係，白氏少了以往的怨氣，在魏瑾榮的指點下，大事也與賴雲煙有商有量。而賴雲煙本來的丫鬟，除了賴雲煙指給易高景的紫蘭，另有五人被白氏指給了魏家護衛裡的小將。賴雲煙所帶之人裡無一姿色出眾的，白氏帶的兩個丫鬟，全死在了路上，現在身邊的兩個也是賴雲煙本來的人，皮糙肉厚，身形堪比壯丁，曬黑了之後更是頗如夜叉，只能當粗使丫鬟用。

魏家內眷裡，最能拿得出手的是賴十娘帶來的十幾個丫頭，便是姿色最為下等的也是眉清目秀，這些丫頭現下是賴十娘最大的底氣，她久不被太子召見，但因著她帶來的這些丫頭與幾把稀世名劍，她每日出來也甚是落落大方，現在已進西海，她的頭便昂得最高。

賴雲煙尋思著，她這妹子不知要把丫鬟們賣個什麼價？想想，能活到西海的女人確是奇貨可居，也難怪十娘子這麼驕傲了，畢竟一路護著她們過來也不容易啊！

第九十一章

過了兩日，船慢慢靠近宣朝人所建的海岸，在準備靠岸之初，興奮了幾日的所有人又再次沸騰了起來。

魏家家主艙房的通道上，魏家的二十死士分為兩排站於兩邊。

「妳來。」魏瑾泓讓賴雲煙選人。近百死士，現在只有二十人可供他們夫婦用，現下她分十人，他用她挑後的十人。

這二十人常跟著賴雲煙，賴雲煙也熟悉了他們，沒多久就把她要用的人挑了出來。

快要下船了，魏瑾泓要跟著太子走，揮退死士後，他跟賴雲煙說道：「這次不能再打草驚蛇。」

「我知道。」賴雲煙點頭。

「注意保暖。」魏瑾泓這些日子常跟在太子身邊，見她次數不多，以為多少有幾句知心話與她說，但分別在即，思來想去，能囑她的話也只有這一句。

「我知道。」

「嗯。」魏瑾泓摸摸她的耳墜，黑眸一沈。「再忍忍。」

賴雲煙點頭，目送他離開。

魏瑾泓走後不久，船就靠了岸，因魏瑾泓有所吩咐，賴雲煙沒有與白氏她們跟著魏瑾榮一道走，而是另行帶了魏世齊，在太子他們之後下了船，去了另外之處。

「她去哪兒？」身後精兵還沒下船，卻見賴雲煙帶了魏家人要先走，太子皺了眉，眼睛嚴厲地看向了魏瑾泓。

「馬金人在試探她，微臣派下人找了個地方讓她幽居幾日。」幽居便是幽拘，想來太子也知道他的意思。

魏瑾泓直白地把隱秘的話捅破，太子反倒不好說什麼了。「這……」太子想自個兒拘她，可賴氏還沒犯錯，還是魏瑾泓的妻子，這時他插手不得，最終只能點頭。「要是出了差池，魏大人可逃脫不了關係。」看著戴著帽子、看不清神情的賴氏遠去，太子轉向魏瑾泓，嘴角笑意如刀。

「夫妻本一體，到時若是出了事，太子只管怪罪就是。」

隔了數里，賴雲煙都能聽到海岸處傳來的嘈雜人聲，她沈默地走在全然陌生的地方，目不斜視地趕路。

太子派了人跟著他們。

步行半日便入夜，魏家人耍了迷魂陣，擺脫了太子之人。

十日後，當夜半夜，他們在陰森恐怖的森林中到達了一處至高點，這是先到的魏家人所選的最為牢靠之處，也是賴雲煙前來幽居之所，剩下的，便是等待。

魏家人手上所有之人，太子那人全然有數，這些先到的魏家人在三日後紛紛下山，前往大隊所停靠之處。

「這就是國師所說的我們的生路？」夜晚聽著遠處大海所發出的澎湃之聲，沈默了好幾天的秋虹慌然地問：「小姐，是不是錯了？」這個地方，除了連綿不斷的山巒和一望無際的草原，什麼都沒有！連人煙都沒有的地方，會是他們的新生之地？

「妳懷疑國師所說？」風呼呼地颳在耳邊，賴雲煙用下巴蹭了蹭頸邊的狐毛，淡淡地道。

「這裡沒人。」

「很快就有了。」

「小姐，國師要是錯了呢？」秋虹久跟賴雲煙身邊，也像主子一樣不相信太多東西。

「錯了，不也挺有意思的？這麼多人與我們陪葬。」賴雲煙長吐了一口氣。「等吧。」

「等什麼？」

「等皇上。」等皇上，亦是等信，現在的宣朝大陸，變成了什麼樣兒？

兩月後，太子沒有等來宣京的消息，但賴雲煙等來了她剩下的所有人馬——不到五十個的賴家人；他們所帶來的消息，就是一路上屍橫遍野，禿鷹四起。

誰也不知以後會是什麼情形，但王朝的人已全然上路，賴雲煙只得為賴、任兩家的以後全力以赴。

「工匠已選定地方開土做磚。」魏瑾允前來看她，帶來了山下的消息。

賴雲煙接過冬雨手中的杯子，把山泉水遞給了魏瑾允。

「沒茶葉了？」魏瑾允這才抬目看了長嫂一眼。

「還有一些，留著後用。」賴雲煙笑著淡淡道。

「太子一直叫長兄讓您回去。」

「是嗎？」

魏瑾允看著不停響起聲響的山那一頭，問她。「我能去看看嗎？」

賴雲煙點頭，起身帶了他往前走。

不遠處的山谷下，幾十個打著赤膊的人在嚴寒中伐樹，身上揮汗如雨。

「都是木屋。」賴雲煙覺得有些荒唐地笑了起來。「幾千人就要住在這叢林中。」

「我們現在所建的是皇上所住的宮殿。」魏瑾允漠然地道：「當隱士也沒什麼不好的。」

「你長兄可好？」賴雲煙開了口，還是問起了魏瑾泓。

魏瑾允搖頭。「他在太子帳中，說是日夜不得成眠。」

「魏府什麼時候建？」

「先建完宮殿。」魏瑾允沈默一會兒後道。

「瑾榮可能出頭？」

魏瑾允搖了搖頭。「太子派了祝家挾制。」

「岑南王那兒呢？」

「宮殿有他們的分。」

賴雲煙目光帶笑地掃向他。「所以你們的意思還是要我下山？」要她去爭、要她去搶？

魏瑾允抿嘴看著山谷不語，好一會兒才道：「長兄不允。」

「但你們想？」賴雲煙挑眉。

魏瑾允握在腰間劍上的手一緊，垂頭往下，雙腿跪在了賴雲煙面前。「我們已久日不能見長兄的面了。」

賴雲煙望著谷底不語，良久後，問跪在地上的魏瑾允。「你們知不知道，你長兄不允我下山的原因？」

魏瑾允看她，向來喜怒不形於色的臉看不出任何表情。

面前的這個人，掌握著魏家的武力，而她的事，眼看也瞞不住太久了，賴雲煙想了一下後，平靜地說：「瑾允，我這一生，從沒聽過你長兄的話。」

「嫂子言下之意是？」

「起來吧。」賴雲煙叫了他起來，言語淡然。「女子出嫁以夫為天，從沒聽過丈夫的，那就是從沒聽過老天爺的。」連老天爺都不聽的人，何來的忠君之心？她一直都是大逆不道之人，在這片百廢待興之地，君主如若不讓她身後代表的勢力滿足，她是會反的。

但魏瑾泓還想周旋，所以魏瑾允不應該求到她這裡來，她會快速催化他們與皇家的矛盾，而不是像魏瑾泓那樣徐徐圖之。

「嫂子……」魏瑾允站了起來，退後兩步，看著面前瘦弱蒼白的婦人，半晌都不知該說何話才好；他以為她再大膽，也不會把話說得這麼直白。

賴雲煙無所謂地撇過頭。「這裡是無人居住的西海，什麼都沒有，不再是宣朝的宣京。」想要什麼、得什麼，就算是皇帝，也得去做，也得去奪。

「皇上不會坐視不管。」且會一舉殲滅。

「那就管。」賴雲煙微微一笑。自古以來，生存難免爭鬥，更逃不過死亡。

「可您是魏家族母……」

「所以你長兄讓我留在這兒。」賴雲煙轉頭看向表情陰晴不定的魏瑾允。「想好了就走吧。你長兄應能自保，我能幫你長兄所做之事已做盡了。」說來，不讓她出山不算是幽禁，而是變相地睜一隻眼、閉一隻眼，也讓她有點時間加強實力；魏瑾泓還不想幫她，但其作為還是算幫了。

魏瑾允掉頭轉身，走了幾步，即又走了回來，問道：「嫂子，您為何與我說這事？」

到這時候，魏瑾允還願尊稱她一聲「嫂子」，賴雲煙便也回答了他，不過答非所問。「多為魏家想點，見機行事。」說罷，朝谷底看幾眼，慢悠悠地回了山洞。

她沒想魏家跟著她一起反，要是他們能撇清，那再好不過，哪怕日後為敵，魏家人帶頭剷除她，她也無妨；那畢竟是她兒子的家族，她知道魏瑾泓也好，還是她兒子也好，應都有能力保全本族的人。

魏瑾允盯著她的背影直到她消失，回程時腳步快了許多。

第九十二章

過了兩月，賴雲煙收到了表弟任小銅的信，說再過一月即可帶他的人到西海。同時他在信中寫，父親、母親和「他」已在路上因馬車掉入山崖而過世，由長兄任小銀帶領眾多家眷隨君駕左右；父母是真的死了，用以麻痺皇帝，而他則用準備好的屍體假死，帶任家挑出來的一些族人來與她會合。

送信來的五人是任家族人，把信給賴雲煙後，跪在地上的人不久就哭濕了乾燥的石板。

賴雲煙看完信，腦袋疼得就似被針戳，她緩了好一會兒才道：「皇上已絲毫容不得任家了？」若不然，舅父、舅母會用自戕的方式去死？

地上跪著的人已經起身，喝過冬雨端來的湯水，其中領頭的任家子弟任晨啞著疲憊至極的嗓子道：「本不至如此。皇上只允我任家三百族人跟隨，大爺爺遵了聖旨，另令我等暗中前行，哪料被皇上知曉了，龍顏大怒，又道任家另有貳心，未把能人、聖寶全交朝廷，令大爺爺把我等之人全數交出，我等只能出面。皇上把有能耐之人挑完，把容貌清秀的族中之女許配給了武將後，餘下之人全拋在原地。大爺爺不忍餘下族人無人帶領，便讓二伯脫身，領我……我等……」說至此，他泣不成聲，濃密污髒的鬍子也掩蓋不了他臉上傷心欲絕的悲痛。

聞言，賴雲煙虛弱無力地坐在椅子上，手上那泛黃的舊紙掉在了地上。

「我等日夜兼程，按著姑奶奶您的標記來到了此地，從今是死是活，只得聽從大爺爺的吩咐，望姑奶奶慈悲了。」說罷，那剛坐著的幾人就又跪在了地上，朝賴雲煙磕頭。

任家江南全族近一萬餘人，只挑了千餘人出來，已捨下眾多族人自生自滅了，最後的這幾百，族長不忍再棄，到最後也是沒有了辦法，才有了這下下之策，沒有二伯這個領頭之人，他們走不到頭。

賴雲煙抽搐地呵了一聲，她早前猜京中之事會比身在險途的處境還要艱難，心中早就有了準備，可真聽在耳裡，還是因憤怒忍不住全身發抖。

「你們先去歇著。」指甲掐進手心，溫熱的液體沾上手指，賴雲煙這才覺得自己是活的。

「姑奶奶……」

「去吧。」這幾人看起來也是用一口氣撐著才沒倒下。賴雲煙叫了護衛進來，讓他們把人帶下去。「拿根上好的老參煮了，一人灌一碗。」她接過秋虹拾起的信，垂了眼說道。

秋虹領令走後，她看著泛黃的、字跡模糊的信，斂盡了臉上所有的表情，眼神古井無波，一片死靜。她先前還以為，不能與皇帝同行的人還可以各憑本事來這西海，可是皇帝的種種舉動都是在折任家的勢力，是生怕到時賴、任、魏三家綁作一塊兒，對皇家不利吧？她向太子服了軟，她兄長向皇帝服了軟，任家之前也是把全族絕大部分的金銀財寶全上貢給了朝廷，可這也沒削弱皇帝對他們的防備之心。

皇帝不給活路，那就不能怪人自找活路了！

信到之後不久，賴雲煙的表弟帶著剩下的兩百人來到了她所居之地，同時抵達的，是賴震嚴令人帶來的信。宣朝三品以上官員，皆可帶五百人隨之，而賴家身為開國元勛，特旨能攜六百人，加上任家的三百與後來的一百，已是足一千之人。而賴震嚴在信中甚是明確地說，他不想反；他說他和魏瑾泓已與皇上商量一致，三家忠君，哪怕是在西海，賴、魏兩家為九家之首。男人們已達成了一致的協商，這一次，在安穩現實面前，賴雲煙藏在了她最敬愛的兄長的背影身後。

「大表姊……」任小銅在換過衣物之後，來到了賴雲煙身邊用膳。

賴雲煙把賴震嚴的信交給了他看。

任小銅看過信後，不停抖著全是傷疤的手，他舔了舔乾得裂出深紫色血痕的嘴，一句話都說不出來。

「以後，你們跟我過。」舅父死了，賴雲煙想，只有她還有點力氣照顧這些被棄之人了。真是可惜，這一世她還是得與這世道格格不入到死，連至親至愛的那兩個人，也給不了她撫慰，這應是她一身逆骨至今的報應了。

任小銅這兩年什麼苦頭都吃過，為了護著這些族人來到這塊土地，他殘了臉、傷了手，腦海裡一直只有亡父的叮囑——找到你大表姊。可任家除了這些個人，已經一無所有了，而很顯然，他們沒有太多可利用的地方了，這裡不是任家的江南。

「如此也好。」相比一路生死到此的任小銅疲到極致的木然，看過賴震嚴的信後的賴雲煙淡定得不可思議。「我建的地方也住不了那麼多人，住上幾百餘人倒是恰當。」

任小銅抬起眼，目光呆滯。

「皇上拉攏魏、賴兩家，也算是把之前他對我們的一切一筆勾銷了。」賴雲煙端起碗吹了吹滾熱的參湯，放到任小銅手裡。「雖說我們之前商定的事作廢了，但有著你大表兄和表姊夫在，皇上對你們也只能睜一隻眼、閉一隻眼。」

「也就是……」任小銅放在腿上的拳頭喀喀作響。「什麼事都算了？」他的眼裡有著深入骨髓的仇恨。

是啊，什麼都沒了，父母也為之死了，誰能不恨？賴雲煙看著她小表弟那雙只一會兒就紅得似血的眼，只一眼她就別過了頭。「你們跟我過。」現在，她只能說這句話。

遭到背叛的任小銅死死地盯住她，見她不言不語，他把拳頭捶向了地，痛苦地「啊」了一聲。

賴雲煙轉過頭，看到表弟的頭在地上磕出了血。

「爹、娘……」任小銅嗚咽著，拳頭一下比一下重地捶著地。

不多時，黑色的血流在了石板上，滲進了土縫裡。

賴雲煙以為能等來大隊，但只等來了任小銅帶來的兩百餘人的殘兵。她以為賴、任兩家到此後須有後盾，所以她與魏瑾泓握手言和，但很明顯，兄長與魏瑾泓已經與皇上握手言和。這些事實，跟她想像的很不一樣，被拋棄的人中，也有她；但她活到了這個不會過度悲傷，也不會過於激憤的分上，既然事實至此，目前的殘局還得有人收。

建房存糧的事一直在進行，賴雲煙讓任小銅偷偷去看過馬金人，在他回來之後與他說：「那就是目前我們唯一能搶得過的了。」不能搶宣朝人的，便只能搶外族人的了。

尤其現在他們一無所有，她所想要的外援全都消失殆盡，就更得搶了。

任小銅對此點了一下頭。

山中的生活很不好過，任小銅帶來的人大都衣衫襤褸，身上有件整衫的人甚少，手上的武器也殘破不堪，而現下已入了秋，眼看著天氣就要涼下來，大量衣衫是要製備的，而燒製武器的工匠全在山下。

賴雲煙先前在魏瑾允面前大放厥詞，哪料只轉眼，一封信就打破了她的美夢；本已不打算下山，想躲一陣再說，但因山中物資的匱乏，她就必須出去現個眼。

她帶著人剛靠近現在名叫延都的陸地，騎在馬上的魏瑾泓就迎了過來。

「這馬兒真精神。」魏瑾泓翻身下馬，衣袂飄飄，賴雲煙走了過去，摸了摸那強壯的黑馬。

魏瑾泓笑笑，兩手提了她的腰，把她放了上去，隨即牽了馬繩往前走。

「魏大人，我來要點東西。」賴雲煙看著遠方有點成形的房屋，微瞇了下眼，笑著與牽馬的魏大人溫婉地道。

「要什麼？」

「衣物、武器。」

「好。」魏瑾泓一點猶豫也沒有。

賴雲煙的心情頓時便好了起來，眼角的笑紋也揚了起來。「你最近可好？」

魏瑾泓回頭見她真笑，似是心中一點芥蒂也無，他嘴角也翹高。「尚好。」

「怎麼個好法？」

魏瑾泓沒有回答，先走了幾步，才回頭與賴雲煙溫和地道：「妳來得正好，過兩天，岑南王就要到了，他的船已入海。」

賴雲煙訝異地略挑了下眉。不多時，快到人多處，賴雲煙下了馬，站在了魏瑾泓身邊，與他一道前行。

「見過大嫂。」魏瑾榮迎了上來，彎腰作揖。

賴雲煙微笑著點了下頭。

「去太子處？」魏瑾榮走近問魏瑾泓。

魏瑾泓側臉看了賴雲煙一眼，見她面帶微笑，從容不迫，輕頷了下首。

不多時，魏瑾允也過來了，魏家為首的幾個人跟著賴雲煙，去了太子主帳。

太子一見到賴雲煙，免了她的禮，笑道：「回來了就好。」語罷，又問道了幾句身體，在魏瑾泓告辭要帶她下去時，他開口留道：「我正好有事要找幾位魏大人。」

魏瑾泓一頓足，看向太子。

太子臉帶微笑。

「妾先行退下。」賴雲煙識趣地一福禮，先退了下去；魏家這幾個陪著她來見太子，讓她全身而退，算是給了情分了。

第九十三章

魏瑾泓回來後，臉色有些不好。

賴雲煙與白氏在喝茶，白氏見魏瑾泓回來後，便告辭而去。

魏瑾泓坐在了她對面，賴雲煙與他倒了一杯茶，眼帶笑意地看了他一眼，便垂下眼瞼，喝茶不語；過了一炷香，餘茶涼盡，賴雲煙打了個哈欠，叫了冬雨進來，扶她去歇息。

「雲煙。」突然，魏瑾泓在她身後叫了她一聲。

賴雲煙回頭看他。

魏瑾泓的眼睛僅在她身上停了一下，就迅速別過了眼。

賴雲煙沒有忍住，輕笑了一聲。「沒事。」她看著那不敢看她的男人，笑道，沒有期望，哪來的失望？她很早前就什麼人都不靠了。

冬雨扶了她去後面的臥榻處，等她躺下給她蓋了被子後，跪坐在榻邊的丫鬟把頭埋在邊側，漸漸地，那褥子便沾了濕意。

賴雲煙正在想事，眼睛掃到丫鬟處，她嘆息著勾起了嘴角，伸手摸了摸她的頭髮。「莫要難過。」她淡淡道：「船到橋頭自然直。」是非好壞，總有結束之時，她在其中盡力了就好。

晚上用膳之時，魏瑾榮來了。三人一言不發地用過膳後，魏瑾榮在猶豫了幾次後開了口。

「嫂嫂要的什物，怕是……」魏家糧草、兵器，大半是她的，魏瑾榮下面的話已說不出口。

「有所不便？」面前的兩個人都臉色沈重，賴雲煙裹了裹身上的披風，笑著接道。

魏瑾榮這時看了魏瑾泓一眼，見長兄臉色冷酷地垂著頭，他苦笑了一聲，朝賴雲煙點了頭，低言道：「嫂嫂聰敏。」不用說破，就知太子不允。

賴雲煙點點頭。「知道了。」

三人在油燈中靜坐了半會，誰也沒再開口。在一片死靜中沈默了許久後，魏瑾榮告辭而去，他走後，魏瑾泓用手支了頭，看著案桌，依舊久久不語。

就如他幫不了她一樣，這種時候，她也無力撫慰他。賴雲煙撐著桌子起身，才發現身子僵硬得太久，腿都麻了。她站在原地，掃了他們被油燈拉長交纏在一塊兒的身影一眼，就抬了頭，往門邊喊。「冬雨。」

冬雨走了進來扶了她。

走到門邊，賴雲煙頓了頓，還是回了頭。「你多保重。」

一路夜行，等賴家的人出現在岔路口接應後，賴雲煙讓魏瑾泓的那十個死士回去；魏家人不應，舉刀搭上了脖子，賴雲煙好笑地掃他們一眼，掉頭就走。

魏家死士面面相覷，相繼跟上。

賴雲煙這次回了頭。「要嘛回，要嘛死在這裡。」

她沒有給人第三條路，魏家的那幾個死士便由潛在身後的魏世宇帶了回去；這種時候，一個多餘的人都死不得。

魏世宇跪在了賴雲煙離去的道路中，在她的身影快要消失時，聲如裂帛地喊。「伯母，魏家此舉無奈啊！」

夜風中急行的賴雲煙臉色未變，與賴家人一道往目的地走去。

三日後，她與從另一道路往回趕的任小銅碰上，讓身邊的人跟著任小銅按原道去往前去之地，她則帶了揹著重物的近百賴家壯士回了山；岑南王這次來沒有食言，帶來了她所要之物。

半月後，賴雲煙在她的地方見到了岑南王。

兩人寒暄後，岑南王在喝茶間隙，狀似不經意地道了一句。「夫人給自己留了多少後路？」

賴雲煙攤開新製的地圖，把未描繪出的幾處地方提筆寫上，聞言笑而不語。

「此處地勢易守難攻，王爺可在此建立王府。」賴雲煙圈出山峰，指給了岑南王看。

「此處魏大人不知道？」

「不知。」賴雲煙搖搖頭。

岑南王接過了地圖，幾眼後，招來了師爺讓他過目。

「慧芳如何？」正事過後，賴雲煙問起了好友。她知道祝王妃與岑南王的幾個兒子都押在了皇帝那兒。

「還好。」岑南王淡淡一笑。

「王爺今後的打算是？」

「夫人認為呢？」岑南王戲謔一笑。

「王爺明軍一萬，暗兵一萬。」賴雲煙笑笑道：「皇上加上百官家將，三萬餘人。」

「夫人算得甚是清楚。」

兩人心照不宣地相視一笑。

片刻後，岑南王彷彿感嘆地道了一句。「本王兒孫眾多，不得已，只得為他們打算一番。」

「王爺有把握？」賴雲煙微笑地問。

岑南王看著面前溫婉的婦人。世人道她驕縱，尤喜仗勢欺人，卻不知她狡詐如狐，最擅鑽研人心，又生性多疑，便是至親至愛之人，也難得她坦承。

「夫人欲要相助？」岑南王順著她的話往下講。

賴雲煙這次沒有與岑南王打太極，很乾脆地點了下頭。

「據我所知，夫人能用之人不多了吧？」岑南王看了看她身後跪坐著的任小銅，思忖著賴家不知還有什麼驚人之舉。

「人是不多，但能成事即可，您說呢，王爺？」

岑南王頷首。

「那我等就投入王爺麾下了？」

岑南王沈吟不語，過了一會兒道：「魏、賴兩家……」

他話未盡，賴雲煙便搖了頭。「這個，只能王爺去與他們談。」她已是魏、賴兩家的棄子，他們是何打算，她沒有絕對的把握。

「喔？」

「就如祝家，也得王爺親自去認定，是敵是友。」

「你們竟糟糕至此？」岑南王撫鬚，不無詫異。

「不。」賴雲煙笑著搖頭。「待他們欲要與我一道，他們便還是我的親人。」是親是仇，從來都是利益說了算。

「他們要是與妳一道，還是妳的親人？」岑南王驚訝了一下。

「他們當我是，我就是。」賴雲煙勾起嘴角。「王爺弄錯了。」主動權可不在她這裡，所以不由她說了算。

「難為妳想得開。」岑南王捏了捏拳頭，剛才的詫異掩了，恢復成了平常。

「王爺與魏大人的關係素來甚近，想來這時心中也是有了成算了。」

岑南王這時也不再與她藏掖，坦言道：「皇上早防著我這一手，妳兒子、孫子與妳兄長的兩個兒子都在他手上，他們不敢。」

「是啊，他們不敢。」賴雲煙垂眼看著冒著煙的茶壺，淡淡地笑了一下；他們不敢，她敢，所以他們便都讓她成孤家寡人了。

「要是本王成事了，他們便還是妳的親人？」話到此時，岑南王也回味了過來。

賴雲煙抬頭微笑，迎上了岑南王看向她的憐憫眼神。

「奴婢曾聽您說過，只有那心寬之人才有餘力慈悲。」冬雨手上的針往前輕輕一戳，挑破賴雲煙足下血泡。

賴雲煙半身倚在桌上拿筆繪圖，聞言漫不經心地道：「妳就當我心寬。」

冬雨抿嘴，捧著她的腳挑泡，她已哭到眼中無淚了。

主僕各忙各的事半晌後，就聞一道腳步聲急急向洞中跑來。

不一會兒，秋虹扶著洞口，氣喘吁吁地道：「夫人，老爺來了！」

賴雲煙愣了一下，隨即問：「到哪兒了？」

「第一個山道口子。」

賴雲煙繃緊的腰隨即就放鬆下來了，看著攤得滿洞的紙冊道：「過來收好。」說著，也顧不上什麼儀態了，直身盤腿收起了案桌上的圖紙，嘴裡吩咐冬雨道：「把東西先收好。」

冬雨知道她不想讓老爺看到這些保命的東西，便依言放下了針，與秋虹一道收起了紙冊。

還好餘暇甚多，收好洞中緊要的東西、賴雲煙穿戴好後，魏瑾泓才到山腰；等她爐上的水燒開時，魏瑾泓到了，冬雨迎了他進來。

賴雲煙抬頭便笑道了一句。「稀客。」

魏瑾泓溫和地笑了笑。

待他走近，賴雲煙看到了他往後束的長髮兩鬢斑白，俊朗儒雅的魏大人看似老了不少。

「坐。」賴雲煙淺揚了下手。

魏瑾泓頷首，坐在了她對面。

「喝杯清茶吧。」賴雲煙倒好熱茶，放至他面前。

魏瑾泓看著她微帶疲態的臉，舉起杯子喝了一口。「今日帶了一些妳常用之物來。」

「多謝。」

魏瑾泓笑了笑，過了一會兒，他從袖中拿出一封信，放到了賴雲煙面前。

是世朝之信。賴雲煙打開，看完後把信放回了信封中。

魏瑾泓看著桌上潔白的玉手，接著看向她的臉，見她嘴邊笑容清冷，他淡淡道：「等他到了，可要見他？」

「他們夫妻還恩愛如初？」

魏瑾泓看著對面看不出喜怒的老妻，輕點了一下頭。

「他來了，張口要拜見我，我不見就是我的錯了，我還不想我兒子恨我——」賴雲煙說完，覺得自己語氣不對，便頓住了話。皇帝嫁了司家一個公主，現在天子及司、魏是一家了。「他要見，就見吧。」賴雲煙笑了笑。她都習慣了聽他們那麼多的不得不奈何，臨到兒子了，也得給他個機會。

「好。」魏瑾泓說罷就起了身，見到賴雲煙要起，他搖了頭。「不要送了。」

他走後，賴雲煙呆坐發怔，一會兒後，冬雨匆匆進來，在她耳邊耳語了兩句。賴雲煙聽了回過了神，皺眉朝冬雨問：「什麼？」

「老爺抬來的箱子裡，有近百把長劍藏於棉帛之下。」冬雨再道了一次。

這次算是聽明白了，賴雲煙不禁啞然失笑，這是怎麼了？魏大人也捨得對她雪中送炭一次了？

度過一次深山的嚴寒後，迎來開春，賴雲煙有小半年沒下過山了，至宣朝過年時間，岑南王來送過一次什物，再來竟是找不到他們的所在之地了。他們所在之地數座山群相同，在擺了迷魂卦陣之後，本要細細打量才分辨得出的居住之地，更是讓人分辨不出了。

魏瑾泓親自來了一趟請人，過了兩天，在幾座山全部找遍後都找不到人，下面又來人請他回去後，終決定離去。

賴雲煙得了外面兒郎的訊，知道是皇帝他們要到了，便在半路候了魏大人。

魏瑾泓看到她的那一刻怔愣了一下，連帶跟著他的下人們看著突然從小路冒出來的夫人時，也都愣了，等賴雲煙走到魏瑾泓身邊，他們才回過神來，忙不迭地行禮。

「搬地方了？」她挽著他的手臂，走得甚快，一會兒後沈默不語的魏瑾泓開了口。

「以後找我，到這塊地現個身就好，該出現時我會出現的。」賴雲煙拍拍他的手臂，笑著道。她今天穿了一身紫藍的華袍，頭戴金冠，挽著魏瑾泓的手臂就像行走在玉階彤庭中，而不是留有殘雪的荒野外。

「知道了。」魏瑾泓走了幾步，回了一句後就回了頭，等著蒼松牽來了馬，扶她坐了上去。

「你也上來吧。」賴雲煙朝他伸了手。

魏瑾泓搭上她的手，一躍而上。

賴雲煙坐在他身前，這時回過頭，看他髮中銀絲盡露，不由得伸手朝前拂去，微微一笑。

「君風華甚往。」他們往昔便有眾多齷齪，在她眼裡，他的風華還是不減。

魏瑾泓為她溫軟的話愣了一下，那放在她腰間的手收攏了一些；他萬萬沒有想到，她這時這刻竟溫柔至此。

賴雲煙看著他，就像看著自己。想來像他們這樣的人，如若自己都不對自己好一點、寬容一點，連帶他們自己都會像別人一樣，認為他們活該。

「妳也是。」魏瑾泓聞言，抬頭往天看了一眼，掩了眼中一閃而過的亮光，伸手在她髮鬢輕輕地碰了一碰。

賴雲煙垂眼淺笑，輕輕地吻了一下他的手指，過後，她轉回頭，什麼都未再說，但腰間摟著她的手卻緊了許多。

第九十四章

等數百艘船往港口緩緩駛近時，海邊吹來徐徐的風，吹亂了人的衣角髮梢。

「皇上駕到——」

一聲比一聲還高昂的喊聲喊至九聲，岸邊所有的人紛紛跪地。「吾皇萬歲萬歲萬萬歲——」

兩層高的船頂，身著金袍的皇帝佇立不動，等到船近，他在所有人的跪拜中緩緩下了船後，才伸出一手，揮出寬長的袖子。「平身。」

「平身——」太監尖利的嗓子在吹著的海風中顯得尤為突兀，但讓跪著請安的人站了起來。

「兒臣叩見父皇，父皇萬歲萬歲萬萬歲！」太子往前一跪，連帶著他後邊的魏氏夫婦也不得不又跪了下來。「兒臣叩見母后，母后千歲千歲千千歲！」太子跪了又跪，賴雲煙緊跟著魏瑾泓，朝這一雙帝后再行了一次禮。

「吾兒，請起。」皇帝扶了太子起來，朝他一笑，眼睛往後看去。「魏卿。」

「見過皇上。」魏瑾泓沒再跪，行了揖禮。

賴雲煙跟在他身後欠身。

皇帝打量了幾眼紫袍金冠，風華絕不遜於在宣京時的夫婦倆，再看了看膚色就像黑炭的太子，眼睛順帶掃過端莊大方的皇后，最後又落在了魏夫人的臉上。「魏夫人……」

「見過皇上。」賴雲煙垂頭欠身。

眼前的這兩人其實都老了，但一身的華貴氣度卻比當年還甚，皇帝心想，太子年幼，壓不住眼前的這兩人也不是不可解。

「都起，去見家人吧。」皇帝頷首，迎上了正笑著看向他的岑南王。「皇弟……」

「爹、娘！」那廂緊隨皇帝船後的船上已有人領著一干人等下了船，人未到聲已近。

賴雲煙看著那懷中抱著小娃的兒子朝他們走來，袖中的手一抖，有些驚惶地抓了身邊之人的手，朝他看去。

相比她的失措，魏瑾泓臉色淡淡，站在風中巍然不動，在看過她一眼之後再朝前看去，那黑色的眼眸靜得就像剛剛沒有動過。

賴雲煙便也微笑了起來，看著魏世朝領著家人一步步地朝她走過來，等他們越近，司氏一族也站於他身後時，她臉上的笑未變，但眼神卻已然冷靜了下來。多年未見，一時之間，她竟欣喜到有些慌然，可到底萬千情感還是鬥不過現實這道藩籬。

「見過公主。」在眉梢之間有幾分疲憊的年輕貴公子說話之前，那猶如立於懸崖之地也不驚不詫，有松柏之態的年長者不疾不徐地舉了手，作了揖。

只一話，讓奔於其前的人頓了足，帶著狂喜的臉也慢慢止了笑意，他身後的人因此全靜了。

魏世朝眼帶茫然地看著在眼前行禮的父親，他從來未曾想過，打破平靜的竟是他的父親。他看著他的父親，再看向母親時，看到她眼角眉梢的溫意和嘴角的笑意，他一下子就回過了神，心暫且也安了一半，還好，母親未變。

「孩兒見過父親、母親。」哪怕父親那一句「拜見公主」止了魏世朝突見他們的狂喜，但這時的魏世朝還是按捺不住心中的想念之情，說話之間嘴不禁抖動。

「瘦了許多……」賴雲煙在心裡嘆了口氣，眼帶憐愛，上前一步握住了他的手。

「娘，這是上佑。」見著母親，心中急切的魏世朝急急地將孩子舉起，要把兒子交給他的祖母抱。

可小兒身在異地，又見生人，見抱著他、安撫他的爹要把他給別人，「哇」地一聲就哭了。

「佑兒，莫哭。」魏司氏在後面小聲地急叫，那聲音竟掩過了這時司氏夫婦拜見魏瑾泓的聲音。

「抱到身後去吧，莫驚了老夫人。」冬雨這時上前一步，朝他們欠了欠身，冷冰冰地道。

「冬雨……」魏世朝再也不復剛才的狂喜，看著冬雨的眼睛有些怔愣。

冬雨看著他，儼然就像看著陌生人。「公子，老夫人受不得驚，望您體諒。」說罷欠身，皺眉朝那在外祖母懷中驚哭不已的小孩望去，嘴角冷冷一撇。什麼都變了，公子已然不是她家小姐的公子了，如此，她變上一變，也不是什麼奇事了。

冬雨想著，心卻更冷了。回頭一看，見與她伴她們家小姐一生的秋虹正看著海邊那被船隻打到岸邊、冒個不停的黃泡，那瞧得著的眼白竟是紅的，她不由得閉了閉眼；等站到她們家小姐身後時，她把心底還留著的那點不捨也冷了下去。

「過來……」僅在一剎那，魏瑾泓往後伸出了手，拉過了賴雲煙。「見過公主。」

「見過公主。」賴雲煙笑了，朝那雅玉公主只欠了個半身，就被公主急急扶起了身。

「老夫人多禮了……」雅玉公主的臉都有些紅。

「見過夫人。」司仁一揖到底。

賴雲煙微笑著受了他的全禮。

他身後的周氏呆了一下，慌亂地把外孫兒塞到了司笑手中，跟著司仁行了禮。

但，到底是晚了一步。

賴雲煙沒說話，僅眼神向冬雨輕輕一瞥。

冬雨得令，眼睛往後一掃，令後面的小丫鬟過來扶了司周氏，她與秋虹，誰也沒動手。

「海風冷得緊，都趕緊下船歇息吧，免得誤了後面的船。」賴雲煙側了半臉，朝著魏瑾泓淡淡地道。

「瑾榮……」魏瑾泓叫了候在後面的魏瑾榮一聲。

「遵長兄、嫂嫂令。」魏瑾榮說後，與魏瑾允等幾人朝前幾步，與公主行過禮；幾位魏家掌事者威嚴地站在岸頭，只一站，就讓船上還有幾句喧鬧的魏家族人全靜下了聲。

「回吧。」安靜中，賴雲煙朝有點呆住的兒子一笑，跟在了先提步的魏瑾泓身邊，與他緩緩歸去。

第九十五章

魏家在西地平原建了府，府宅不復往日的氣勢，滿府草地樹木看去，沒有假山流水，但還是有著幾分充滿書香的幽靜。這幢府宅不及原本魏府一小半的大，連以前賴雲煙隱居的靜園也比不過，耳不聞流水潺潺的叮咚聲，眼也看不到繁華似錦的花樹叢林，倒是勞動的聲響一聲勝過一聲。

領了人一進去，僕從就上了前。

賴雲煙靜坐在魏瑾泓身邊，看著蒼松去問世朝，派什麼人伺候司家一行人。

魏世朝朝不遠處的父母看了一眼，見母親看到他，嘴角微笑不變，他苦笑了下，與蒼松道：「松叔看著辦吧。」

「那是住下？」蒼松恭敬地問了一句。

魏世朝這一刻覺得自己呼吸都困難，好一會兒才勉強笑道：「可安排得下？」

蒼松笑笑不語。

「我過去和爹娘問一聲。」魏世朝說罷，已疾行向父母走去。

站在他身邊不遠處的秋虹聽到他這話，朝身邊的冬雨道：「看看，這就是咱們以前的小公子，幾年不見，變得都不像咱們的了。」

魏世朝剛走至父母身前，就見翠柏從外頭風一樣地跑至了父母面前，報——

「舅老爺下船了！」

賴雲煙見魏世朝走近，安撫地朝他笑了笑，看向門邊，蒼松立馬走近。

「再過一會兒就過去？」賴雲煙偏頭問了身邊的人一聲。

魏瑾泓輕頷了下首。皇上要等人從船上全下齊了，才會進行賞賜，到時府宅才會被賜下來。

賴雲煙料想這進行封賞得好長一會兒，便朝蒼松道：「舅老爺他們在船上沒用過多少熱食，你去準備些點心，一會兒好帶過去。」

「是。」蒼松退了下去。

「跟舅老爺報一聲，說我一會兒就過去。」賴雲煙轉身向了翠柏。

「是。」

司仁夫婦與公主夫妻坐在一側，聽賴雲煙不斷在吩咐，幾人的眼睛若有還無地往她這邊飄。

賴雲煙視而不見，見下人們退下後，就笑著看向兒子。

魏世朝怔了一下，看了父母一眼，問賴雲煙道：「娘親，岳父一家是——」

賴雲煙朝他安撫一笑，正要開口，就聽身邊之人淡淡道——

「現在西地所建府宅不多，司大人一家得暫且在我府住下。」說罷，魏瑾泓看向司仁。「司大人意下如何？」皇帝所帶來的王公貴戚太多，而府宅太少，若要賞賜下來，司仁雖位重，還是臨不到他這個文官；且，皇帝也有意讓司家住在魏府，他們住下已是必然，但在他們住下之前，他們總得明白他們是住在誰家中。

「但憑魏大人安排。」司仁舉手作揖，甚是恭敬。

魏瑾泓頷了下首。司仁作下官之舉，他也如往昔一般當他的上峰，場面有禮但不熱絡，沒有身為親家的熟絡。

賴雲煙聽了魏瑾泓的話，嘴角漾開淺笑，看向魏世朝。

司笑這時還抱著兒子站在門邊，等著賴雲煙發令靠近。

賴雲煙迎上兒子帶有苦笑的臉，心裡輕嘆了口氣，對魏瑾泓道：「您不抱抱孫子？」

魏瑾泓聞言「嗯」了一聲，對魏世朝緩和了下神情。「你去抱上佑過來。」

魏世朝抱了魏上佑過來，魏瑾泓就著他的手看了孫子幾眼。

「上佑叫祖父、祖母。」魏世朝抱著兩歲的兒子，嘴間柔聲地道，眼睛卻不斷地看著不伸手的父母。

魏瑾泓從來沒有見過他的孫子，乍見到他，打量得也甚是仔細，過了好一會兒，覺得這孫子一半像世朝，一半像其母；可能魏、司兩家氣息相近，雅氣太濃，小孫眉眼皆清雅無比，但少了幾分帶有活氣的靈動。

「上佑……」

魏上佑剛哭過，已是累極，魏世朝抱過他時他已經欲睡不睡了，這時聽到父親的話，他也還是甚是乖巧地叫了一聲。「祖父、祖母……」叫喚時，他上眼皮與下眼皮打架，並沒有看著他的祖父、祖母。

此種神態，看在魏世朝眼裡是憨狀可掬；看在司家人眼裡，是憐愛小兒一路受盡顛簸；賴雲煙也覺得小孫兒這要睡不睡的模樣有幾分可愛，哪料轉頭卻看到魏瑾泓那不鹹不淡的臉，她不禁在心裡皺了一下眉。這魏大人，心裡怕是有他的計量；可這教子也好，教孫也罷，現下也不是她的事了，她待不了幾天也是要走，也不好多管閒事。

「抱回房歇著吧。」

院落嘈雜，他們剛說上幾句話，就不停有人過來與魏瑾泓報事，不多時，魏瑾榮又來人請魏瑾泓去港口碼頭。

魏瑾泓叫了蒼松過來，讓他安排好司家人，又朝公主夫婦告了個罪，便要帶賴雲煙去碼頭。

「娘也去？」魏世朝緊隨著他們的起身，連忙站了起來，這話衝口而出。

還是不待賴雲煙回答，魏瑾泓便先行回答了他。「你舅父在碼頭。」他看著魏世朝，話語還是帶著幾分慈父的溫和。「今日你叔父們都在碼頭，家中之事就由你定奪了，蒼松在，有什麼不知的就問他。」

「孩兒遵令。」魏世朝看向微笑不語的母親，叫道了一聲。「娘。」

賴雲煙想了想，朝候在門邊的白氏招了招手。「弟媳婦，妳過來。」

白氏輕瞄了一眼身側的賴十娘，垂眼低頭到了賴雲煙面前。「大嫂。」

「家中內務現由你榮嬸娘管著，要什麼就問她要。」賴雲煙說罷，扶著白氏的肩讓她抬起了頭，柔和地對她說：「眼看家中這幾日要多上這麼多人，可等一會兒妳兒子也要回家了，妳要是忙不過來，便多吩咐些下人去辦，千萬莫誤了貴客的事。」

白氏聽來聽去，聽明白了那個「貴客」應是指公主這一家；現在，司氏還站在她的身後，這個當家主母還沒讓司氏上前說過親熱話……魏白氏心裡兜轉了一圈，也知司家出來的這位魏夫人想掌這個家，怕是沒那麼容易，而自己在這個家說得上話的時候怕還是有很多的。

由此，白氏欠了身，福了禮。「弟媳知曉，但請大嫂放心。」

賴雲煙微微一笑。

這時魏瑾泓轉身向她，扶了她的手，扶著她過了門檻才放下。

賴雲煙這時把手搭上他的手肘，跟著他出了大門，先去了碼頭。

碼頭離魏府不遠，走過去要得一會兒，而騎馬只須半炷香，下人牽了馬過來，魏瑾泓揮袖讓他們跟在後面，沒有騎馬。

賴雲煙在山間日夜爬上爬下，腳底都磨出了層厚皮，腳力也不同往昔了，走這麼段路自也不在話下，且速度不慢，看著與魏大人步調還頗一致。

「我兒與司家太親密。」左右都是身邊的人，且隔著距離，賴雲煙便開了口。「但他向來不是糊塗之人。」經過魏瑾泓剛剛那番敲打，世朝應該明瞭該與他的岳家保持距離了。

西海之勢，無一不是他父親拚搏而來的，留他在宣京，可不是讓他與岳家好得比跟自家還像一家人，再來西海坐享其成的。賴雲煙想來想去，應是剛剛在碼頭那裡上佑哭了，被司周氏抱在懷裡撫慰那時，惹怒了魏瑾泓；無論如何，在魏家的地方裡，怎麼樣都輪不到她一個外家插手，司周氏太不知禮，生生刮了她的臉面，也等於下了魏家的臉。

「再看看吧。」魏瑾泓過了一會兒才答了話。「妳別操心，這事我有分寸。」

「你別忘了，怎樣他都是你的兒子。」賴雲煙輕嘆了口氣，盡責地提醒了他一句。

「妳對他總是心腸最軟。」魏瑾泓低頭看她，話語有點無可奈何。

「怎樣他都是我兒子。」賴雲煙說罷笑了起來，抬頭往碼頭上熙熙攘攘的人群看去。「也不知我兄嫂如何了？」

司家的事，其實她沒放在心上，司仁能力已盡，來這西海，左右也不過是仰人鼻息過活。至於兒子所喜的司笑，也要司笑把她這婆婆當婆婆，還有她這婆婆真把她當媳婦了，這人才是魏家的媳婦；若不然，就免不了底下人不把她當回事了，哪怕還有個世朝替她撐腰。

這裡可不是宣京，現在魏家活著的每一個下人都是老家丁，可不是那麼好打發的。

第九十六章

乍見到賴震嚴與蘇明芙時，賴雲煙驚了一跳，再無剛才與魏瑾泓閒步過來的閒散之心。

「嫂子……」剛與滿臉黑黃的兄長匆匆行過禮後，賴雲煙就跪坐在了臥在軟椅中的蘇明芙身邊，手指摸了她發黑的印堂。

蘇明芙知道是她來了，發力含了含嘴裡的參片，抬起眼皮朝她勉強一笑。

「怎無人報我？」賴雲煙有些發怒，但見魏瑾泓都有些愕然。

「兄長，怎會如此？」魏瑾泓下令讓易高景過來，問了賴震嚴。

賴震嚴先沒回他的話，只是朝妹妹指了指後面。「舅父族人在那兒。」他手指一點，那邊躬身的任家族人便全都朝他們這邊跪下。

「一路吃食不多，妳嫂子盡了賴家全力，才保全了任家的這些族人……」賴震嚴蹲身，愛憐地摸了摸妻子蒼老的臉。「下面就交給妳了。」

「皇上會放他們？」賴雲煙碰了碰蘇明芙冰冷的臉，把在山間保暖的暖玉從領口內拉了出來，把玉鏈解開掛在了蘇明芙身上。

「他們都已中了宮中秘毒，不久會病發。」賴震嚴勾起嘴角，笑得陰冷。「除了妳這個傻瓜要，誰還要？」

賴雲煙看他。

「哭。」賴震嚴從嘴間擠出了一字。

賴雲煙剎那從眼睛裡掉出了眼淚。

「找岑南王；還有，咱家這兩家裡面有內奸，妳要仔細辨別。」賴震嚴也紅了眼眶，但卻是看著妻子病入膏肓的臉紅的。

那廂監視他們的人看到兄妹倆雙眼含淚，便若無其事地別過臉，看向了任家那些跪在地上不起的賊人；任家人頑劣不忠，不能忠君，那就只能死。

待皇帝封賞眾侯王將過後，已是子夜。西地食物匱乏，皇帝一行所運過來的糧草早在路上被隨行人員損耗完了，來這麼多人又有這麼多張嘴要吃飯，且皆半都是富貴窩出來的人，一生好日子過了無數，苦日子卻是沒有幾天，跟著皇帝來且聽更苦的日子還在後頭，一時之間，無幾人有逃生的欣喜。只有那從鄉村出來，且有能力進軍隊的下等兵吏一看逃出生天了，每日還有稀粥、肉湯飽腹，笑得合不攏嘴，但在凝重悲戚的氣氛裡，也只敢夜半時在夢中偷樂一下。

魏府這邊也只得魏瑾允歇下，魏瑾榮帶著幾兄弟去了賴家幫賴震嚴佈置府宅，且把貯存已久的糧食搬了一半到賴府。先前賴雲煙給魏家的，魏家沒能還給她，但此次全數且有多地給了賴震嚴，魏瑾泓也把他所剩不多的還生丹給了蘇明芙。

清晨，賴雲煙與魏瑾泓從賴府回府，路上賴雲煙抬頭看了看晨光乍現但星光還未褪去的天空，喃喃道：「這太平日子又沒了。」

魏瑾泓替她緊了緊她身上的披風，淡道：「太平日子？如我所記不假，我記得我們不曾有過。」

清晨，魏府內外家丁忙碌不停，許多人臉上皆有疲態，看得出一整夜未睡，在一片請安聲中，魏瑾泓送了賴雲煙進了房，等到丫鬟服侍她用了早膳、睡下了，才提步離去。

「這是妳和秋虹的。」翠柏端來了冬雨和秋虹用的稀粥，輕聲與站在廊下的冬雨說道。

魏瑾泓身為家主，也只得了一處有三間房的小院落，臥房與書房重地全在此，除了他隨侍的兩位老僕外，旁人未得傳令都不得靠近；賴雲煙回來後，院落裡能進的除了她，還有她的兩個丫鬟。

「多謝。」冬雨欠了身，接過了盤子，擱在了廊下的矮桌上。

「可還有什麼要的？」

冬雨搖搖頭，只細語道：「夫人覺輕。」

翠柏瞭然。「暗衛在院外護著，還請放心。」

冬雨再欠了身後，倚著梁柱坐下，慢慢喝粥。

翠柏看矮桌邊鋪了棉被，知曉她是要在此打地鋪護主，他的眼睛掠過冬雨粗糙的手，心中隱隱地抽疼了一下；他知道，夫人帶著她們在山中的日子也不好過，聽允老爺說，連夫人都要自己親自動手燒柴取炭……

賴雲煙睡到午時起身，冬雨給她穿了她以前的舊衣，賴雲煙納悶了一下，問她。「不是全帶到山上去了？」

「有幾身放在老爺的箱籠裡，松管家剛來給您送參湯時提醒了奴婢一聲，奴婢便拿來了。」主子帶的幾套華裳很是華貴，出門見客穿上甚好，在府中就穿舊裳替換一下，也免得過於招眼。

賴雲煙聽了微微一笑。衣裳穿好後，冬雨給她繫腰帶，秋虹把涼了的參粥放到她手上，她喝了兩口，聽秋虹與她道——

「司夫人剛剛來了兩趟，說要與您請安，我回了話，說您昨夜幫舅老爺搬了一夜的家，一夜未睡，正在睡。」

賴雲煙喝著參粥沒出聲，這司周氏，應是回過神，來道歉的。

「老爺呢？」她問了別的話。

「面聖去了。」冬雨跪在地上替她整理裙襬。「還有，大公子夫人從辰時站到現在，奴婢請也沒請回去。」

秋虹點頭。「這時也應是知道您醒了。」

果然，秋虹話落音不一會兒，剛端來熱參湯的蒼松就在門口輕聲道——

「夫人醒了沒有？」聲音很小，聽著也不擾人。

這兩年，魏瑾泓身邊的這幾個人對她倒是恭敬順從異常，賴雲煙也不好拿冷臉對著他們，聽了蒼松的話，她出聲道：「醒了，進來吧。」說著，她出了內臥，在外臥見到躬著身站在門邊的蒼松。

「什麼事？」冬雨走於他跟前，淡淡地問。

「大公子夫人讓我進來問一下，看夫人有沒有醒。」蒼松說著頓了頓，又道：「大公子早上囑咐了小的，讓小的幫著問問，他也好及時過來與您請安。」

他這話一出，冬雨與秋虹的臉色都不好看，只有賴雲煙捧著那碗參粥喝完，淡然出口道：「去回話吧，忙你的去。」

蒼松身為老管事，身上事多，聽賴雲煙這話也知夫人讓他交了差，再一行禮就忙不迭地退了下去。

「冬雨，妳去門邊傳大公子夫人進來。」賴雲煙說罷此話，自覺也受了丫鬟影響，好好的媳婦叫大公子夫人，這下連兒子都帶著生疏了。當年千算萬算，也沒想到，有朝一日與不可能言和的魏瑾泓言和了，卻和兒子隔了這麼遠。

冬雨欠了身，抿著嘴出了門。

賴雲煙讓秋虹把午膳搬出去放矮桌上擺著，並把臥房門關上。司笑上頭還有個公主嫂子，皇帝放了尊門神進來牽制魏家，賴雲煙現在住在魏府的防心之重，別說放司笑進魏瑾泓的臥房了，便是讓她進院，魏瑾泓怕是心裡都有計量。

賴雲煙坐在廊下的蒲墊上吃了口鮮美的蛋羹，不由得說道：「也不知老爺什麼時候回來。」

「嗯？」秋虹不解。

賴雲煙再嚐了兩口後，把盅碗給了秋虹。「拿個暖盒溫著，待老爺回來給他用。」

秋虹笑了起來。「沒幾口，您就自個兒用吧。」

賴雲煙搖搖頭。「這野雞蛋能找著幾個？咱們滿山找的也盤不了幾個出來，讓老爺也嚐嚐鮮。」

「哪少得了您這幾口。」秋虹哭笑不得，但還是伸手接過了盅碗，朝冬雨帶來的大公子夫人福了一禮，找暖盒溫碗去了。

「媳婦見過婆婆，婆婆萬安。」司笑站於賴雲煙跟前，福身行禮，那腰蹲到了快到地上，饒是如此，也是體態優雅。

「嗯，免禮，起來吧。」賴雲煙頷了下首。司笑站起來後，她看了一眼眼前這媳婦，以前便知道司笑很美，現在看來，這一路的風塵也沒折煞她的美貌，瞧她走進來時那不疾不徐的腳步，也看得出她定力非凡。

「這一路可好？」賴雲煙問她。

「勞婆婆掛心，這一路甚好，只是苦了夫君，為我等前後忙個不停，媳婦心中甚是有愧。」司笑細聲細氣地道。

「他應該的。」賴雲煙點點頭。冬雨為她又添了碗粥後，賴雲煙隨意開了口。「請過安了，要是無事，就回吧。」

「媳婦從未在您跟前盡過孝，想多陪您說說話，不知可行？」司笑的話更輕了，輕得就像被風吹著的柔柳，聲音細柔得有說不出的好聽，但不仔細聽就聽不明白她在說什麼。

「那也好。」賴雲煙點點頭，便不再說話，安心用起了膳。她這剛喝完粥，就聽院門外有聲音在道——

「夫人，大公子來了。」

剛說罷，就聽世朝的聲音響起——

「娘，孩兒來給您請安了。」

賴雲煙笑了起來，朝冬雨看去。

「大公子進來吧！」冬雨本跪著服侍賴雲煙用膳，這時起了身，往門外喊了一句。

這時，頭戴紫冠、身穿紫袍的魏世朝大步流星地走了進來。「娘！」人未近，聲已到，臉上有著說不出的喜悅。

「來了。」賴雲煙抬臉微笑地看向已經成年的兒子，他看起來精神煥發，看來這些年間過得很是不錯。她身子往身後的房柱靠去，冬雨及時跪下，在她身後塞了軟枕，賴雲煙舒服地挪了身體。

「世朝給娘親請安。」魏世朝一到，就在賴雲煙跟前跪下。

這時他身後的司笑也緊隨跪下，與她磕頭。「給娘請安。」這次，婆婆從她嘴裡順理成章地變成了娘。

賴雲煙正要讓他們起，這時聽到門邊有了腳步聲，她放眼看去，見魏瑾泓走了進來。

「爹！」魏世朝抬頭，見到他那臉帶溫笑的父親，語帶驚喜。「您出門回來了？」

「來了？」魏瑾泓笑著朝他點頭。「起來吧。」說著，他掀袍坐到了賴雲煙身邊，問冬雨。

「粥可還有？」

冬雨忙道：「奴婢這就去廚房。」

賴雲煙聽了笑著朝她搖了下頭。「我用的還剩著點，讓老爺先墊兩口。」

「是。」

「不嫌棄吧？」賴雲煙笑著側頭，問身邊的人。

魏瑾泓溫和地笑了一笑，搖搖頭，拿起她的筷子吃了兩口她剩下的菜，問她。「妳用完了？」

「嗯。」賴雲煙點點頭。

魏世朝帶著媳婦已起，站在那兒看著父母說話，眼神也變得溫柔了起來。他沒想到，父母感情已變得這麼好；不過，母親好像變得與他隔閡更深了，儘管她看著他的笑容還是那麼慈愛，可他們之間的距離更遠了。他先前進來時見笑笑站著，以為母親在立規矩，可他進來到現在，她也沒叫他坐下，她不曾對他這般心硬過。

「你榮叔給了你什麼事做？」丫鬟抬了吃食上來，魏瑾泓朝魏世朝問。

「與瑜叔一道去山上監察伐樹。」魏世朝一聽他詢問，臉色立馬一肅。

魏瑾泓沒說話，但把手上的筷子慢慢擱了下來，抬眼問他。「那你現在在這裡幹什麼？」見父親嘴角的笑冷了下來，魏世朝一愣。「孩兒……孩兒想給娘親請過安再去。」

魏瑾泓聽了直皺眉，往賴雲煙看去。

賴雲煙笑笑，並不說話。

「回老爺，夫人並沒有吩咐大公子今日過來請安。」跪著侍食的冬雨開了口，語氣跟她板著的臉孔一樣生硬。「咱們府中的人都知道，夫人向來最不喜為這些繁文縟節耽擱正事——」

「好了！」冬雨這般說話，賴雲煙一下子也有些愕然，忙阻了她的話，但一出口，見跪著的冬雨鼻孔微縮了縮，那一刻她這丫頭身上的傷心顯露無遺，她不禁在心裡嘆了口氣，口氣溫和了一些，與世朝道：「去幫你瑜叔吧，他見過聖駕後就又回山上忙去了，你去替一下，讓你叔叔回來睡個好覺。」說著，見世朝僵直不動，她補了一句。「你叔叔在山中已有三月，每日睡不得兩個時辰，人都瘦了一半，還好你來了，替替他也是好的。」

魏世朝一聽，心中兒女私情剎那皆無，跪下羞愧地道：「世朝知道了，這就去山上讓瑜叔下山歇息。」他沒忘他是族長的長子。昨晚他本想在母親跟前多聊些妻子笑笑的事，他知道以母親疼愛他的心，還有她以前與他說過的話，她必會好好對待笑笑；只是昨天岳母得罪了她，他怕母親有什麼誤會，就想著今兒在她跟前把話說清楚。

「娘……」魏世朝歉意地看向賴雲煙，而他娘溫柔地、微笑地看著他，讓他一點兒也看不明白她到底在想什麼。

「去吧。」魏瑾泓厭倦地朝賴雲煙身後的軟枕處靠了靠，眉眼間有說不出來的失望。

魏世朝那剛剛走進來時還火熱的心，一下子就冷了。眼睛看向以前把他當命疼的冬雨，卻見她冷硬地別過臉，不看他，乍見父母親人的狂喜過後，眼前的一切徹底清晰了起來——他們並不像他一樣，欣喜於他們的重見。

第九十七章

在走之前，司笑小心地看了賴雲煙一眼，賴雲煙察覺，臉上帶著慣常的淡笑去執魏瑾泓放下的筷。

「爹、娘，孩兒退下了。」魏世朝給他們磕頭。

賴雲煙輕頷了下首，仔細看著菜桌上三三兩兩的菜式，也沒去看他，嘴邊笑容不變。

對於兒子，她沒有身邊丫鬟那麼多的感觸，該教世朝的她以前都教了，而在這個動盪的年代裡，每個人都奔著向前跑，且不說下面的人為每日的生計奔忙得有多艱苦，就是太子，也日日殫心竭慮，連魏家的幾個小輩，現下一出手已有千軍萬馬之勢，已能獨當一方；世朝要是不與之一道，他的父母再厲害、再疼他也無濟於事，他遲早會被人棄在身後，他的身分救得了他一時，救不了他一世。

人的成長過程裡，總有那麼一段時日會視情愛為一切，總會為之昏頭昏腦個幾年，現下他為司笑神魂顛倒到忽視了某些東西，也不是不可理解的；人無完人，何況他還是沒經歷太多事的年輕人。只是，在別人已經在飛的時候，他還在原地踏步，尚留在往日的溫柔裡，她教他那麼多，他這點都看不破，她也是無話可說了。

終歸是他自己的路，要他自己走，只有親身經歷過了，苦了才知道痛，跌慘了才知道自己腳跟不穩，這一些，都是需要他自己明白的。她不能再扶著他走，若不然，等他身邊這幾個能護他的人沒了，以後要是有點波折，怕是會更慘。

「吃飽再歇。」賴雲煙送了口菜到魏瑾泓嘴裡，扶了他坐起來。

魏瑾泓抬眼看她，滿眼滄桑。

「給他點時日吧，道理懂得再多，不去經歷一番，就不會銘心刻骨。」與魏瑾泓的失望相比，賴雲煙就顯得雲淡風輕多了。「我們不也是這樣過來的？」

「可……」魏瑾泓讓她扶著坐直了身，沒去拿她遞過來的筷，可現在的世朝，絕成不了魏家的下任族長。

賴雲煙看著無人接過去的銀筷半會，嘆了口氣。「能者居上吧。」

魏瑾泓聽了，眉毛攏在了一塊兒，那本放在桌上的手因她這話，一下子就掉到了腿上。

這時，帶著蒼松走到廊下的魏瑾榮當即停了腳步，站在石階前不敢動了。

「上來吧。」賴雲煙別過臉，看到了廊下的魏瑾榮，淡然笑了一下。

「長兄、嫂嫂。」魏瑾榮依言上來。

「坐。」在他行禮之前，賴雲煙打斷了他。

魏瑾榮便沒有客套，在他們對面坐下，把手中抬著的冊子放到桌上，猶豫地看著尚在進食的兄嫂兩人。

「吃吧。」賴雲煙這次把筷子塞到了魏瑾泓手裡，轉頭對魏瑾榮說：「有事與我說？」

魏瑾榮看著面前的嫂子，眼前這個婦人有著蒼白的臉、豔紅的唇，讓她整個人像帶有凶氣的血劍般——不管前方有何人擋路，她都會一揚手，義無反顧地劈過去；這一次，沒想到，連世朝她都……

魏瑾榮畢竟已不再是當年被他這個嫂子震懾得回不過神來的人，他坐下穩了穩心神後，便開口自若地道：「冊子已造好，這是族冊，這是家眷的內冊，請兄嫂過目一下。」

賴雲煙頷首，接過了他拿來的兩本冊子，把族冊放到了魏瑾泓手邊，她拿著內冊看了起來。

「瑾瑜弟媳沒來？」她翻著冊子問道。

「已於路中病亡。」

「其子呢？」賴雲煙握冊的手頓了一下。

「養在世朝媳婦身邊。」說到這兒，魏瑾榮細細地說了起來。「本來說皇后有那麼個意思交給岑南王妃照顧，不過世朝賢媳接了存德過去，與上佑養在了一塊兒。」

賴雲煙微笑了起來，眼角的細紋也皺了起來，顯出了兩分真心，她別過臉，笑著與魏瑾泓道了一聲。「媳婦倒是個能幹的。」

魏瑾泓兀自用膳不語。

「這幾日讓瑾瑜回來休息幾天，派個貼心的老媽子，好好照顧這爺兒倆。」賴雲煙不以為意地轉回臉，朝魏瑾榮道。

「好。」

這時魏瑾泓擱了筷，拿了族冊飛快地翻了起來。

魏瑾榮見狀說道：「其中有九人重病，大夫說拖不了幾日了，但也寫在了冊中。」

「哪幾個？」

魏瑾榮便一個一個地說了出來。

說罷，魏瑾泓頷了首。

冬雨已飛快地收拾了碗筷下去，在其上擱置上了筆墨。

魏瑾泓提筆寫著字，垂首不語。

「嫂嫂，內眷您於何日讓她們過來請安？」魏瑾榮便問賴雲煙的打算。

「後日，先讓她們歇兩天。」

「外眷呢？」

賴雲煙抬眼，眼神漠然。「看我哪日有空。」有空就見，沒空不見，有空沒空，得她說了算。

魏瑾榮領會。「知道了。那岑南王妃那兒……」

賴雲煙搖搖頭。「皇后沒召見我之前，我不會去見，王妃也不會召見我。」她現在身在魏家，不會輕舉妄動給魏家招禍。

「知道了。」魏瑾榮看她什麼話都說得明白，也明瞭她在山下期間不會給魏家埋禍端的意思，便笑了笑。

賴雲煙揉了揉額，笑了一下。

門邊這時出了聲響，翠柏疾走了進來，跪在廊下就對賴雲煙道——

「夫人，養心園裡的人不行了！」

賴雲煙支著頭，一時竟說不出話來，連著吐納了幾口氣才神色平靜地問翠柏。「怎麼個不行法？」

「皆半吐了黑血，銀老爺看著像是不行了……」翠柏不斷地磕著頭。

賴雲煙頓覺眼前無光，她閉了閉眼睛，感覺自己的靈魂有一半飛出了身體，冷冰冰地看著那久不開口的心口汩汩地流著濃得發黑的血，就這麼無動於衷地在一旁看著另一半的自己，一點上前幫忙的意思也沒有。

下一刻，她的手被人緊緊地握在了帶著厚繭的手中，那大掌捏得她發疼，賴雲煙睜開眼，看到魏瑾泓掐她的人中，她朝他笑了笑，深吸了口氣吐出。

「易大夫過去了？」見她回過了神，魏瑾泓問下面跪著的翠柏。

「過去了。」

「去書房把百毒丸拿過去給銀老爺服下。」

翠柏愣了。

「快去！」魏瑾泓的語氣變寒。

「是！」翠柏這次飛也似地跑上了臺階，往另一邊的書房跑去。

「那東西，你也剩沒兩顆吧？」賴雲煙撐著頭，她心煩意亂得很，便把眼前的內冊合上。

「無礙。」

賴雲煙頓了一下。「回頭我給你送兩顆過來。」

「妳好似也沒了吧？」魏瑾泓恢復了平常的溫和，話音還帶著點笑意。

「製就是，我這點能耐還是還有的。」賴雲煙說到這兒，自覺口氣太大，自嘲地笑了笑。

「不過藥方子雖還在手，料不齊，製出來也沒有以前那般好就是了。」

魏瑾榮一直垂首不語，聽到這兒，抬頭朝賴雲煙道：「嫂子要是缺什麼，叫冬雨她們過來拿就是，現在雖不比從前，但咱們家庫房裡有些東西還是有的。」

「為難你了。」聽了魏瑾榮這話，賴雲煙的臉色稍好了些起來。說話時，她的眼睛不斷地往書房那邊看，看到翠柏捧著玉盒出來，她一直盯著他向他們走來。

「小的這就給銀老爺送去。」翠柏在臺階處給他們下跪道，得了頷首，方才把玉盒藏好，便匆匆出門，領著護衛去了安置任家人的養心園。

「等一會兒我過去看看。」魏瑾榮等了一會兒，見賴雲煙沒起身，知道她不打算過去，便開了口。

「別去。」賴雲煙搖搖頭。「生死有命。」她都不去了，讓魏家人去幹什麼？皇帝想拿任家人的生死逼她去求他，可她是個心硬的，誰活著，她就帶誰走。

「嫂嫂……」魏瑾榮有些不忍。

賴雲煙搖搖頭，只一下，她突然站了起來，大叫。「冬雨！秋虹！」

在園子裡陽光處與她淨洗裙襬的兩個丫鬟聞聲，飛快地跑了過來。

賴雲煙把腰間的鋒劍一把抽了出來。「冬雨，拿我的劍，讓銅老爺等沒我的令，不許下山！妳拿劍給我死守著，一個都不許給我下山！秋虹，妳得信回來替我傳令，快去！」

冬雨、秋虹這次沒來得及行禮，就在賴雲煙鋒利的眼神中飛快地接過了劍，飛跑了出去。

「叫瑾允護在半路。」魏瑾泓朝魏瑾榮看去。

魏瑾榮來不及多說話，就飛腳出了院落。

一下子，整個院落就餘下了他們兩人，還有候在門邊的蒼松。

「不要中計了才好……」全身的力都像被抽走了，賴雲煙無力地扶著桌子坐了下去。要是傳到銅表弟耳中，聽聞兄長離死不遠，不論是前去弒君報仇，還是來魏家與她碰面救族人，都只會中了皇帝的計，到時她再有天大的能耐，也救不了他們任何一個人。

魏瑾泓跟著緩緩重新落了坐。「這裡不是宣京，消息傳出去沒那麼快，短短幾日裡也傳不到妳山中之人的耳裡。」

賴雲煙這才冷靜了下來。可不就是如此？真是關心則亂，她不禁自諷地翹了翹嘴角。

「哪天我要是不在了。」魏瑾泓攬過了她的肩，賴雲煙在他身上靠了一會兒後，心平氣和地與他道：「看在我們這世還夫妻一場的情分上，幫我幫著任家一點吧，好歹也給他們留幾個根。」

「妳說得為時尚早。」午後的陽光已經打到了他們的頭上，她夾在黑髮中的銀髮在太陽下發著刺眼的光，魏瑾泓扶著她起了身，牽著她的手往門邊走去。「我們的路還遠。」

第九十八章

魏瑾泓帶著賴雲煙去見了這次來的幾個魏家主事者，賴雲煙在他身後垂首聽著他們說話，也沒插嘴，等到要走時，一個個又來與她見了禮。賴雲煙笑了，剛才低著頭的溫婉褪去了大半，不疾不徐地問及他們家裡帶來了多少人，眾主事者都簡言回了話。

賴雲煙一出這安置魏家各支府邸的大門後，就跟魏瑾榮說：「按照人頭送些魚肉過去，那去腥的食料也送去一些。」

魏瑾榮笑著作揖道「是」。雖說送的是魏家現在的存糧，但他們還是不會吃虧，他這長嫂這性子，素來不愛占這些個小便宜，說要了的東西，總會找法子還回來。她雖然也是一家人，但她到底不是平常婦人，坐在山上的她，私下不知握有多少誰也不知的東西；她好幾年前派來西地駐守的近百強人，現在可是有半數還活著呢！

魏瑾榮樂呵呵地笑，賴雲煙也頗有點無奈地笑了笑，魏家人摸清了她的性子，知曉她不喜打笑面人，在這時候便褪去了清高，讓她束手就範。

「唉，現如今在你們手裡還是討不了多少便宜。」話雖說如此，但賴雲煙還是挽起了魏瑾泓的手臂，華貴豔麗的臉上帶著笑，看不出憂愁。

魏瑾泓默然，都沒去看她。

西地平空多了幾萬人，開拓出來的土地不大，路上全是各府來往的人，他們走在路上，有人認出魏瑾泓，紛紛向他們行禮。來西地的人身分皆不低，但比魏瑾泓身分高的那幾個全在現在的皇宮中，現在魏瑾泓一走在大庭廣眾之下，彎腰跪地行禮的人一眼看去就是一大片。

魏瑾泓的目光從他們身上掃過，看得甚是認真，賴雲煙暫且猜不出他在想什麼，但她看著這些人，就像看到了一張張血盆大口在大張著要飯吃；皇帝、太子爺他們總得想辦法餵飽他們，而他們也得有能力讓皇帝覺得養活他們值當。

說來，皇帝要是對他們幾家友善點，對任家、賴家沒那麼多猜忌之心，用糖果、栗子哄著他們，賴雲煙也不想跟皇族對著幹。她是個識時務的，只要許百年之內他們幾家該得的，她不會有異心；可現在，別說皇帝要跟他們過不去，他們也想和他過不去了。

但賴雲煙也知道，現在的處境也是局勢使然，另居他所的宣國有一個魏家就夠了，要是魏、賴、任三家都在，換誰坐在最上面的那個位置都不安心；但是就算是皇帝爺，他也不可能面面俱到，打擊了大族，他身邊還伏著猛虎，甘不甘於把可得之地拱手相讓，那可不一定。

這往後，真是太平不了。

兩人回府後，賴家那邊來了人，說夫人好了一些，請姑奶奶莫要擔心。

「那就好。」賴雲煙回了話，又列了清單，送去了些什物，也給冬雨和秋虹的孩子送了些吃物過去。

她心疼著兩個丫鬟，還有賴絕、賴三他們，想著事後也還是要把他們的孩子帶回去，往後就是她敗了，她也會替這幾個孩子尋個安居之所，讓他們安心繁衍後代。

當天夕時魏瑾瑜回了府，帶了孩子過來請安。

魏瑾泓不在，賴雲煙見了他們。那孩子已有八歲，甚是怕她，請過安後退到魏瑾瑜身後，拉著他父親的袖子，低著頭不敢抬起。這父子倆，見著她，一個比一個還像老鼠見了貓，賴雲煙心中好笑，臉上不鹹不淡地問了魏瑾瑜幾句話後，就讓他們走了。

這父子倆卻是像極，一出門，一致地鬆肩吐氣，這剛剛見面的父子因有著共同忌憚懼怕的人，這一刻像得不能再像。

跟在他們身邊的蒼松哭笑不得，都不知道他們瑜老爺這樣怕極了夫人。

「二老爺，夫人還是關心您的。」蒼松忍不住在魏瑾瑜身邊輕聲說了一句。

外面其實有一處大老爺常見各家老爺的小廳，但夫人讓他們來大老爺的內庭見了她，伺候他們的人也是精細，又是他們信得過的人，吃食也是夫人說了比照她的做。夫人吃的是調理身子的藥膳，現在不比以前，人參吃一顆就少一顆，可不是天天都能吃的，所以無論哪一點，夫人都做足了身為長嫂對他的照顧。

「我知道。」魏瑾瑜點了點頭，牽著兒子，回頭朝蒼松說了一句。「大嫂也是知道的。」他只是見著她就說不出話來，也不想說出什麼感謝之言，過往恩怨已淡，但怎麼樣都親近不了了。

快要用晚膳時，蒼松過來，小心翼翼地問賴雲煙。「夫人，可否讓小公子過來請安？」

賴雲煙聽了愣了一下，這一天下來，她還真沒想找這小孫子過來親近呢！雖說小孫怕她，但稚子無辜，她不見，少不得讓下面的人揣測她連這孫兒也不待見。

「趕緊抱過來。」冬雨、秋虹不在身邊，賴雲煙一時之間對身邊的事沒什麼分寸，也不知有什麼能賞這小孫兒的，便吩咐蒼松道：「叫榮夫人也過來。」

賴雲煙剛到小廳坐下，白氏就已過來了，魏瑾榮所住之屋離他們不遠，但也不近，想來白氏一得訊也是飛快過來了。

「妳來了？快幫我想想，府裡可有什麼是能給上佑玩的？」賴雲煙朝她招手，免了她的禮，笑道：「別多禮了，快來坐下。」

「玩的？」見她臉上都是笑，白氏少了往常對她的警惕。她到底與賴雲煙朝夕相處這麼多年了，現下與之說話，也有著幾分妯娌之間的自如。「您怎地想起這事了？」白氏看看她左右，見她的兩個大丫鬟都不在，了然一笑，便說了起來。「庫中還有幾塊寶玉，家中也有手藝人，叫他們忙一晚，打塊玉腰帶，您看如何？」

「使得。」賴雲煙點頭。現在暫且如此吧，再用心的，也得看日後孩子與她親不親，要不要她這分心。

「就是今晚打好，也是要到明兒個去了。」白氏知道不得多時那小姪孫就要過來了。「今兒個就給他包幾件新衣裳回去，再賜兩本書吧？」

賴雲煙微笑。「妳想得周到。」

「只是我來得匆忙，也沒帶啥東西，屋中倒有一對長命百歲的銀鐲子，明兒個便與您的一道送過去，您看可好？」白氏見著了許久未見的兒子，這兩天心情好得緊不算，見賴雲煙也沒想讓她剛來的兒媳婦分自己的權，心中更是歡欣萬分，也不吝現下討好一下這位族母。

白氏識趣，賴雲煙便看她順眼，難得地伸了次手拍了拍她的手臂，當是嘉許。

司笑抱了稚子過來，行禮時言語中有些羞赧。「上佑早些時候便要過來請安的，媳婦所思不周，當時便沒有帶過來，還望娘莫要怪罪。」

賴雲煙懶得理會司笑的話中之意，更無怪罪司笑之心。對她來說，她要是有那精力，也只會想想白氏這等人心中是怎麼想的，怎麼可能去在意司笑在想什麼？這小姑娘太無足輕重了，連世朝都不在她的傳承裡，這個小姑娘更是與她沒什麼交集。這位小夫人以後的世界，一個管事的為難都可讓其有苦難言，再多幾次，便是連跟她這個婆婆說幾句暗藏機鋒的話的機會也不會有了。

「把孩子抱來給我看看。」賴雲煙朝白氏頷了下首，轉頭對司笑微笑道：「起來吧。」

白氏走過去抱了魏上佑，魏上佑轉頭看向他娘，見她點了頭，才朝白氏伸了小手。不過，當白氏將他抱到了賴雲煙面前後，小兒畢竟沒有城府，不會作假，頭直往白氏懷裡鑽，眼睛都不看賴雲煙。

畢竟還只是個孩子，賴雲煙不想嚇壞他，再鬧他哭一場，也沒非要抱他不可，只好暗嘆不喜她就不喜吧；饒是如此，心中還是少不了有些黯然，但面上沒顯，顧及著小兒的臉面，笑著與白氏道：「我面惡，小孩們素來不喜我，還是妳抱著吧。」

白氏頓住，過了一會兒才笑道：「哪有這回事？您可是咱們宣朝出了名的大美人，見過您的，誰能說您面惡？小孩子認生，過幾天就好了，到時天天纏著您抱，您可別嫌煩。」

司笑這時已經急得走到了白氏身邊，聽到榮嬸娘這番話，勉強笑著道：「是的，娘，嬸娘說的是，上佑認生，過幾天就好了。」

賴雲煙沒為難她，小孩子怪小的，他們也剛見面而已，她也不曾對他親熱過，不喜她這個不曾謀面的祖母也是正常之事，便也笑著說道：「也是，過幾天就好。」說罷，賞了魏上佑一些白氏所說的東西，又顧及著世朝的感情，她又把自己帶下來的首飾賞了司笑一套。

她帶來的首飾套套都不只價值連城，帶下山見駕會客的幾套更是異常精緻稀奇，賞給司笑這套的鳳釵上就鑲了三顆鴿子蛋大小的殷紅血玉，讓整支鳳釵活靈活現得像浴血中的鳳凰，美得無與倫比。

白氏見了她所賞之物，驚奇得眼睛瞪大，及時抽出一隻抱小孩的手掩了嘴，才沒失態地驚叫出聲。

司笑看著擱置在錦盒裡的一支鳳釵、三支鑲著同色小血玉的步搖，當下就跪下了地，驚慌地道：「娘，使不得。」

賴雲煙正要笑著意思性地勸兩句，哪料，這時魏瑾泓大步進了門，一看到桌上之物，本正常的臉色乍然大變，語帶怒氣道——

「收起來！這哪是能隨便賞人的！」

他彷佛晴天驚雷一樣大響的話一出，司笑手中緊握著的帕子便猛然掉在了地上。

魏瑾泓的平地一聲暴喝，驚得屋裡屋外的人都跪在了地上。

被白氏抱在懷裡的小兒被嚇得「哇」地一聲哭了出來，這下子，不說魏瑾泓的臉色更難看，連賴雲煙也微皺起了眉，這麼愛哭？

「好了。」賴雲煙揉了揉發疼的腦袋。「弟媳，抱下去吧。」讓這小兒再哭下去，他這祖父只怕是要更對他生厭了。「妳也下去。」賴雲煙對著跪在地上的司笑說了一句，靠在桌上支著腦袋，腦袋空白，只留疼痛。

「娘——」司笑還要說話。

「下去！」門外小兒那刺耳的哭聲一聲比一聲大，賴雲煙褪去了平時偽裝的溫和，閉著眼，非常不耐地喝道了一句。

這個司笑，是真不明白還是假不明白？白氏身為她的長輩，聽了一句話，什麼都沒說就出去了，就她還有話要張嘴；蠢，是真蠢，連她幫著都看不出。賴雲煙一想及是自己那兒子給她的底氣，對世朝的失望這時也掩飾不住了；她不是對世朝這幾天的表現真沒想法，只是一想到他是她生的，那些苛責就全啞了口，一句也說不出。

賴雲煙發了怒，門外立刻有人飛快進來，一言不發，大力拉了司笑就往外走。

司笑瞪大了眼，被拖著走的她在突現殺氣的屋子裡連呼吸都忘了，那驚恐的臉像是瞬間失了魂魄般呆滯。

「怎麼回事？」那完全搞不清狀況的人走了後，賴雲煙睜開眼問魏瑾泓。

魏瑾泓還冷著臉，看她臉色更白了幾分，他掀袍在另一側的主位上坐下，垂眼不語。

「你不說，我怎麼知道你在想什麼？」賴雲煙又重重地揉了揉額頭。

「妳何必給她這麼貴重的？」魏瑾泓開了口，口氣冷漠。

「我總共就這麼幾套，給哪套都一樣。」賴雲煙深吸了口氣，儘量不發火。

魏瑾泓瞥她一眼，朝門外看去，叫了一句。「蒼松。」

「是，老爺。」剛飛快出去的蒼松又飛快進來了。

「到庫房裡拿一套頭面，給少夫人送去，夫人賞的。」魏瑾泓說罷，頭往賴雲煙那邊側了側。

「妳還沒老，還不到叫老夫人的時候。」

賴雲煙本來肚中有火氣的，聽了這話，心中火氣頓時散了大半，只餘幾絲哭笑不得。

「夫人？」見賴雲煙臉色好了一點，蒼松躬身向賴雲煙請示。

「去吧。」賴雲煙點了頭。這也算是個補救了，也算給了世朝臉面。

失望是失望了，但該給他的，她也不會少給。

第九十九章

「世朝總是你兒，這親當年也是得了你首肯的。」無論如何，賴雲煙也不想魏瑾泓把對司笑的不滿生生表現出來。「你再不喜，這該給的臉面還是要給。」

魏瑾泓看著那套首飾，半會沒說話，過了一會兒，他才淡淡地道：「不是不給，這給了也不知敬畏，給多了就更認不清了。」

司家是皇上塞給魏家的，是塞過來的，不是來當魏家的主子的，這點，司仁認得清，但看樣子，司笑沒認清；他沒在小兒那媳婦身上看到與這個家相符的地方，不知是太平庸還是真愚蠢，不乖巧也不機敏，眼睛還是瞎的。他們夫妻帶著世朝走了那麼多地方，見過那麼多的世情，最終得來的只是他的醉臥美人懷。

「以前我以為他有幾分像妳，但他一點也不像妳。」

「像我？」賴雲煙笑出了聲。「我還以為他一直像的是你。」世朝小小年紀就懂大義，雖說也親她，但更親近魏家，因著她的教育，他還會跟她說她的不對之處，也向來覺得她不對之處甚多，父親為她無奈偏多。「他從小就是幫著你的。」世朝雖也為她著想很多，但從來沒有義無反顧幫她之心，說的好只是嘴上說的好，若是真到了她要與魏瑾泓決裂那一步，他只會選魏家。

「說來，也是我們的錯。」賴雲煙冷靜了下來，理智也回籠了，仔細分析道：「我們多年不和，我對你多有不敬，你對我也沒少利用，我們做不到的，他便想做到。對司笑一往情深，諸事順從，對司家也是照顧頗多，與司笑兄長的感情勝似親兄弟，這些何嘗不是有彌補上一輩缺憾之意？」

她與魏瑾泓、魏瑾泓與她兄長賴震嚴，多少年來都是明著和睦，背地裡相互插刀，就怕對方傷得不夠痛；後來就算是聯手，為了平分利益，她兄長與魏瑾泓私下也沒少關起門打架，吵得凶了，好幾次都差點動劍論生死。

這孩子本不該生下來的，但這話太殘酷無情，一點人情味也沒有，說出來誰也不愛聽，賴雲煙就沒說出口。

她面露憐憫，魏瑾泓只一眼就看出了她在想什麼，剎那喉嚨嘎啞，話意全轉了過來，竟順了她先前的話講。「再多經點事，興許會好。」不能讓強求得來的兒子什麼都不是，那是他們的獨子，這一世，他只有這麼一個兒子。可想到這兒，魏瑾泓更是心如刀割，兒子、媳婦、孫子，全是他要的，到頭來卻沒一個順了他的心。

「你這樣想就好。」賴雲煙也疲了，本不想再多說，但見魏瑾泓靠在椅子上面露悲戚，乍一眼她心中竟抽疼了一下，便無奈地苦笑了一聲，道：「要是不行，便放了他做那逍遙人吧。我看司笑也不是個壞的，才情容貌也配得上他，孫兒看著弱了點，但到底還小，怕生愛哭了點也是正常，誰知他以後會是何樣？也許以後會比你與世朝還要出色。只要那夫妻兩人放得下，就隨他們去吧，他們有他們的活法，要是能恩愛一世，何嘗不是比我們幸運？何必拖他們下我們這灘爛泥爛坑？我們是不得不如此才成天披著盔甲算計，可他是我們的兒子，讓他過得輕鬆一點，也不枉我們為人父母一場。」

魏瑾泓畢竟不是兒女情長之人，一時的傷心過去便也恢復了平常的理智。「若是不成事，就依妳的。」到時，就算世朝捨不了這身分、地位，他也不會如世朝的意。魏家，沒斷在他手裡，也絕不能斷在他兒子手中。

夫妻兩人殺伐決斷成性，短短幾句相談，不管捨與不捨，就此下了定論。

與此同時，在山中剛收到妻子的信，正猶豫著要不要回的魏世朝不懂得，他的一時之失，就此斷了同父母一起走的路，他的父母走得太快，都不等他了。

過了幾日，養心園那邊的人接二連三地死了十多個。賴雲煙聽易高景來報，說宇公子曾見過這種藥，知道有種藥草對這有效，便試了試，竟多留了許多人的命下來，雖說毒沒解，但可多拖長幾日。

易高景走後，賴雲煙搖著頭對魏瑾泓說：「你翻翻古往今來的史書，看看這世上是虎父無犬子的多，還是虎父有犬子的多。」

他們兒子來了，只顧得著替他媳婦撐腰，沒跟她報過任、賴兩家的事；身在西地的魏世宇，卻成天守在養心園。比起個外人，親生兒子還不如別人瞭解她得多，什麼時候在他眼裡，她是個會為難個小姑娘的人了？在舅外祖一族快要滅盡的關頭，他想的就是他媳婦的事，還想著，他娘也有那麼多空閒跟他玩這點過家家，賴雲煙為此真是好笑又可悲。

魏瑾泓被她的話刺得耳朵發疼，抬眼瞪著她。

「瞪我也沒用，你最好現在就做打算。」賴雲煙當他是戰友，說話越發實際。「不是我不看好我們兒子，而是時日不多了，沒多時就要大亂，你必須定一下下任族長，以備後患。」

「妳選了誰？」魏瑾泓不答反問，任家她選了誰？

賴雲煙也不瞞他。「小銀，我銀表弟。」小銀身上的毒已解，他是被她舅舅當接班人培養起來的，她是定選他的。

「是嗎？」魏瑾泓習慣性地摸了摸手指。

賴雲煙瞥到，眼睛帶笑，直視他眼底。「魏大人，怕可是成不了事的。」她意有所指，魏瑾泓頓了頓，淡淡道：「妳知道皇后要見妳了？」

「該到時候了。」賴雲煙回得也甚是淡然。

「妳也知道，我不想妳身陷凶險了？」

「我們沒有別的路。」賴雲煙沈默了一會兒，摸了摸空蕩蕩的腰間。皇帝要動了，她的時間也不多了，就是前面是條死路，她也是要坦坦蕩蕩地走過去赴死的。

「這段時日就定吧。下代裡，世宇難得；瑾榮的長子尚還看不出來，我也不知其性，但如若有瑾榮之能，也可養之。瑾榮不行，論功，瑾允勝過於他，選他不宜你們這一輩的兄弟感情，從下一輩裡選會好一些。」若是定了，她也好帶帶魏家的繼承人，也算是對眼前這個人這幾年來對她的維護之心有個交代。

「妳看中世宇？」魏瑾泓看著眼前已經不知把遠慮想得有多遠的婦人。

「不是，只是據我所知的一說。」賴雲煙搖搖頭。「比不了你的一清二楚。」魏家是他的，什麼人有什麼能耐，沒有誰比他更清楚。

魏瑾泓又摸了摸手指，直視向她。「雲煙，妳到底做了何打算？」

賴雲煙微微笑了起來。「你就當我在交代遺言吧。」

「荒唐！」魏瑾泓拍桌而起，急急往門邊走去。「妳待在府裡，皇后那兒我自有說法。」

賴雲煙也沒留他，等他消失在了門邊，她便也褪去了臉上的笑，疲憊地合上了眼。他能有什麼辦法？真跟皇上對著幹？她還沒重要到這個地步；不過，他倒是可以幫她查清楚，皇后那邊到底是要拿她和岑南王妃怎麼辦？王爺那邊還在等著她出手，她的時間真不多了。

下午蒼松來報，說允夫人來了，說罷又往前小走了一步，悄聲道：「是大人讓來見的。」

賴雲煙笑著點頭。「知道了，讓她進來。」秋虹這日回了，正給她捏腿，賴雲煙拍了拍她的頭。「別捏了，等一會兒妳讓蒼松跟妳走一趟，替我去給我兄嫂請個安，然後把你們的孩子帶過來，也給我請個安。」

聽賴雲煙說到她的兩個兒子和冬雨的兒子、女兒，秋虹紅了眼，嘴裡道：「怕是不妥吧？」

「什麼不妥？」賴雲煙笑著看她。

秋虹搖搖頭。「奴婢知道了。」

賴雲煙看著她，眼裡有點傷感。「可惜賴絕和冬雨家的大兒半路病沒了，你們幾家，可是跟了我一輩子啊……」為她出生入死，為她有家歸不得。她以為給了他們一個家，但夫妻多年分離，兒女也沒看過幾眼；往後便好了，賴雲煙想，怎麼樣都要許給他們一個全家在一起的晚年，若不然，枉她重生再世，連身邊的這幾個人都對不住。

「您這幾日吃得好不好？」秋虹起了身，嘴裡還在問。

「好。」賴雲煙抬頭看著她的丫鬟，這時，她的眼睛看起來才有溫暖的光，不像平時，哪怕笑著，也像蒙了層厚霧。

「山峽長府馬氏見過大夫人，大夫人金安。」魏瑾允的夫人一進來，便頭低著，目視地上，待領她進的丫鬟停下，她便停了下來，跪地行了大禮請安，行法如前兩天賴雲煙以族母身分接見魏家所有內眷時一般慎重。

「多禮了。」禮多人不怪，賴雲煙這人是誰守本分她就看誰順眼。

她親手扶了人起來，仔細看了馬氏一眼。馬氏怕是操勞得多，眼角紋路甚深，但瞧五官，看得出來年輕時候也是個美人，而這個女人，生了世宇、世齊，真是了不得；世間向來有道母憑子貴，但也得像馬氏生出那樣的兒子，當母親的才能真正驕傲矜貴起來。

她剛為魏世宇說了話，魏瑾泓就讓馬氏來見她了，賴雲煙也瞭然了過來，夫妻兩世，這點默契還是有的。

「下次來就別這麼多禮了。來，妳坐我旁邊。」賴雲煙拉了她坐到身邊。「跟我說說，這一路是怎麼過來的？」

「是。」馬氏感激地朝賴雲煙笑笑，待賴雲煙坐好，她才坐了下去，且也只坐了椅子的邊緣，不等賴雲煙再多說，就由剛開始時的事說了起來。「聖上下旨說要往西那日，府中……」

她不疾不徐地從開頭說起，說了一個多時辰，說到天都黑了，途中也只聽賴雲煙的吩咐喝了兩次水，大小事情她都說了個大概，只陳述事實，不摻雜個人觀感。

賴雲煙聽她喉嚨都啞了，天也黑了，便笑著拉過她的手，握在手心拍了拍。「去歇著吧，明日上午再過來與我說。」

馬氏道了是。

賴雲煙見她笑起來道是，那樣子看起來有幾分慈和。馬氏剛說的話，多數皆溫軟平和，便是說到驚心動魄的事，不急促，也甚少激烈；再看看她的樣子，賴雲煙也知這婦人的性子是平的。

「那妾明日再來。」馬氏欠了身。

「回吧。」賴雲煙微笑地點頭。

這樣四平八穩，一碗水能端得平的人，可比她適合當主母多了。她治魏府，向來是平時放手不管，犯到她頭上時，二話不說就只管殺，因此被人詬病所多；一直皆因她是賴氏女，背後有強勢的身分，且西行之路又靠著她，魏瑾泓根本也是存了心地偏向於她，魏家人才服了她。她在魏家的權力，根本是仗勢殺出來的權力，被人詬病、被人忌憚，也易被人秋後算帳清算；尤其，她還有那麼一個通情達理，卻可能一事無成的兒子，就是有心，怕也是沒那個能力管得了她的身後事。她要是現在不做些補救，多年後要是想如魏瑾泓所求的那樣葬在他身邊，就單衝著她幫岑南王的事，她恐就會被後人挖出來挫骨揚灰。

她實則也不怕死後不得安寧，做了的事就是做了的，而且死了都死了，管她死後是什麼樣？只是答應了他，他也只明言求過她這一樁事，她活著時不可能不算計他，也不可能不利用他，死後給他這麼一個結果，能不出意外就不出吧。她現在施恩於魏瑾允這一支族，看樣子，魏瑾泓也是要幫著她坐實她的施恩；魏世宇日後要是得了族長之位，依魏瑾允的性子，應會嚴令族人保她，而魏瑾泓想的，應是跟她差不離。

「奴婢見過姑奶奶！」

「見過姑奶奶，姑奶奶好！」

「姑奶奶，姑……姑奶奶好！」跪在最後的小少年見前面的兩個大哥已經先問了安，他便把嗓子扯到最大。

賴雲煙一聽著這幾聲恭敬大聲的稱呼，一下子就笑得合不攏嘴，忙上前彎腰。「起、起……」哎喲，這都多少年了，這幾年間，太多人見著她都跟見著閻王爺似的，很少有人這麼生氣勃勃地跟她請安了。

「誰大寶？誰小寶？你是大寶吧？」賴雲煙拉著眼前跟賴三有幾分相似的孩子，笑著說罷就拉了他身邊的。「這是小玎？」

「姑奶奶小姐，我是小寶。」不到十歲，身高只在兩位兄長腰間的賴小寶在賴小玎身後脹紅著臉，小聲地說了一句。

「落不下你，姑奶奶抱得最多的小寶！」

「小姐！」賴小寶得過賴雲煙最多的寵愛，一直跟著他娘親叫他們的姑奶奶「小姐」，這時見賴雲煙還記得他，站在最後的他便把步子往前挪了挪，一臉紅光。

「哎！」眼前的幾個孩子都抬眼看她，臉上都有恭敬和敬畏，但卻一點兒也不排斥她靠近他們，賴雲煙看著他們，滿足地嘆息。「等我等得久了吧？都入夜了，你們便陪姑奶奶用夜膳吧。」

「奴婢這就叫人送過來。」秋虹擦了擦眼角的水光，笑著道。

「去吧。」

秋虹走後，賴雲煙問冬雨家的小玎。「妹妹呢？」

「在夫人跟前伺候。老爺說，上次妹妹與您見過禮了，您若是想她了，下次回去便讓她多陪您。」賴小玎長得像冬雨，說話時也沒什麼表情，看樣子，神情也是像了。

「確也是，你們夫人離不了她。」賴雲煙點點頭，端起糕點盤子，一個一個地分。「一人兩個，先吃一個，留一個下來給你們阿娘吃。」她笑著說罷，孩子們也跟著笑起來。

賴小寶更是羞赧地笑了。他小時見小姐長得好，不像哥哥要分給阿娘吃，他是專留著給小姐的，哪怕那是小姐賞的。阿爹、阿娘的小姐、他們的小姐，就跟大老爺說的一樣，不管多少年沒見他們，他們的姑奶奶還是會跟以前一樣，能有多歡喜他們就會有多歡喜他們，用不著怕她；怕她的，都是些不喜歡她的人，都不喜歡她了，小姐哪會對他們好？

「夫人，允老爺來了，候在內庭的門外。」

賴雲煙剛讓孩子們落坐用膳，就見蒼松進了門，在她耳邊說。「嗯。」賴雲煙擱了手中的筷，起身與對面那桌的賴大寶他們笑著說：「先用著。」

「姑奶奶……」小孩們全站了起來。

賴雲煙走到門邊，見他們還站著，眉眼更是柔和。「都坐著吃，姑奶奶就回來。」

她回了內院，孤燈下，魏瑾允握著腰間的劍站在門前，低頭不知在想著什麼事，聽到她的腳步聲，他回過了頭。

「大嫂。」他行了禮。

賴雲煙點了一下頭，領著他們進了院。「坐。」廊下留著燈，不過只一盞，不甚明亮。

蒼松退回到了門邊。

魏瑾允跟著她上了臺階，依她所言坐在了矮桌的對面。

「出事了？」不等他開口，賴雲煙抬手倒茶水時先開了口。

魏瑾允接過她遞來的茶水，點了一下頭。

「說吧。」

「宮裡傳來消息，說皇上發了火，長兄受了傷。」

「受了傷？」

「腦袋被硯臺砸破了，皇上沒叫太醫，說是流了一地的血。」

「傳出來的？皇上傳出來的，還是咱們府裡的探子傳出來的？」賴雲煙靠著柱子，朝門邊候著的蒼松招了招手，嘴上淡然問著魏瑾允。

魏瑾允聞言搖了頭，他看著一側的桌角，臉色灰青，氣色甚是不好。

蒼松這時走到了廊下，賴雲煙轉頭朝他道：「到前面把秋虹叫過來。榮老爺呢？」

「應是在用膳。」蒼松稟道。

「叫他過來，在門外候著。」吩咐完後，又朝魏瑾允說：「我更衣進宮，你先去打個盹，我帶瑾榮走一趟。」

魏瑾允沒動身，還是只盯著那一角。

「怎麼了？」賴雲煙挑了挑眉。

「長兄進宮之前，囑我不許您出府。」魏瑾允低低地開了口。

「話是死的，人是活的。」賴雲煙不以為意地站起身，挑起嘴角笑。「要不，你以為皇上對你長兄發這麼大火幹什麼？」對著最不能發火的臣子發火，走這麼一步差棋，不就是非要見她嗎？「回去歇一會兒。」賴雲煙朝臥房走去，在一片黑暗中摸了摸自己空蕩蕩的腰，那柄軟劍交給冬雨了，現在纏在上面的，只是條絲帶。

秋虹抬著燈籠進了臥房，看到了靜坐在椅子上的小姐，小姐一動也不動，見到她才抬起了眼。

「來了？把紫金的那件外袍拿出來，替我穿上。」見丫鬟進了門，剛在沈思的賴雲煙站起了身，嘴邊也有了笑。

「您要去？」秋虹低著頭，悶悶地說了一句。

「嗯。」賴雲煙漫應了一聲，抬手為自己褪去身上的素袍，該臨到她上戰場了。

「大嫂。」

賴雲煙剛出房門，就見到了已經站在廊下的魏瑾榮，她抬了下眉。「來了，那就走吧。」說著就往臺階走。

「你們下去。」魏瑾榮揮袖，朝下人道。

秋虹與蒼松退得飛快。

魏瑾榮朝還在走著的賴雲煙舉手作揖。「您不能去。」

「嗯。」賴雲煙沒停腳步。

「您不能去！」魏瑾榮急急地跟上了她，大步竄了幾步，攔在了她的身前，在燈光不明的黑夜中大聲疾道：「不用我明言，您也知道您不能去！」

賴雲煙看著他，嘴邊笑意不變，可那勾起的嘴角卻像是在嘆息。「給你，我能去了吧？」她把袖中藏有九龍令的錦盒給了魏瑾榮。

九龍令，與傳國玉璽是一個材質。玉璽只有一個，上面有個孔；九龍令也只一枚，半條玉椿上面是九條栩栩如生的小龍，當年開國先帝賜給魏府，是為著魏家九次的救駕之功。但一枚九龍令，只能向宣國的皇帝救一次命，當年魏景仲用這個傳說中的九龍令留下了她，現在魏家個個都擔心她會用此救任家的命。

「大嫂……」魏瑾榮瞪著錦盒沒敢接，一把朝她跪了下來。

「那你來拿著吧，放在你那兒我也放心。」賴雲煙朝門邊隱隱的影子道。

魏瑾允自黑暗中走了出來，青灰的臉在夜色中顯得可怖，他沒去接盒子，而是與魏瑾榮並排跪了下來。「您拿著，您去吧。」

賴雲煙笑出聲來，彎腰對他說道：「你放回你長兄的書屋吧，你知道他的貴重東西放在哪兒。」說罷，把盒子塞到他手中，直起腰，理了理頭上的髮釵和髮絲，笑著道：「我並不是全靠娘家才走到今天這步的，且和我去吧，你們長兄現下可還死不得。」

而任家，也是等不得了。

大家都等不得了。

第一百章

賴雲煙讓魏瑾榮挑兩個老婆子跟她去，秋虹跪下緊緊抱住她的腿。「您就帶我去吧！」

「妳也不聽我的話了？」賴雲煙摸了摸她的頭髮，淡問。

秋虹哭出了聲，鬆開了手，頭重重磕在了地上，在寂靜的夜裡發出那顯得格外大聲的聲響。

賴雲煙沒去管她，抬腳往外，一路到了大門，進前院時來往忙碌的僕人較多，一路請安聲無數，賴雲煙皆微笑著頷首過去，態度從容自在。

倒是她身後的魏瑾榮，臉色嚴肅，引得下人不禁暗自猜測不已，但一看夫人那信步而行的樣子，便安下了大半個心；有著老爺、夫人在，天大的事都不是個事。

路上賴雲煙一行人巧遇岑南王隊伍。

賴雲煙坐在馬上，對從另一條路上過來與他們同路的岑南王訝異地道：「王爺也要進宮？」

「夫人也是？」岑南王略挑眉。

「是。」

「這大晚上的……」岑南王比賴雲煙還訝異。

「是啊，去得較晚，也不知皇后見不見。」賴雲煙煞有介事地嘆息。

「我也要進宮見皇上，那一道走吧。」岑南王頷首。

魏瑾榮看著這兩人假意寒暄，不禁皺起了眉心。皇上應也不會過多地為難魏家，長兄忠君之心日月可鑑，只要長嫂言行不犯株連之罪，皇上也不會真在長兄面前清算長嫂；可現在，岑南王就這麼出現在了他們面前，魏瑾榮莫名對周圍的情況有所察覺，抬起頭來往左右的山上看了看。

這讓賴雲煙對著他挑了下眉。「怎麼了？」

魏瑾榮朝她看去，沒從她臉上看出什麼不對來，便搖了搖頭。

「駕。」

這時岑南王領著他的親衛隊上了前，賴雲煙也隨即趕上，留下魏瑾榮在原地再朝安靜得詭異的四周看了看，剛安下的心又提了起來。

不比岑南王一到宮門前就被守衛請了進去，站於門前的賴雲煙帶著兩個婆子在寒風中站了兩炷香的時間，才有宮女前來側門帶路。魏瑾榮已讓岑南王先帶了進去，賴雲煙帶著兩個婆子到了皇后所居的棲鳳宮。

賴雲煙本抬首緩步，一進殿，就低下了頭，等宮女站定，她蹲了大半個身，微笑道：「臣婦魏賴氏見過皇后，皇后千歲千歲千千歲。」

時皇后聽著那輕柔帶笑的聲音，嘴邊笑意更是加深。「魏夫人來了，免禮。」

「謝皇后。」

「賜座。」

賴雲煙抬起了頭，朝端坐在上座的皇后娘娘微微一笑。

「多年未見，魏夫人竟是未老，美貌如昔。」

「老了。」賴雲煙笑著搖頭。「不比娘娘您，真真是跟臣婦當初第一次見您時那般模樣。」

時皇后無動於衷地淡笑了一下，等賴雲煙坐下，便慢悠悠地道：「魏夫人夜晚進宮，可是有要事？」

後宮不管前朝事，而賴雲煙身為內婦，就算是來見皇上的，按情理，也得從皇后這裡走一道；但就算是見，這話也不能從她嘴裡出來，要不時皇后就有名目當場整治她了，哪步都不能走錯。

時皇后老神在在地與她打太極，賴雲煙也笑著慢悠悠地道：「沒什麼大事，就是一時想起這些時日都沒來與您請安，心裡怪難安的。妾身是個急性子，這麼一想，也就來了，皇后娘娘莫要怪我唐突才好。」

睜眼說瞎話！那說話慢吞吞還帶著笑的調子，哪一點像個急性子了？時皇后一生都沒見過像賴氏這樣膽大妄為的婦人，在驚訝了一下後，拿帕擋嘴，手支著椅臂哈哈笑了起來，她笑得甚是大聲，但眼睛卻是冷的。

時皇后目光冷冷地看著賴氏，嘴邊的笑意卻一點也沒淡。「哪來的什麼唐突？妳有這麼分心意，本宮也覺欣慰。」

「妾身多謝皇后娘娘成全。」賴雲煙微笑。

「哪裡。」時皇后雲淡風輕地動了下嘴皮，說罷就止了聲，端起桌上茶杯喝茶。

賴雲煙便也不語。

過了一會兒，宮門外有了聲響，一名太監在外頭甚是著急地道——

「娘娘！娘娘，奴婢有事要報！」

「王昌才，什麼事？」站在皇后身邊的老姑姑去了門邊，冷冷地問。

「稟姑姑，是……是皇上在政事堂昏倒了！」太監說著，像是要哭了起來。

「怎麼回事?!」皇后一聽，從座上站了起來，厲聲道。她起的勢大，垂在金冠上的玉珠瞬間在空中飛舞著，配上她凌厲的氣勢，頓時威嚴四射。

「稟皇后娘娘，是、是被魏大人氣的……」太監已經哭道了起來。

皇后一聽，眼睛刀子一樣地刮向了賴雲煙。

賴雲煙已站了起來，一臉詫異地迎上了皇后的目光。

皇后盯著她，她全程一臉愣然未變，幾眼後，時皇后一揮袖，下了玉階。

賴雲煙立馬欠了身。

時皇后急急走到門邊，見後面沒動靜，她冷冷地抿了下嘴，回過頭去。「妳也跟過來。」

「是。」皇后看都沒看她一眼，賴雲煙不動如山地回了一聲，總算是要她去了，還冠了這麼個罪名。

「皇上！皇上——」

皇后著急地進了宮門，賴雲煙走到跪在地上的魏瑾泓身邊，止了步，居高臨下地看了額頭結了血痂的魏瑾泓一會兒，才跪在了他身邊，以只有兩人才聽得到的聲音問：「您是用什麼法子把皇上氣昏的？告訴我，一會兒我也試試。」

魏瑾泓頓了一下，緩緩側過頭，看著這時還敢語帶戲謔的她，眼睛裡有一點點無奈，好似在問她「怎麼來了」。

「魏大人、魏夫人，皇上醒了，傳令讓您兩人進去。」太監飛快出來傳了話，沒給他們夫妻兩人有多說話的餘地。

「臣遵旨。」魏瑾泓舉手作揖，扶著賴雲煙起了身。

賴雲煙就勢看了看他的額頭，見傷口甚大，血還從中往外不斷地滲，看樣子也是沒上藥，不由得皺了皺眉，臉也冷了。

「無礙。」魏瑾泓輕握了下她的手。

賴雲煙淡淡一笑，往後退了一步，站在了他的身後，由他領著她進門。

「罪臣見過皇上、皇后娘娘。」魏瑾泓一進去，掀袍又跪在了地上。

「臣婦見過皇上，皇上萬歲萬歲萬萬歲，皇后娘娘——」

「好了！」坐在龍椅上的皇帝不耐地打斷了她的話。「叫得朕頭疼！」

賴雲煙當即住了嘴。

「抬起頭來。」

她抬起頭來。

「看著朕！」皇帝的聲音越發冷酷。

賴雲煙抬眼，見著那雙頰深陷、眼窩發黑的皇帝，看來，皇帝過得也沒比他們好。皇帝雙眼冰冷威嚴地看著她，賴雲煙沒移動眼神，一臉面無表情，皇帝不動，她也不動。

良久的對視後，皇帝譏諷地翹起了嘴角，朝一直靜站不語的岑南王道：「王弟，你把剛才說的話再跟朕說一遍。」

「是。」岑南王舉手作揖。「臣弟王妃現在病重，臣怕把病氣過到皇后娘娘身上，王妃素來與魏夫人姊妹情深，魏夫人以前身子不好，久病成醫，向來會照料人，臣便想把王妃送到她府上，替臣弟照料一陣。」

「魏夫人，妳也是這麼想的嗎？」

「是。」

「是？」皇帝的嘴角翹得更是諷刺。「朕還不知妳有這等能耐，要是有這本事，何不留在宮中，替朕伺候皇后一陣？」

賴雲煙沒說話。

「妳不願？」皇帝冷笑了起來。

賴雲煙還是沒說話。

「賴氏。」皇帝陰沈沈地叫了賴雲煙一聲。「妳可真是我宣國的第一夫人，說不見皇后就不見皇后，便是朕親自開口讓妳——」

「起火了、起火了！」這時，大鼓聲乍起，四起的銅鑼聲更是響得刺耳，打斷了皇帝正說著的話。

「怎麼回事？」時皇后張了口，冷著臉朝門邊的人看去。

「奴婢這就去看。」

皇帝卻朝岑南王看去，一直半低著頭的岑南王這時抬了臉，看向了他。

兩人皆面無表情地直視著，在鑼鼓聲越來越大，呼叫的驚慌聲越來越多時，岑南王開了口，面無表情地淡道：「皇上，就讓魏夫人替臣弟照顧我妻小一陣吧。」

「你這是在威脅朕？」皇帝一字一句地從牙縫裡擠出了話，說罷，大力地咳嗽了起來。

時皇后的眼都紅了，她扶著皇帝，拍著他的背，頭重重地偏過去看向賴雲煙，眼裡冒著惡毒的光。「妳能耐不小，還是留在宮中好好伺候本宮吧，岑南王妃那兒，本宮自會派人替岑南王好好照顧。」

賴雲煙聞言微哂，偏頭向魏瑾泓看去，果不其然，魏大人臉色也不好看，他鐵青著臉，額上有那麼一大塊還在冒著些血絲的血痂，這等狼狽模樣，往日的仙君之姿盡損一半。耳邊，外面的聲音更大了。賴雲煙看著魏瑾泓，他卻無視於她，在他看著半空中一會兒後，終於動了身，直接朝皇上看去，這時，賴雲煙的嘴角閃過一道笑意，她轉了頭，朝一直注視著她這邊的岑南王輕點了下頭。

「皇上。」

「皇上。」

岑南王在她點頭後，慢了魏瑾泓半句，叫了皇帝。

皇帝從魏瑾泓的臉看到岑南王的臉，那眼光冷得就像沾了毒的刀子。「王弟，莫非你還有什麼話要說？」

「皇上，您的千艘糧船還在江上呢。」

岑南王話一出，皇帝整個人都像是僵了。

「你們就不信，朕，在今晚就能把你們全殺了！」一陣詭異的沈默後，皇帝站了起來，掀了身前的案桌，在一片鑼鼓喧天聲中暴吼。

第一百零一章

確實，皇宮內「都是」皇帝的人馬，皇帝殺他們的確易如反掌。

砰！砰！砰！這時，外面響起了地動山搖的三聲，宮殿因此都搖了好幾下，插在門上的宮燈有一盞掉在了地上，燒了落地的縵紗，火勢乍起。

在一片搖搖欲墜的地動中，所有人都看向了門，便是魏瑾泓，也驚恐地朝宮門外望去。

驚恐聲更大了。

在一片驚恐至極的恐慌中，賴雲煙拿帕擦了下嘴，朝皇帝看去。

不一會兒，地動止了。

「是硝藥！稟皇上，是硝藥！」外面有官員大步跑了進來。「不是地動！」說著，汗從他的額上流了下來。

「皇上。」旁邊，岑南王淡淡地開了口。「您看，夜都深了，該讓我帶著妻兒回去了。」

「你想炸了朕？」皇帝看向岑南王，先前的暴怒全然冷靜了下來，在片刻之間，他又變成了那個深不可測的皇帝。

家人還在他手中，岑南王不想與他硬碰硬，眼睛看向了賴氏，他行事風格和賴氏不一樣，有些話，也只有賴氏說得出來，也做得出來。

「皇上。」賴雲煙笑了笑，語氣輕柔。「我想岑南王的意思是，今晚要是王妃不跟我們走，何不大家一起死，黃泉路上大家一起作伴。」

「賴氏！」這次，換了時皇后開了口。她站起身來，一步步走到跪著的賴雲煙面前，面對著她，狠狠地捏著她的下巴，憤怒地抬起了她的頭。「妳以為憑你們威脅得了大宣天子、大宣王朝？」

賴雲煙瞥了瞥皇后那掐進她肉中的、鋒利似刀的指甲，漫不經心地道：「哪敢？不過，娘娘何不讓我試試？」

她此言一出，徹底激怒了皇帝，他大步走下殿來，一腳踹上魏瑾泓的臉，咬著牙對仰倒在地的魏瑾泓一字一字地道：「魏瑾泓，看看你護著的猖婦！你跟朕說過的可有一字算數？可有一字?!」

賴雲煙的下巴還捏在皇后手裡，餘光裡，魏瑾泓倒在地上一動不動，有血從他臉上流到賴雲煙看得見的這邊，瞬息之間，賴雲煙覺得她的呼吸為之一窒。在這一刻，她轉回了眼珠，手握住了皇后捏住她的手，眼睛直視著時皇后，冷靜地問：「您確定您不鬆手？」

皇后冰冷一笑，正要開口，腹部卻劇烈一痛，她下意識地捂著肚子，瞪大了眼看向了賴雲煙。

賴雲煙把插進她腹中的長釵重重地拔了出來，向慘叫的皇后輕頷了下首。「妾身素來不愛廢話。」

「來人！來人，快來人啊，給朕來人——」同時之間，反應過來的皇帝震驚得話音都抖了。

在有人跑過來時，賴雲煙瞬間反手制住了皇后的腦袋，把釵抵住了她的喉嚨。

門外，樹王之孫，只有九歲的子伯侯手持長劍站在門口，這位素來沈默寡言的小侯爺舉著與他身長相近的三尺長劍，那長劍在夜晚發著綠色的光，劍上全是一觸斃命的強毒。

後面，四個跟著岑南王進宮的護衛在第二道宮門前披荊斬棘，拎劍趕到政事堂，手中長劍與子伯侯的如出一轍。

「子伯……」站於門前的太子看著面前小兒，一臉荒唐的表情。「沒想是你！」皇宮裡一直有賴家女的內應，沒想，卻是這個留下一命沒殺的小兒！果真是養虎為患，當初在樹王一家死去後不該念他年幼，未把他除盡！果然一時婦人之仁，留了個無窮後患。

「猖婦，妳敢動一下，妳也活不了！」皇帝撫著胸口，深吸了幾口氣，手指賴雲煙，霸氣盡顯。

賴雲煙低頭看著時皇后腹部流出的血，笑了一下，抬頭看著皇帝，淡淡道：「有皇后陪著，我也不算有虧，有勞皇上費心了。」

魏瑾泓已扶了地起身，他無視外面那群與子伯侯對峙的持刀侍衛，抬頭往那黑霧濃濃的天空打量了一陣後，掉頭回來問賴雲煙。「你們毀了虎羅山？」

「嗯。」賴雲煙應了一聲。

虎羅山是他們存糧草之地，但皇帝把重兵都佈置在皇宮裡，皇宮固若金湯，岑南王奈何不得，只能退而求其次了。

「皇兄。」岑南王無視魏瑾泓看過來的眼神，整個宮殿中，就數他最為老神在在。「虎羅山的糧草我拿去了，你在江上的糧草給你，你看如何？」

「你們這是叛君叛國！」皇帝吼。

「皇兄又不是第一天知道。」岑南王的臉是冷的。自皇帝要脅到他的家人後，他就無所謂忠君了。「何必這麼多廢話，讓皇后白流這麼多血。」

「父皇……」門外的太子決定硬闖。

「住手！」眼中綠光一閃，皇帝眼前發黑，看也沒看就朝門邊大吼。

太子止了步，看到衝在前面的兩個親侍如爛泥一樣地倒在了他與子伯侯的面前，不多時就發出了惡臭的味道。

「試試。」子伯侯深深地看著太子。

他不像他那個沒用的父王，可以讓祖父、祖母為他們平白死去，還醉生夢死，苟且偷生；他答應過祖父母，皇帝欠他們的，他要絲毫不差地從他們手中奪回來，他們留給他的，一分都不能少。

「皇上，殺了他們！殺了——唔！」皇后的話，止在了賴雲煙手摁著她的傷口後。

「娘娘還是少說兩句吧。」賴雲煙勸了她一句。

「你……你想自立為王？」皇帝在龍椅坐下，眼眶發黑，臉色蒼白的帝王在深吸了幾口氣之後又恢復了冷靜。「還是要殺了朕取而代之？」

「皇上認為呢？」岑南王反問。

「朕認為？」皇帝笑了起來。「朕認為，你還是問問你的暗兵吧。」

岑南王眼睛一暗。「看來皇上知道我的暗兵身在何處？」

「朕查不到賴氏的那幾個人，還查不到你那龐大暗兵？」皇帝譏諷一笑。「你當朕這麼多年的江山是白坐的？」

「那又如何？」岑南王冷冷一笑，不為所動。「他們就算沒了，本王的妻兒在就好；不過，若是他們都不在……」他看著皇帝，眼裡第一次真正起了殺機。「就休怪本王魚死網破了！」

「這樣，你都要反？」

「不反，日後皇兄還會留我一條命？」岑南王譏嘲地看著皇帝。「皇兄竟有此等心胸？」

「岑南王！」皇帝看著皇后的眼睛不斷地在張閉，他揉著額頭，不斷地揉著。「瑾泓……」閉著眼睛的皇帝突然出了口。

魏瑾泓抬頭看他。

「你不會叛朕？你答應過朕，我留賴、任兩家，你不叛朕，與朕及太子同進退？」皇帝睜開眼睛盯向他。

魏瑾泓嘴角流著血，聞言淡淡一笑，舉手作揖，道：「是。」

他話落，一直無動於衷的賴雲煙眼睛眨了眨，那黑濃得像烏煙的睫毛在空中接連閃了好幾下。

「賴氏，妳是要任家的解藥？」

賴雲煙抬首，點頭。

「那皇后的藥呢？」皇帝冷冷地翹起嘴角。

賴雲煙笑了笑，微撇了頭。「王爺？」

岑南王走了過來，剛要在皇后的傷口撒藥時就被皇帝喝止住。

「宮中有太醫。」皇帝陰晴不定地說。

岑南王剛止的手又動了，他把瓷瓶裡的藥撒到了皇后的傷口上，回過頭朝誰都不信的皇帝諷道：「我王妃、孩子還不知吃了你多少的藥。」

皇帝看著他滿臉的譏笑，臉色徹底陰沈了下來，他眼底，還閃著子伯侯手中長劍的綠光。

子伯侯站在門口與領兵的太子僵持，一片硝煙味中，岑南王妃與她的三子一女被帶了進來。

賴雲煙挾持著皇后站了起來，與祝慧芳隔空頷首。

「大兒，你去。」岑南王妃偏了頭。

「是。」世子領命到了賴雲煙身邊。「長慶見過煙姨。」

賴雲煙頷首。

「我們要到大門。」岑南王的世子接過手挾持皇后，等祝慧芳一走到身邊，岑南王就出了口，這話，他不是對皇帝說的，而是對魏瑾泓說的。

魏瑾泓淡笑了一下，向皇帝舉手。「皇上……」

皇帝死死地掐著椅臂，好長的一會兒後，他從牙關裡擠出了一字。「准。」

一行人在一臉血污的魏大人帶領下退到了第一道宮殿大門。

在尚還等著任家那邊來信之時、在一眾團團圍住他們的士兵中，賴雲煙走到了魏瑾泓的面前，抬頭看著眼前這個臉上帶著血的男人，他的眼睛甚是溫和，裡面還有著幾許溫柔。

賴雲煙的視線從他的眼睛轉開，看著他狼狽的臉笑了笑。「我兄長那兒，暫且就要靠你了。」賴家只有一個兄長與她一條心，賴家多數支族全是皇帝的人，她不能帶他們走，而兄長身為族長，一步也走不得，他的萬般為難之處，以後也只有魏瑾泓能幫她兜著一些了。

「這些妳放心，我會照拂好。」魏瑾泓點了頭，他伸出手握住了她的手，拿帕拭著她手中的血，低頭淡言道：「等萬事安停了，我就來接妳回家。」

「有那麼一天嗎？」賴雲煙看著他們交纏在一起的手，笑了起來。

「有的，妳要信我，妳信我一次。」他低低地說著，低訴著他一直想讓她信一次的話。

「好，我信。」

「妳答應了我的。」

「是，我答應了的。」念及那些深夜裡相擁時說過的附耳低言，賴雲煙低下了頭，眼淚掉在了他們相握的手中。

他們哪還有什麼活著的以後？偏偏他非要讓她信……

第一百零二章

夜幕黑濃，圍著他們的人手中的兵器在火光中發著冰冷的寒光，眼前婦人的那滴淚水就像寒刀刺中他的心口。

以後就剩他自己了，賴雲煙看著他們相握的手想著。

這世漫長的時光裡，他們看著對方各自背負的責任，慢慢重新感知對方，哪怕利益不能一致，他們也攜手共同度過了太多難關。

這世上也許再沒有比他們更明白對方的人了，這世真有個人真能接納她，明白她的決絕與堅持，知道她的靈魂長什麼樣，可惜這個時候來得太晚了。

「我興許壞事做得太多，人不夠好，才總得不了我最想要的。」賴雲煙抬起笑中帶著淚的眼，輕輕地靠過去，碰著他冰冷的臉。「你好好的。」她已說不出什麼好聽的話，這次他們真的要分別很長的時間了。

「妳信我。」魏瑾泓靠著她的臉，淡淡地說，在皇帝團團圍住他們的兵馬中，他還是這般說。

賴雲煙笑得眼淚痛快地掉下來。「我說了，我信。」他還能這般說，就已夠了，這時他還能擁著她，把她當他的妻子，已是他這世給她的最好的情分了。為著此刻的相擁，他會迎來眾官對他的彈劾，他已不再是前世那個看著她受刁難而冷眼旁觀的男人了；但，還是太晚了。

任家的人服藥後被人帶走時，天色已發白，魏家的婆子進來報了訊，皇帝從千軍中大步迎風走了過來。

他威風凜凜地看向站在妻兒面前的岑南王，冷冷開口。「江上糧草？」

「我會讓人撤退。」岑南王一夜未睡，但握著手中劍的力度絲毫未減。

「你一句話就想讓朕信？」皇帝不屑至極。

「我的兵馬不也在皇上手中？」

「你還想與朕談！」

岑南王抬眼看他。「一萬兵馬，皇上，你不會養我的人吧？」不會養，那就是會殺。

「岑南王。」皇帝冷冷地笑了。「你還是給朕個准信，這糧草你是放還是不放？若是不給朕個准信，哪怕就是現在，你們也出不去。」

岑南王默然，朝他們身後的方向看去。

隱在他們身後的賴雲煙啞著嗓子開了口。「就讓魏大人作個保，皇上您看如何？」

聽著賴氏嘴裡還在的尊稱，皇帝聽了仰天荒謬地大笑了數聲，眼光如刀，朝晨風中衣袂飄飄的魏瑾泓看去。「愛卿，你說呢？」

「臣願意作保。」魏瑾泓舉手作揖，淡淡道。

「好、好、好！」皇帝連道了三聲好，一聲比一聲帶有殺氣，說到最後一聲，已是殺氣沖頭。

魏瑾泓淡然地看著他，目光如玉般溫潤。

「真是朕的好臣子。」皇帝的眼睛掠過被岑南王世子拿劍抵著脖子的皇后，聲音越說越輕，最後一個字輕得隱在了他的嘴間。

這時的晨風吹得更急了。

「該讓我們出城門了。」岑南王開口道。

「開宮門，送岑南王。」皇帝盯著岑南王一會兒後，淡淡地開了口。

「開宮門，送岑南王……」太監尖銳的聲音在空中響起，皇宮中的軍鼓聲這時響了起來，一聲遠重過一聲。

這是相送之聲，也是正式開戰之聲。岑南王知道從今天他出了這道宮門之後，皇帝會與他不死不休；但鹿死誰手，誰主浮沈，不到最後，誰能知道？

「多謝皇上。」岑南王舉手作揖，腰一彎，穩穩地揹起身後已然站不住的岑南王妃，一步一步，大步穩穩地走向前。

他的身後，是低頭讓人看不清臉的賴雲煙帶著子伯侯與小郡主。

岑南王三子押著皇后緊跟在他們的身後，護衛拿劍圍繞著他們往前走。

皇帝相隨，魏瑾泓也走在了他的身後。

「你真是朕的好臣子。」魏瑾泓就走在他的手邊，皇帝略帶譏嘲地又說了一次。

「皇上。」魏瑾泓的聲音如素日那般溫和淡然。「臣只是在盡臣之能，臣也盡了為臣之能。」若是真對他無忠心，他大可冷眼旁觀，靜看兩兵相接，不死不休，坐收漁翁之利；皇上一直都是明君，可就是太英明了，才不喜歡給別人留後路。

「盡了為臣之能？」皇帝看著被人拿劍抵著拖著走的皇后，從乾啞的嘴裡擠出了幾字。

「若不是。」他們出了宮門，圍在宮城最外面那層，與岑南王軍相對的人都是魏家之兵，他們手握兵刃，刀劍直指手中也握刀劍的岑南王軍。「王爺的兵馬已入宮門了，您說是不是？」他說罷，淡淡地掃了一眼魏家駐守在四方的人馬。

遠遠那塊被刻意隔出的空地上，魏瑾允手中的長矛與羅英豪手中的長矛互指著對方，身邊殺氣四溢。

皇帝冷然地勾起嘴角，沒理會魏瑾泓的話，朝皇后看去。

皇后被劍逼迫著，狼狽盡顯，但眼神一直保持著倨傲尊貴。

賴雲煙在人群中稍稍一抬頭，朝已經從岑南王背上下來的祝慧芳看去。

祝慧芳迎上她的眼睛，朝她一頷首，示意她來，跟在了岑南王的身後，緩步朝皇后走了過去。

只一眼，賴雲煙就低下了頭，隱在了圍在她身邊的人群裡。

自出宮門她就不聲不響，子伯侯因此多看了她幾眼。那廂皇帝與岑南王正談著釋放皇后的事，子伯侯朝他們看去，看到魏家那位大人看向他們這邊，隔著空，那位背著晨光的人似在對他微笑。子伯侯冷冷地回看著他，那人在向他輕頷了一下首後往後退了一步，不知隱在了誰的身後，讓人再也找不到他了。

「他走了。」他道。身邊的人沒有聲響，子伯侯轉過頭看著她，重申了一次。「他走了。」

她還是沒有說話。子伯侯離她甚近，他抬起矮她不少的頭，看到了她嘴邊那淡得不能再淡的微笑，子伯侯頓時恍惚了起來；他記得幾年前，他祖母抱著他看著他們祖父死去那時，好似也這般空蕩蕩地笑過，就好像有什麼再也得不回的東西沒了一樣。「妳別哭。」想起了曾經的親人，子伯侯喃喃地道，不知是說給他的祖母聽，還是說給面前這個低頭笑得不怎麼好看的婦人聽。

「她為何不抬頭看伯父一眼？」帶兵回去的路上，魏世齊問著兄長魏世宇。「伯父連看了她數眼，只差親自相送。」

「她不想被人看到。」魏世宇笑了笑，與弟弟說：「她不抬頭，別人就少看她一眼，無人想及她是伯父的妻子。」

「誰人不知是她？豈是可掩耳盜鈴的。」

「她想裝糊塗。」魏世宇淡淡地道。「那別人也就得按她的來。」

「這哪可能？」魏世齊哂然。

「嗯，不可能嗎？」魏世宇笑了笑，在空中甩了下鞭子，再慢慢地纏回了手腕，對著弟弟再笑了一下。「不可能，那就打得別人可能，或者，教會別人什麼叫作可能。」

魏世齊輕「啊」了一聲，朝兄長略揚了下眉。

「你就看著榮叔父怎麼處置吧。」魏世宇睇了睇眼，微微笑了起來。「想來，伯母帶他進宮的路上，已然告訴他怎麼處置後面的事了。」

「啊？」魏世齊再度輕「啊」了一聲，這次顯得興味盎然了許多。

這時他們到了岔路口，兩兄弟要去的方向不同，魏世齊在與兄長分道之前再問了一句。「大哥，他們真的選了你？」

魏世宇沒有回答他，他轉過頭，朝魏世朝此時待著的那個山頭看去。族長夫婦在宮中生死一線之時，他們唯一的那個嫡長子恐是還在山中與他的嬌妻寫著蝶戀花，昨夜的山中爆炸，也不知有沒有驚醒他？「有些人就應待在溫柔鄉裡。」魏世宇把長鞭甩在了空中，一躍而起，瀟灑上了馬，朝馬兒身後一抽，眼神凌厲地朝魏世齊看去。「去做事，駕！」他話一落，馬已飛過數丈，揚起了一陣塵土，他身後的親衛隊緊隨其上，馬過土揚。

這天皇上未免早朝，早朝後，魏瑾泓未回府，魏瑾榮便帶著魏瑾勇，悉數拜訪各大家，有幾家關門說主人不在家，有幾家扔了他們奉上的重禮，還有幾家接了他們的禮。

「七哥。」回去的路上，魏瑾勇與魏瑾榮小聲地談著。「不是很妙。」看樣子，明日彈劾族兄的奏摺只會更多。

魏瑾榮閉目不語，過了一會兒才道：「該瑾允出面了。」該瑾允帶著他的人馬出面震懾皇帝了。

「可若是如此，皇上豈不是……」他們勢顯得越大，皇上就越是不可能忍他們，連假裝都會褪去半層皮。

「只是讓瑾允露個面，接下來這幾日，該我們魏家上下半步不出，閉門思過了。」魏瑾榮的眼眶深凹了進去，青黑的眼皮讓他整個人顯得沒有一點精神，但他嘴裡的話還是有條不紊，一點慌亂也無。「到時，我們就等著皇上怎麼處置就是。」

現在虎羅山的糧草沒有了，而後面的軍糧還沒到，這上下幾萬張嘴，能等得了幾日？這西地的王公貴戚裡就算有人倒，現在也萬萬輪不到兵馬糧草齊備的魏家。

第一百零三章

魏瑾榮一進大門，就見魏世朝急步上來，一揖到底。「榮叔父、勇叔父……」

「進去說。」剛到府裡不久的魏瑾榮朝他點頭。

魏瑾勇頓了一下，說：「榮堂兄，你且去歇息一會兒，我與世朝說道也是一樣的。」

這時候在一旁的白氏臉上已見焦急，顧不得魏世朝在，等了魏瑾榮半日的她快踩著碎步，到了魏瑾榮面前。「您還是去休息一會兒吧。」

魏瑾榮的臉色這時著實不好看，魏世朝往後退了一步，垂首默然。

「我先走一步。」魏瑾榮朝魏瑾勇頷了一下首，被白氏扶著回了，他確實得休息一會兒，不得多時他還要出門辦事，沒有時間與世朝過多話語。

「勇叔父……」魏世朝抬頭朝人苦笑，卻在這時，見他親叔叔帶著存德從面前急步而去。

「瑾瑜？」魏瑾勇跟上前兩步。

「我回山上。」魏瑾瑜的話一落，牽了拴在大門外大樹上的馬，扶了兒子上馬，已匆匆離去。

魏瑾勇驚訝地回頭。「你……下山之前沒先跟管事說好與你瑜叔替換之事？」

魏世朝愣住了。

魏瑾勇見他發愣，甩了袖子，搖搖頭。「你爹娘現還在外面，你先回你的院子吧。不要出去，若是欲出府，跟你榮叔父和我等說一聲。」說著，往後對自己的貼身護衛道：「送大公子回去。」說罷，轉頭就走，也無視了不遠處魏司氏的行禮，現如今看來，所傳的兄嫂無意世朝為下一代魏氏族長一事是真的。

魏世朝見叔父急步而去，連言語都不多說一句，他回過頭，對身後的妻子說：「妳先回去。」說罷，歉意地朝妻子一笑，匆匆去找蒼松。這個府裡，大概僅蒼松能告知他一些事情，這個府裡現在出沒的人，每一個都不是他從宣京帶過來的，他突然感到心驚肉跳，隱隱還覺得有一些絕望。

魏世朝去找大管家，找到內院，卻被告知蒼松不在府中。遠遠地，他父親的院子也被封了起來，他朝前走了過去，快到門口的時候，守門的暗衛出來攔了他，告訴他，沒有老爺、夫人的命令，誰也不能靠近。

「我亦不能？」魏世朝怔忡了一下。

「大公子，請。」暗衛朝他拱手。

魏世朝往後踉蹌了一步，緊緊捏住了拳頭才穩住了身形。他回到了前院，來往的僕人除了與他行禮，皆來去匆匆，無一過來與他說話的人，他這才發現，每個人都那麼忙。他朝門邊走去，還沒踏出門口，就被緊跟著他的人一攔。

「大公子，沒有幾位老爺的令，您現出不得府。」

「出不得府？」魏世朝回頭朝他看去。

他畢竟是族長的兒子、這府的嫡長子，護衛不敢對他無禮，便拱手告知他實情。「大老爺還在宮中為質，您既已下陣守山，回了府中，還是留在府中得好。」

「為質？」魏世朝聽著就像聽見了天書。

魏瑾勇留下的護衛點頭，揮手下令讓守門的將門給拉上一點，斷了這位大公子的視線。

「可是……」魏世朝低頭苦笑，聲音小得就像是在自語。「舅父、表兄都說了，到了西地，皇上就會以魏、賴兩家為首，怎地才不到半月，爹就為質了？」

魏世朝給舅父寫了一封信，這次他先去找了魏瑾勇，跟魏瑾勇說了他要給舅父去信問事，不知這時府內的人可方便出去送信？

魏瑾勇甚是詫異，他沒想，不到一個時辰，魏世朝就回過了神，且還知要過來問他一聲，他的臉色立即好了起來，對魏世朝也沒先前聽到他私自下山時那般冷硬了。「當然可以。」說著，就叫了魏家專門送信的過來，讓他去賴家送信。

「這幾日，府裡除了辦事之人能進出，其餘人都不得出門。」魏瑾勇朝魏世朝道：「要等你父親回來了再說。」

「姪兒知道了，辛苦叔父了。」魏世朝溫和地道：「正好過來打擾叔父，還有幾樁事想請教一下叔父。」

「說吧。」魏瑾勇這時也樂於回答。

「昨日宮中可是出了什麼事？」

看著魏世朝一無所知的臉，魏瑾勇沈吟了一下，便把昨晚的來龍去脈全都一一告知。

魏世朝聽罷，冷汗已濕了他滿臉。「可……任外舅祖一族不是已被皇上賜給了母親管教？」

「是賜，但身上皆帶著毒，須服解藥。」

「可……」魏世朝吶吶地說不出話。

魏瑾勇朝他搖搖頭。「回去歇息吧。」

魏瑾勇沒想瞞他魏府的事，因先前族兄已下過令，只要魏世朝問起府中之事，就要對他知無不言、言無不盡，而他現在也完全明白為何族兄下了這樣的令，族兄夫婦卻要作出從魏家的那幾個後輩裡挑選繼承人的決定了。他們的這個兒子不是不夠聰慧，只是他反應太慢了，在這種隨時都可改朝換代的局面裡，他們的嫡長子並不是那個適合帶著魏家人繼續走下去的人。

「舅父與我說的並不……」魏世朝閉眼，長長地吁了一口氣。「叔父，我是不是被一葉障目了？」舅父大人跟他說的完全不一樣。

魏瑾勇並不懂他的話，徑直地看著眼前這位貌似有話要說的賢姪。

「我看到的眼界太小了。」魏世朝已盡快地把一路的事情全在腦海裡過了一遍。「舅父他們瞞了我。」任家謀反，他與舅父上駕前求情，皇上把任家賜給了母親管教，現在看來，一切都太過順暢。

「在皇上的眼皮子底下，你讓賴老爺除了跟你說忠君之言，還能跟你說何話？」魏瑾勇甚是奇怪地看著他這個姪子。「幾歲的小孩都要想想背後的話，世朝，你母親沒教過你這些道理嗎？」

「是，是姪兒的不是……」魏世朝困難地嚥了嚥口水。

他沒有多想，是因那時皇上賜婚，讓公主下嫁給了司家，他還以為那是安撫，是皇上要安他們魏家的心，讓他們知道，皇上跟他們還是親的；可現在的事實，跟他想的完全不一樣，娶了公主的司家……哪怕是魏家娶了公主，也不能說就是皇恩浩蕩。魏世朝一下子就清醒了過來。或許在父母眼中，他所做的……魏世朝腦海裡這時清晰地回憶起前些日子母親濃得化不開的笑臉，這時候想起，才發現那笑意太濃了，好像不那麼笑的話，她的臉能立刻冷下來，會根本掩飾不住心裡的失望。

賴雲煙在山中收到了平地送上來的信，說江上的糧草快要入海，魏瑾泓已從宮中回了魏府。

「一回到府中就昏了過去，皇上軟禁大人那幾日，未差人送膳進去。」來送信的翠柏另外說了榮老爺信中可能未寫之事。

賴雲煙笑著搖了搖頭，把手中看過的信給了身邊的任小銀，問翠柏道：「易大夫是怎麼說的？」

「易大夫說，大人畢竟年紀大了，平時精細地照顧著倒不會出事，但大人著實在宮中被折騰苦了，一回來就發著高燒。小的出門給您送信的時候，大人還未醒過來。」

「有說是何時醒？」翠柏一看就是不想打住話，賴雲煙便從善如流地問。

「沒說。」

「回去要是好了，也給我送個信。」

「欸！」這次，翠柏高興地應了。

快要到告辭之時，翠柏看著賴雲煙，吞吞吐吐的，像是有話要說。

「還有要說的？」賴雲煙看他。

「您不給大人寫封信啊？」翠柏小心地問。

賴雲煙失笑地搖搖頭。「不寫了，等大人醒來，你就告訴他，我挺好的。」說完溫和地催了聲「回吧」。

翠柏不敢多說，退下被人蒙了眼睛，繞著彎下山。

「為何不寫一封？」翠柏走後，任小銀問賴雲煙。

「豈是兒女私情之時。」

任小銀不敢苟同，看著他說笑的表姊。

「多一事不如少一事。」賴雲煙其實沒說笑，不過看任小銀嚴肅的臉，她還是正經了起來，與他淡淡道：「這信要說寫起來易，寫到尾卻難，便是寫上一天，怕也是難止最後一筆。」第一句應是最易寫，寫到中間，總會多說兩句，家事、私事再說起來又是好幾筆，到最後怎麼停筆，又得想上一陣；這樣的一封信，寫到最後怕也覺得自己囉嗦，最後也不想送出去，所以還是不寫得好。「再說，寫多了又如何？你表姊夫也不會讓我們多占他幾許便宜。」

「妳就不擔心他？」

「擔心又如何？」賴雲煙沈默了一下，摸了摸那日被他捏得發疼的手心，慢慢地說：「他是個比我還能忍的，應是不會死在我前面。」

任小銀「嗯」了一聲，又從頭把信看了一遍。皇帝這次要派司駙馬過來圍剿他們，想想他家表甥對司家人的情誼，任小銀冷冷地笑了一聲，皇帝還真是尤其擅於操縱人心啊！

「姊姊的意思是？」任小銀左手擱下了信，抬頭看賴雲煙。

賴雲煙的眼睛從他斷了兩指的右掌掠過，看向了正值壯年，卻頭髮灰白、面呈老態的表弟。她朝他笑了笑，笑容溫柔，就像多年前那個一看到小表弟，就會招手讓他過來摸摸他頭髮的大表姊。兩世裡，她都很疼愛舅父的這兩個兒子，這一世，仍是任家不離不棄地站在她的身後，她從未想過捨棄他們。

「來了就打。」賴雲煙往椅後躺了躺，接過他遞過來的水杯，淡淡道：「有去無回最好。」

任小銀點了頭，過了一會兒，他直視賴雲煙，道：「妳不要愁以後之事。」如若世朝不能做到，他們會為她做到，他們任家的子孫會世世代代供奉她的牌位。

身後之事被這麼多人惦記，賴雲煙甚是好笑。她沒跟任小銀說，死後要回魏家墳，現在還不到那時候，當下便還是笑著點了點頭。

第一百零四章

魏府。

魏世朝是在司仁那兒聽了大舅子要去圍剿母親一系之事，當下手中握著的茶杯差點掉在了地上。

「賢婿……」司仁苦笑著叫了魏世朝一聲。若是可行，他不願親兒與那位夫人對上，可他們家是皇帝手中的活棋，萬事身不由己，由不得人。

「岳父，容世朝先走一步。」魏世朝深吸了口氣，把茶杯擱下，作揖欲走。

司笑急忙站起來，朝父親一躬身，跟在了他的身後。

魏世朝走得甚快，一路匆匆，走出大門才發現妻子急跟在他身後，鼻子上還冒出了汗。

「回去歇息吧。」魏世朝停下腳步，拿過她手中帕子拭了拭她鼻子上的香汗，輕聲道。

「你要去父親那兒？」司笑看著他的眼睛，眼裡有些憂慮。

「是。」魏世朝朝她笑笑。

司笑貝齒輕咬著唇，眼中已起了水霧。「他會不會見你？」

現在全府上下都已知曉，族長夫婦的嫡長子不是下任族長。下人防著她已無所謂，只怕拖累了他。她現在才明白，他母親看著他們的漠然是怎麼回事，那位夫人甚至懶於多瞧他們一眼，當時她還以為是不喜她這個媳婦，現今想來背後的意思，才真是涼透了心；在他們完全不知道的時候，她已然放棄了世朝，沒有提醒，更不曾知會一聲。

「是我對不住你……」司笑已掉出了淚，她垂下頭用手握住了嘴，才沒讓自己全然失態。

魏世朝滿嘴苦澀，他抱住她拍了拍她的背，抬頭眨了眨眼，把心中的苦楚掩下去，才道：「回去吧。」他向後招來了丫鬟，看到她的貼身丫鬟靠近的時候，他心中又彷彿被刀子割了一刀。現在他們身邊伺候的人，他的也好，妻子的也好，都是榮嬸娘派過來的人，而不是母親派來的。

他這幾天才明白，怕是從下船不多時，母親就已放棄照顧他了；多年後一家人再次重聚，他確實狂喜，一見面就急於讓母親接納妻兒，卻未曾問過她一路是否辛勞。

母親向來表裡不一，便是對著仇人插刀，那臉也是笑著的；可他只記得她是萬事都會以他為重的娘親，卻忘了她那最喜不動聲色地處決一切，不給任何人絲毫餘地的性子。父親曾說過，她最喜一個人作決斷，她若是下了決定，便是不會再給人第二次機會；他萬萬沒有想到，有一天會輪到他身上，而如今想來，卻也怪不得他娘。

他們一來，她甚至沒有讓冬雨、秋虹來跟他說過一句話，他當時還道是她在試探妻子……他很想告訴他娘，笑笑對他的心意已如他對她一樣，但看來，他怕是沒有機會對他的娘親說出這話了；現如今，連父親都已不再對他有期望了，他怕是……晚了。

「爹。」魏世朝得了令，進了父親的小院，雙膝跪地行了禮。

魏瑾泓坐在廊下賴雲煙曾坐過的位置，淡道：「起來，坐吧。」

「是。」

魏世朝盤腿坐在了他的對面。

「所來何事？」魏瑾泓擱了手中的毛筆，往後靠在了廊柱上。孩子他娘最喜說著話就往後靠，自己是直至西行路中才像她一樣喜歡往椅背靠靠，靠得多了，才明白若是累極，背後有個東西撐著，暫且也不會倒下，那口提著的氣便也不會散得太快。

魏世朝抬眼，見面前的父親已有一半的銀髮，額上是結著痂的傷疤。父親昨日從高燒中醒過來後，叔父們在父親的房中談了一夜的事，他守在院外，看著燈火亮了一晚。今日，他又得知了大舅子要捉拿母親的事，而他們一家人連同公主尚還住在魏家府中，其中，皆因有他。

「孩兒是來請罪的。」魏世朝又跪下，給父親磕了頭，見著面前疲累至極的父親，他難掩心中痛苦，已紅了眼，磕完頭便不再抬頭。

他的聲音都是顫抖的，魏瑾泓看著他的髮頂，良久無語；若是早來幾日，在他娘親進宮之前來跟他說這話，他都會保他，這是他求來的孩子，他本就偏心於他……

宣京從來不太平，西行之路也是風雨不斷，魏瑾泓以為世朝打點家事這麼些年早已成器，哪想，他連他娘一半的警覺慎重也沒有學到。

「司駙馬捉拿反賊之事，你已知情了？」魏瑾泓斂了眼，淡淡地道。

「孩兒知道了。」

「這些日子，就在家中好生待著吧，若是無事，多抄抄經史。」魏瑾泓說到這兒，看著他娘用過的毛筆好一會兒，才接著對那跪地不起的孩兒道：「你娘說，讓我許你去過你的逍遙日子，你回去之後也多想想，你要過什麼日子，想好了，就來與我說吧。」

「爹！」魏世朝當下腦子發白，頭重重地磕了一下地，流出了血。

「她終是為你想的。」魏瑾泓滿是倦意地抬起眼，眼光無波地看著地上的兒子。「因她生的你，我也願保你一世。」

他直起身來，這時他的眼裡有無盡的蕭瑟。她為他生的兒子，他們唯一的一個兒子，他怕是不知道他這個父親對他到底有多失望；可就算如此，因著他是他們的兒子，他還是願佑他一生，但願他明瞭他們的苦心，不要再犯錯了。

「司家之事，你不要管了，日後有事，但凡有關司家的，無須來見我。」魏瑾泓斷了他以後可能會犯錯的路。「你已成家有兒，要怎麼護著他們，心中也要有數，自己掌握分寸。」這魏家以後就不再是他的魏家了，他不再是下一任的族長，一家人要是想在魏家好好活下去，那就得好好守魏家的規矩。

「爹……」魏世朝的喉嚨像被人掐著，說不出話來。「上佑還小……」他也還小，他還可以成長！他抬起眼，絕望地看著他的父親——父親是要放棄他了嗎？

「晚了，已有人代你上戰場了。」魏世宇現已帶領三千死士死守魏家糧倉，而他卻連小小的一個陣守山都未守好，相差得太大了，無人能信服他。他母親雖是皇帝口中的反賊，但在這府中的威望僅次於他，她反了大宣，但魏府卻沒把她當反賊，而她親生兒子視若親兄弟的內兄，卻是將要圍剿她的主將。「你娘親還不知道有多傷心……」看著怔愣在地的魏世朝，魏瑾泓探出手摸了摸他的頭，悲愴地牽起了嘴角。「都怪我。」再活一世，也還是對不住妻兒。

山中的野獸這段時日像是都冬眠了，沒了蹤跡，往日走於山中，總有時常竄出的野獸，但自從大宣的軍隊陸續到達之後，往山中找隻野雞都是難事。

打後面的糧草一入西地，魏瑾泓盡了作保之責，岑南王便裝傻派手下偽裝成馬金人去搶糧草，哪想皇帝早有防備，岑南王的人不敵皇帝添增的兵力，居了下風，便是出了下策放火燒糧草，也未得手。

賴雲煙一看岑南王失手，就由任小銅出動，偽裝成皇帝的人，劫了馬金人的所有糧草、兵器，嫁禍到了皇帝那兒。

岑南王一得消息，回過頭就跟王妃拍桌道：「妳那姊妹，簡直就是個千年老賊！我道她成天盯著馬金人，卻為何遲遲不下手？原來就是在等這時機！」

兩國有過協定，馬金人何嘗不知道有人在其中嫁禍？但不管如何，搶了他們糧草的人他們找不到，能找到的、有糧草讓他們度過危機的，是住在平地上、擁有豐富糧草的宣國；因此馬金人思來想去，知道這時不宜跟宣國講理，便殺氣騰騰地向宣國的糧倉之地襲去，打算先搶了糧草再說，他們直奔宣國糧草存放之地，雙方士兵損傷不少，兩敗俱傷。

這時，皇帝一怒，全然不顧後患，打算放火攻山，把岑南王與賴氏燒死在山中。皇帝要放火攻山，確也是個好時機，此時正值夏季，天乾物燥，大宜放火殺人。

下面的人派了急兵來通風報信，賴雲煙投桃報李，給魏瑾泓的回信中，讓他告訴皇帝她所在的大概方位。皇帝不是不知道岑南王沒存好心，也不是不知道賴雲煙所在的大概方位，但魏大人在此基礎上說得細一點，這忠君之心看在別人眼裡，誰都沒法說魏大人。誰說他愛妻如命？沒看他大義滅親得比誰都上心，還比誰都願意出力？若不是皇上不讓他派兵圍攻，他怕都會讓魏家的人親自上陣呢！

當天晚上，魏瑾泓接到回信，看完把信給了與他同樣身在書房議事的堂弟。

魏瑾榮看罷，咳嗽了好幾聲，把信遞給了下首的魏瑾允。

魏瑾允看罷，面無表情地給了他下首的兒子魏世宇。

魏世宇看罷，一挑眉，朝大伯作揖。「大伯母言下之意，是有了對策？」

「應是。」兩世幾十年的夫妻，魏瑾泓對賴雲煙的行事作風早沒了驚異之心，比起有些事，賴雲煙幫著他出賣她自己這事還算不上什麼；實則這些年她的淡定也影響了他不少，沒被遠慮近憂之心壓垮，也是因著有她在對比。身邊有個同行之人，哪怕立場不一致，也比高處獨一人要好。

「嫂嫂……」魏瑾榮沈吟了一下，抬目看向族兄。「依您看，是想了何對策？」

魏瑾泓摸摸手指，輕敲了下桌面，沈思了一會兒才道：「應是以牙還牙吧。」

「以牙還牙？」魏瑾榮揚眉。

「天乾物燥……」魏瑾泓看了看門外，溫和地道：「再說，她製的火藥比我們的還要厲害一點。」

魏瑾榮當下嘆然，又深吸了口氣，苦笑著說：「嫂嫂應還記得我們家的駐守之地吧？」可不能一炸，炸到了自家裡，現下這西地，少一個人，就是少一分力量。

「叔父放心。」魏世宇這時朝魏瑾榮拱手。「我會見機行事。」

上次魏世宇就把他魏家的幾處防守之地細描出來帶給了她，魏瑾泓看著精明算計更勝於他的姪子，朝他頷了一下首。

第一百零五章

說來，賴雲煙就等著皇帝動手。剿岑南王與她是需要兵力的，皇帝人馬糧草到齊，兵力比剛進西地時陡增一倍，而岑南王折損了一半，很是不利，但雙方人馬都各自有數，對方派出了多少人，家裡就要少多少。

而他們在人數上比不上皇帝，但他們作為被攻打的一方，皇帝在明，他們在暗，手段用起來就要比皇帝的要不可測一些；所以，當皇帝的五千人馬進山，把他們所在的五座山都作為火攻範圍之時，岑南王的人馬也出現在了平地突襲。皇帝他們澆油燒山，輔以炸藥炸山；岑南王這方也毫不示弱，耗盡了賴氏運來的數百斤炸藥，把西地還沒建好的幾處宅府炸了個稀巴爛，不過因人跑得快，先前他們埋下的炸藥反應較慢，死的人不多，皇宮周圍因有人把守，也沒什麼損失。

這相對來看，岑南王一方就算突襲，派出來的人馬也被突殺了不少。

皇帝得報，冷笑著與太子道：「你看他們能來幾回。」

到時都死光了，哪來的人反？

皇帝那邊話落音沒多久，這被圍著的五座山在一時之間全燒了起來，與司駙馬同時征戰的工部尚書與兵部尚書在火勢之外都摸了鬍子笑，領著雙方兵馬撤退。

三方人馬來時不同方向，撤退時沒按原路回，又再變了方向，以免途中中了埋伏。

等他們退出山間，三方人馬在山下的大平原集合後，看著遠方的火勢通天，炸聲連連，兵部尚書與工部尚書垂首耳語。「老夫覺得此程過於通順了……」連著兩天，他們未損一兵一卒，這不是岑南王與那賴氏之風。

「居翁想多了。」工部尚書撫鬚搖頭。「他們也想對我們突襲，只是陛下早做了萬全之策。」

兵部尚書覺得不大對勁，但這時他們剛得手，也不好多說什麼，只是回去之時，還是萬分小心，不敢掉以輕心。

饒是如此，在他們即將進城門那刻，通天的爆炸聲突地響了起來，工部、兵部的五千人馬在像是欲要毀天滅地的爆炸聲中紛紛倒下！

不到半炷香的時間，皇宮的宣朝皇帝得知他的城門也被炸毀了！

這時的魏府裡，魏瑾榮站在魏瑾泓身後，在高閣上看著遠方，張開的嘴巴都忘了合上，完全說不出話了。這是如何發生的？這要死多少人？皇帝得氣得有多瘋啊……但這每一樣，魏瑾榮都能從其中看出他那長嫂的手筆。

魏瑾允也從外面飛快地跑進了府，爬進了樓閣之上。「長兄……」魏瑾允舉手作揖，彎腰前來。

魏瑾泓舉目看著城門不語。

「宮裡來人了……」魏瑾榮看到東邊的皇宮有快馬往這邊跑來，往臉色淡然的族兄看去。

轟天爆炸聲的餘韻還在人的耳邊散開，不斷有人朝魏府最高的樓宇跑來。

「誰帶的人馬？」魏瑾泓開了口，轉頭問魏瑾允。

「羅將軍與任大老爺。」魏瑾允走近，哪怕樓閣上只有他們幾人，他還是靠近了魏瑾泓，輕輕地說：「他們派了死士身負火藥，人馬無一生還。」現不知還有多少的死士帶了不知多少的火藥在身，圍著城門，突然從四面八方衝近出現在城門牆下的回城兵卒，只片刻之間，風雲突變。

魏瑾榮在旁聽了慘白了臉。

魏瑾泓看著城門，臉色依舊無動於衷，誰也看不出他在想什麼，等皇宮裡的人進了魏府通報，魏瑾泓便抬腳下樓，準備進宮。

那廂魏世朝跑來見到了他，看著如往常般淡然溫和的父親瞪著雙目，一時之間竟無話可說。

等到晚上，清算城邊傷亡的人馬，一算下來，在白日那場不到一盞茶的爆炸中，竟有兩千餘兵卒死亡，斷肢殘骸堆成了山。

司家長子司匡在其中斷了雙腿，救回來時危在旦夕，在府中主持家務的魏瑾榮當機立斷，欲要送雙腿血肉模糊的司駙馬進宮救治。

司仁求到了魏瑾榮這裡，魏瑾榮斷然拒絕，道：「司駙馬畢竟是皇族中人，我府大夫保不了他的命，只能送他去宮中讓太醫診治。」

魏瑾榮這話絕然不是真話，論大夫醫術和庫房中藥材，這時的魏府絕不遜於宮中，長子這時已流血過多，不宜挪動，且也等不到去宮裡。

「榮老爺，就當老朽求你！」司仁為了長子之命，往日清流一族、寒士一派的領頭之人，向魏瑾榮低了頭。

「那也須先向宮裡稟報，我們才好救治，若不然，皇上怪罪下來，我等也擔當不起，還請司大人見諒。」魏瑾榮也朝司仁作揖。

「是，還請榮老爺代老朽稟報一聲。」司仁也知魏府不會為他等人出差池，雙眼含淚，也只能按魏府的規矩辦。

在魏府中人向宮中報訊請太醫之時，司周氏求到了魏世朝面前，司笑已然哭得昏了過去，魏世朝抬頭望天，流了兩行淚，最後揮袖一擦臉，去了魏瑾榮處。

見到他，聽他道明來意，欲要求府中珍奇之藥替司駙馬止血，魏瑾榮臉色奇怪地看著他這個姪兒，半晌未語。

魏世朝求了一道，魏瑾榮不語，他便也沒求第二道。

魏瑾榮瞬間也回過了神，知道了他只是盡意，並不強求，但他還是朝魏世朝有些失望地搖了頭。「不合時宜的兒女情長不是福。」他娘現在是死是活都不知曉，哪怕是盡意，他身為人子，哪來的臉替司家求情？若是被他爹知道，私下都不知會如何震怒。

「世朝知道。」魏世朝慘然一笑。

當天晚些時候，司駙馬雖已用他藥止了血，但還是因突發高燒險些喪命，魏府裡的司家人哭聲震天。等到魏瑾泓回來，從皇宮帶了皇帝親賜的各種奇藥擇一二與司駙馬服下，當夜駙馬爺才轉危為安；皇帝這邊還是救了司駙馬，還下令讓魏瑾泓繼續好好關照司家。

魏世朝一夜未睡，在清晨時叫醒了哭昏過去的妻子，摸了摸她的臉，柔和地問她。「我要去父親那裡，妳要不要跟我去？」

司笑哭得眼睛腫得看不清東西，她茫然地看著她的夫君，不知其意。

「大舅子是妳兄長，但青山中的是我娘。」魏世朝輕聲地說。「妳要是不隨我去，也是可行的。」她要是離不開司家，便讓她留下吧。

「你是何意？」司笑回過了神，緊抓住了他的手。

「我要回我父親處。」魏世朝摸著她冰冷的臉，此時他還是記得當初她答應嫁他時的狂喜，或許一生他都能記得那一刻。「妳去不去？」

他還是犯了無可挽救的大錯，就如叔父所說的，兒女情長得不合時宜。他興許沒有重來的機會，但在皇上明顯欲利用司家與他的情分來分離魏家與他娘親的現下，他身為魏家子孫若不盡魏家子孫之責，又有何臉面存活於世？他畢竟不能只為她一人而活。

魏世朝抱走了魏上佑，司周氏得訊，瘋跑過來欲要攔他，但被魏家下人，一個老婆子攔在了前面。

魏家老婆子攔著司老夫人。「司夫人，請您慢點。」

「上佑！上佑——」司周氏歇斯底里地喊，喊哭了魏世朝手中的魏上佑。

司笑跌跌撞撞地跑來，嘶啞著喉嚨哭喊。「世朝，你這是在幹什麼？上佑，我的孩子，到娘這兒來！」

下人攔住了她。

魏世朝眼中也有淚，示意奴婢放手，讓她過來。

「上佑。」司笑一跑過來就要抱哭得淒慘的魏上佑。

魏上佑也把手伸向了她。

魏世朝沒有把孩子給她，他雙眼一片血紅，但嘴裡的聲音還是輕柔。「笑笑，上佑不能給妳。」他憐愛地看著他心愛的女人，說話的嘴上下哆嗦得都快說不出話來。「妳心中明白，跟著妳，上佑只能是死路一條。妳難道到現在還不明白我爹和我娘？他們連我都可不要，怎會為了上佑保你們司家一家？」上佑不是他們司家的護命符，反倒會成為他們的陪葬品。

他醒悟得太慢了，可要是再慢一點，他們孩子的以後將何去何從？亂世裡，哪有他們這等人安身立命的地方？他真真是回神得慢了。魏家跟司家不同，司家想的是抓住眼前的一點是一點，可他們魏家世代望族，他們想的全是以後，想的是千秋百代，不會為了一個不孝不賢的子孫而停步。

「不會的、不會的！」司笑狂搖頭。「你娘不會的，她是你娘！連你舅父都說過，她總會給你留退路！」

魏世朝聽後，全身都僵了。

司笑說完後，也不敢相信自己竟把這麼有恃無恐的話說了出來，伸出手的身子也僵了。

在父母奇異的沈默中，一直號哭的魏上佑止了淚，把頭埋在了魏世朝的胸前，怯怯地看著他娘。

「世朝……」看著魏世朝痛苦地閉上了眼，司笑害怕至極地抓向了他。「不是這樣的，你知道我的心意！」

「何苦？」魏世朝哭著笑了起來。妻子有恃無恐，自己亦然；所以，他想，他活該被父親拋棄吧？家族不需要他這樣的人。

下人見他們夫妻還在拉拉扯扯，有得力的老奴婢伸手過來要抱魏世朝手裡的小公子，嘴裡道：「大公子，您是要把孩兒抱到允夫人那裡去吧？奴婢這就抱過去。」

「住手！退下！」那下人的手一碰到魏上佑，司笑便猶如被奪子的母獸，朝著那老奴吼。

可魏家現在府裡的每個下人都是精挑細選，行路萬里，經過種種歷劫活下來的，他們看見過活生生的人落下萬丈深淵，也曾見過野獸撕開同伴進食，因此司笑這個不被主家承認的少夫人，對他們的威脅力還不如他們頭上的一個管事。

「大公子。」老奴只認魏世朝，恭敬地朝魏世朝彎著腰，收回了手。

魏世朝深吸了口氣，把孩子伸向了前。

司笑來搶，卻被身側候著的人過來拉住了手。

「世朝！世朝、夫君——」司笑的聲音一聲勝過一聲的淒厲。

魏世朝把孩子放到老奴手裡，滿眼悲戚地回頭，終是不忍心問她「可否讓他們的孩子好好活下去？」，只能強忍心中劇痛，走過去抱住了她。

「走，還是不走？」他再問了她。

「我的孩子……」司笑虛弱地軟下了身體，傷心欲絕。

魏世朝比她更苦、更痛。「笑笑，那是我們的孩子。」

司笑抓著他胸口的衣裳，雙眼失神地喃道：「你們魏家人怎麼就能這麼殘忍？一個比一個還要偽君子，一個比一個沒有人性……」

魏世朝本撫慰著她背的手在這時止了，他頓住了手，把司笑從懷裡推了開來，他細細地看了妻子一眼，把她扶了起來站好，最後鬆開了手。

魏世朝低下頭拿著手帕擦她的淚，生平第一次用不帶絲毫歡喜的口氣跟她說：「身在魏家，就要守魏家的規矩，要是不守，便是有皇上的旨意，家中人也是會請岳父一家出去的。」到時，他們成了皇上的棄子，去哪兒求飯吃？現在的宣王朝，風雨飄搖到了最不安的階段，這等亂象，何嘗不是另一種末世？

雖止不了心中的不捨，魏世朝還是轉身走了。他視若如命的妻子不會明白，他已經失去了他的母親了，再這麼下去，父族都會棄他而去；若是再過些時候，對他還存父母之情的父母都沒了，在這等亂世裡，他若不得族人之心，誰來護他們母子以後的平安？聽著在下人懷中的孩兒的抽泣聲，魏世朝有生以來，第一次覺得真正的孤單。

第一百零六章

賴雲煙這幾天夜裡從沒閉過眼，便是累到極點了，失神打個盹，不一會兒也會驚醒過來。此次死攻平地的京城，岑南王那兒有近百的人，他們也派了四十個任家人，他們手段殘忍，但效果驚人，不到兩百的人，傷了皇帝兩千多的人，還打到了他的家門口；短時間內，哪怕皇帝怒氣沖天，卻也不敢輕舉妄動了，沒查明他們的底細，這一、兩月裡，皇帝不會強攻。

這日賴雲煙正在打盹時，岑南王的世子來了。冬雨進屋看到主子一下一下地點著頭，不想叫醒她，出了門對世子道：「世子爺能否等一下，先喝杯清茶？」

屋子的窗戶大開，世子看得清手支在案桌前打瞌睡的魏夫人，他點了下頭。「長慶在此候著煙姨就好。」

不一會兒，屋內的賴雲煙頭大力往下一扎，就此醒了過來，往窗外看去時看到岑南王世子，不由得笑著朝他招手。「趕緊進來。」

世子走進屋，揮袖攬袍，不等賴雲煙說話，就行了跪禮。「姪兒見過煙姨。」

「起來起來。」賴雲煙起身扶了他起來，笑著跟他說：「哪來的這麼多禮。」兩人相向在案桌邊坐下。

這時冬雨聽到響聲，從大門邊的活計中起身，走到了門邊。

「熱壺茶過來，再端些小點心。」賴雲煙朝她吩咐。

冬雨走後，她向世子說：「來了怎麼不讓丫鬟叫醒我？」

「聽說您這幾日歇得不好？」世子卻問了賴雲煙一句。

「唉，老了，覺輕又少。」賴雲煙笑著說了一句。

「我娘也聽說了。」世子笑了笑說：「說您這段時日歇得好才怪，說您不比我父王，他是個天生征戰的，您是個心軟的，那些家士您都當半個親人看，沒了怕是不知會怎樣怪罪自己。」

「瞧你娘說的。」賴雲煙一哂。「要是真當親人看，哪會派去喪命？都是奴僕，命比螻蟻輕，我唸他們幾聲，也不過是貓哭耗子，惺惺作態罷了。」心狠就是心狠，決定是她做的，再怎麼抬舉自己也改變不了事實。

「姊姊。」門邊傳來了任小銅的聲音。

「進來。」賴雲煙招呼了他一聲。

從山間回來、一身黑灰的任小銅進來後，先朝世子拱手。「見過世子。」

「任二叔父。」世子連忙回禮。

賴雲煙起身給任小銅撣打身上的灰，沒幾下空氣中就揚起了細碎的黑灰。

任小銅嘴裡說道：「等一會兒還要出去，所以沒換衣裳就來見妳了。」

「記得拿紗布擋嘴，別吸一鼻子的灰。」燒了不少山林，落了不少灰，這幾日進去，根本就是沒個新鮮空氣吸。

「知道。」任小銅點頭。

「煙姨，那些燒出來的地方，您真打算耕種？」世子不由得問了一聲。

「平白得的，怎麼不種？」賴雲煙笑了。

世子也不由得笑了幾聲，皇帝給他們燒了好幾大片空地出來，確也算得上平白得的。「能種出來嗎？」

「這個地方有一種長在地裡的小黑坨，就是前次我送你父王的那些，在火裡捂熟了就能吃，也頂飽，在長不出穀子前，我們得靠這些作主糧；我也是先試著種種，要是可行，你們也種一些。」賴雲煙沒想瞞他們那邊。

「現在就種？」

「恰是這時。」賴雲煙點點頭。不種，冬天吃什麼？

任小銅落坐，三人又談了些事，不一會兒世子把來意都與她說了，就提出告辭；賴雲煙知道岑南王的事比他們這邊只多不少，也沒留他，讓任小銅送他出谷。

「煙姨看著瘦了不少。」出谷的一路上，世子與任小銅開口說道。

「這次去的人裡，有幾個是從小就跟著她的，都是她親賜的名。」任小銅面無表情地道。

世子輕嘆了口氣。這次去的死士皆是傷殘之人，多半也是活不過這個冬天，雖說如此，如他母親所說，這也是條人命，只要在這世間活著過，總有在意他們死活的人。

「春天來了就好。」眼看就要到出谷之口，世子安慰了一句。

任小銅點頭。「她不會有事。」

世子也算半明瞭他話中之意，點頭舉手告辭。

任小銅看著他帶人而去，又回了表姊住處，在門外用著門內之人聽得見的聲音吩咐她的大丫鬟。「煮杯安神茶給夫人。」

所謂安神茶就是迷神藥，喝一杯就能躺兩天。賴雲煙聽了無可奈何地笑，但在秋虹端來茶水後，還是一飲而盡了；她現在還不能出事，跟皇帝的仗，還有得打，最起碼，她得捱過這個冬天。

皇帝雷霆之怒難消，叫了賴震嚴進宮，又把魏瑾泓叫了進去。賴雲煙為大宣叛賊，皇帝這次氣得說了兩次的「罪該當株連九族」，語氣怒火滔天，大有要把魏、賴兩家斬首之意。

這不是皇帝第一次出爾反爾，魏瑾泓只垂首不語，腦海一直想著要有那麼幾年，他與她春天去賞花，夏天夜間看月，秋天也還有落葉可賞，冬天他們可以在床上多待一會兒；他這一生，也就想要那麼個幾年而已，如能有，當然得他能活著，她也活著。

「魏大人！」見站在下面的兩人都不語，皇帝拍了龍椅，一字一句地道：「魏家權勢滔天，看來現也不把朕放眼裡了？」

魏瑾泓抬眼看他，臉色淡然。「皇上知曉賴氏為何如此。」他淡淡地道。皇上什麼都想要，她就歸順岑南王了，再逼下去，這皇宮外面的座座府邸，誰明天都可能成為另一個賴氏。

皇帝兩眼圓睜地看著他，一會兒後他冷笑了起來，低了聲音道：「這是怪朕逼了？」說罷，陡地又大怒，高聲罵。「逼朕的還少了？」沒有他，賴氏早死了千百次！

魏瑾泓作揖垂頭，不再言語。

他們說話間，在一旁的太子一臉高深莫測，劍拔弩張的這刻，他突然開了口，朝魏瑾泓道：

「魏大人忠君愛國之心，大宣上下都是知情的，敢問魏大人，嫡妻賴氏所行之事，你要給父皇什麼交代才是好？」說著，他不經意地掃了賴震嚴一眼。「還有賴大人。」

賴震嚴進宮之前得了魏瑾泓的囑咐，讓他一字不說，因此太子指到他，他便一揖到底，依舊裝著啞巴；妹妹說過，不到最後一刻，靜觀魏瑾泓所作所為就是。

「太子知道，臣妻與臣向來涇渭分明；再者，皇上與太子這是肯定此乃臣妻所做之事了？」魏瑾泓從皇帝的臉上再看到太子的臉上。

自爆之血肉分離成了碎塊，無一能認出，而他妻子便有再大的能耐，手中有一些力，但也能耐不過岑南王，那一位才是主謀。皇上此舉還是在逼他，逼他讓賴雲煙死；主謀不打，打他這個給他奠定大宣地基的臣子，看來皇上這次確實是被徹底激怒了。

「以為朕不知道你在想什麼？」皇帝看著面前這個左右逢源的臣子，譏誚地道。

「臣想什麼？」魏瑾泓抬頭，溫和地反問了一句，隨即道：「臣能想什麼？想的不過是大家都能吃上口飯，大宣百姓還能繁衍下去，不是一年、兩年之事，而是十年、百年的事。」

「就憑那個賴氏？」皇帝嘲笑出聲，拍著身下龍椅。「滑天下之大稽！」

魏瑾泓淡淡地笑了一下，摸摸空蕩蕩、沒有戒指的手指，忍著皇帝一而再、再而三的嘲笑。

「且等這個冬天過後吧。」魏瑾泓垂下眼，看著手掌，淡淡地道。

「冬天……冬天……」皇上唸了一聲，又唸道了一聲，音消時，口氣也輕了。

這年冬天，會是何樣？遠處的故鄉，又成了什麼樣子？

魏瑾泓帶著賴震嚴再次全身而退。

魏瑾泓一行人剛回府，就聽說了魏世朝之事，說他抱了孩子，另要了一處屋子和小公子同住，司氏沒有一起同去。魏瑾泓聽了直皺眉，這事要是被他母親知道，可能會氣得一句話都說不出來；這是魏府，而他是族長夫婦的嫡長子，他不要臉，也得給他們夫婦留點臉面！在兒子說什麼就是什麼的家中，居然是兒子搬出來，讓司家住在他的主院裡?!

魏瑾泓深吸了好幾口氣穩下心神，等蒼松過來問要不要見大公子時，他冷淡一笑，道：「有事出府幾日。」說罷，在府中歇息了一會兒，就帶人出門辦事去了。

這廂魏世朝沒見到父親，第二天便找魏瑾榮尋了事做。他也沒找什麼大事攬，續了先前在陣守山所做之事，說想趁著夏日天乾之際，帶人伐一些木頭做乾柴，以留作冬日之用。

這事魏家有人在做，關於這些事務的主事者為他小叔魏瑾瑜，但他們一直是以造船為主，大船打造困難，他們的主力放在了那上面，這些事也只吩咐了下面的一個管事辦，如若魏世朝去主事，確也是可行。總歸這是一件大實事，做得好了，不比其餘事差，魏瑾榮便答應了他，心下也是有些安慰。這等關鍵之時，只有全族上下齊心同力才可度過難關；西行之前，他們是如此做的，西行之時到現今，他們要的也是齊心協力。

先前世朝祖護司家，司家是皇帝的棋子，因他是嫡長子，在族長夫婦的威嚴下，誰也沒有對他不恭，但心下腹誹應是不少；後又有司駙馬攻山一事，但他兩腿沒保住，因此府中之人的閒言碎語免不了，卻不會再過分。現下，世朝只要對得起家族，哪怕現在還不被父母所喜，但假以時日，總比現在的境況要好。世朝確實也是聰明，一回過神，就知道要做什麼樣的事情才能得到肯定；只是，還是有些過於優柔寡斷了，難成大器。

賴雲煙過了好幾天才在山中得知了魏世朝的事，知道魏瑾泓不想見他時，她嘆了口氣，對喬裝來此報信的翠柏說：「大公子性子如此，讓老爺親自多教教他吧，總不能一失望了，就什麼也都不管了。」

她跟魏瑾泓說過，等到這幾年過去了，確定西地能讓大部分人都活下去後，就去尋個地方，讓他們一家和開拓的人遷過去；不過從此得隱姓埋名，忘了他是誰的兒子，他們一家也不再是魏家人，從此不能再受家族庇蔭，從此路歸路，橋歸橋。

但她一說完，魏瑾泓半天都無語，滿身都透露著似是不好說她太心狠的意思。然後當夜沒入睡的他又叫醒了她，用乾啞的聲音和她說：「這是驅逐，世朝未必能受得了，他們一家也未必活得下去。」他那夜起了慈父之心，判定世朝受不了，也覺得他們沒有那個能力活下去，可來日世朝變了些，他卻又嫌棄世朝不夠果決了。唉，這天下的父母心啊！

賴雲煙又嘆了口氣，跟翠柏繼續說：「只要大公子無大錯，老爺要是在府中，便讓他帶著上佑過去與老爺一道用膳吧。」

翠柏應了是。

回去後，翠柏跟老爺說了夫人的叮囑。

魏瑾泓聽罷，嘴裡只問他。「夫人氣色如何？」

「尚好，秋虹說這幾日進食頗多。」

「說話間，神情如何？」

「嘆了幾口氣，別的，還好。」翠柏小心翼翼地答。

「嗯。」魏瑾泓點點頭，看著手中之信。

信中把種黑坨之事全都一一作了詳解，末尾道皇帝和他手下大司農知道的那些吃物，有餘力就多種一些，雖說產量不會盡如人意，卻也聊勝於無；但她所說的這種東西倒可多種一些，因存活得多，放到土裡就能長出東西來，到了冬天就可當糧食用了。

司農一行受他之令至西地多年，宣國那些放西地長的農作物裡，一直有種得好的、有種得不好的，太子一到西地得知詳情後，就令司農來年大種頗有些產量的麥子，現下看來麥子成勢頗好，應不會有什麼大問題；但出於對賴雲煙總帶著幾許盲目的信任，魏瑾泓叫來了魏瑾允等幾個堂弟，商議過後，雖魏家這時人力不夠，但魏瑾勇還是出來領了此事。

「明日進宮上稟皇上一聲。」司農之事，皇帝這幾日拿妻子攻城門之事，已從他手裡收了回去，往日受他調遣的司農官員也悉數換了，而地裡作物的長勢都還可行，所以魏瑾泓料想皇帝這時不會多聽他的話，雖說如此，但他不能不盡為臣之責。

「皇上……」魏瑾榮遲疑了一下。

魏瑾泓了然，點頭淡道：「盡人事，聽天命。」

第一百零七章

賴雲煙再接了魏瑾泓的信，平地之事都只略提了幾句，賴雲煙知他甚深，便是寥寥幾句，也能把他們那些人的打算猜出個七、八分來。

夏日炎熱，尤其那場火攻之後，這附近幾座山中都多了幾許燥熱，賴雲煙躺在了通風的大樹下乘涼，底下是大樹綿綿的山谷，被風吹過，就會響起一陣沙沙的響聲。要是聽得仔細，自成樂章。放在她手側的矮桌上有著冬雨自製的茶水，秋虹慣來心靈手巧，山間採點野果子，經她巧手都能釀成蜜餞；戰事暫歇，賴雲煙著實過上了好日子。

她手下的人，無一遺漏，全交給了任小銀和任小銅兩兄弟，她是沒打算把她的勢力交給世朝了——她兒子沒有能力擔待得起跟她數十年的那些人的忠心。

而任家回報她的，就是讓她能躺在樹蔭下打瞌睡。每天到了夜膳時分，任小銀就會帶著任家幾個得力的後輩過來吃飯，飯後喝茶時跟她說說一天發生的大小事，讓小輩們陪她聊聊天、說說話。任家的人跟魏家的人是有眾多不同的，任家是拿她當自家人般尊她敬她，魏家人對她的尊敬裡更多的是畏懼，前者相處起來自然讓人愉快得多。

賴雲煙的性子數十年不變，誰讓她高興，她就替別人想得多，任家人怕是得了她舅父的叮囑，知道怎麼對待她，讓她便是靜下來了，也時常想著他們的以後。

「這幾天馬金國和寧國來了一些人，任士去看過了，馬金人有差不多五百，寧國有三百人。」任小銀今日來得早一些，在太陽還沒落山之前就回了。

「馬金皇帝還沒來？」賴雲煙微愣了一下。

「沒有消息。」任小銀搖頭。

「寧國皇帝呢？」

任小銀再搖頭。

賴雲煙坐起身喝了口茶。「你準備準備，明天跟我去拜訪一下岑南王。」緊要時刻，一定要抱好靠山的大腿，他們的人太少，要衝鋒，還是得岑南王的人馬先上。

「姊姊。」

「嗯？」

「先前我爹讓我們分力幫岑南王，是不是為的今日？」

「哪啊？」見表弟一臉凝重，賴雲煙搖頭。「狡兔尚且有三窟，你爹也只是為你等謀求退路罷了，多一條是一條，比無路可退要好。」說罷，想及舅父族人從數萬變成數百，賴雲煙有些坐不住，她站起來看著山谷那邊的太陽，按捺住了心底的悲痛，轉過頭對表弟道：「現今換我，以後就是你了。」

任小銀聽了點頭，掀袍朝亡父、亡母死去的方向跪去，重重地磕頭。

賴雲煙穿戴素雅去了岑南王那兒，他們的馬直接上了岑南王王府的大門前，世子扶了她下馬，岑南王夫婦在大門前等著她。

岑南王府建在高山半腰上，山上風大，賴雲煙下馬時披風被風吹得在空中張牙舞爪，狂態盡現，見此，站在臺階上的岑南王微低頭對身邊的王妃道：「物似主人形。」

岑南王妃搖搖頭，迎上了上了臺階的賴雲煙。

兩人前次只待了不到一日就各回各的地方，今日岑南王妃握了賴雲煙的手就往大門內牽，走路間仔細地打量她。

「我還未給你們見禮呢。」賴雲煙好笑地說。

「見什麼禮？」岑南王妃搖搖頭，側頭看了身邊的夫君一眼，對她坦然說：「王爺剛還說妳是個什麼都不怕的，既然如此，今兒個妳就不怕他吧。」

賴雲煙訝道：「王爺真是如此說我的？」

「可不就是。」岑南王妃淡然地點頭。

賴雲煙笑道了好幾聲，笑聲有說不出的暢快，聽得岑南王揚了揚眉，也不知她哪來的本事能笑得這麼大聲；她丈夫和親兄可是還留在皇帝眼底，兒子也是個不成器的。

「我就不見了，小銀，你來見見。」賴雲煙自己不怕壞規矩，但沒想著讓任小銀也學壞。

「是。長雲見過王爺、王妃。」任小銀一揖到底，說了他的字。

「他的字是我舅父在他十歲時按我的名兒取的。」賴雲煙笑著道，輕描淡寫地說著這事。

「讓我把他當親弟弟，現今看來，可不就是如此。」

岑南王聽言，眉毛一聳，世子見機去扶了任小銀。

岑南王妃笑拉著她的手繼續走。「聽說妳現今把事都交給他了？」

賴雲煙沒有避諱地點點頭，與她親密地牽著手，輕言跟她說：「精力不比以前了，能管得了頭兩、三事就阿彌陀佛了。」

岑南王妃「嗯」了一聲，說罷咳嗽了數聲。

賴雲煙便加緊了步伐，等入了殿，她與岑南王妃落坐到一旁後，她湊過頭去擔心地問道：「可還是咳得厲害？」岑南王妃這一路落了病根，身子不比以前了，女人一上了年紀，長途跋涉下來，沒幾個身體是好的；賴雲煙也是久病之身，一聽岑南王妃的咳嗽聲就知病根難除，免不了對其多問幾聲。

「無礙。」岑南王妃拍拍她的手，看著賴雲煙的眼睛有說不出的柔和。

她自是懂賴雲煙的，前次宮中見到她這位好友，她略施薄粉，除了髮間銀絲，容貌看不出老態；今日見她，素衣銀釵、不施粉黛，能清楚看到她眼角的細紋，頭上的銀髮便彰顯出她的年紀來了。兩人坐在一塊兒，跟二十多年前的她們一樣各有千秋，誰也不會壓住誰。

岑南王妃這幾日氣色不好，自然是上了妝的，她看著賴雲煙笑意盈盈地跟她說話，也不在乎牽動了臉上多少歲月的痕跡，湊過來跟她輕言的時候，就像她們十幾歲時那般的交頭接耳……

「妳呢？」

「養著呢。」賴雲煙笑著點頭。她現在倒是真正被魏瑾泓養了一次，魏家送了不少藥物過來，估計有一半的庫存都送到她這兒來了，百年老參一次就送過來十支，約莫最好的都在她這兒了。

「這就好。」岑南王妃點頭，又道：「不知妳來，二兒、三兒前兩日下山辦事去了，改日回來了，我讓他們上門拜見妳去。」

「可別來！」賴雲煙連連搖頭。「有事再來，我可沒那麼多見面禮送，今時可不比往昔了；倒是一會兒讓我去見見小郡主，我私藏的頭面還是有一、兩套拿得出手的。」

岑南王妃沒料她這把年紀了還這麼輕浮，頓時哭笑不得。

趁她啞口，賴雲煙轉向了上座的岑南王，收斂了臉上的笑，正言道：「王爺可知寧國和馬金國來人的事？還有，我宣國陸續到達的難民會有多少，王爺心中可有個數？」

這廂陸續有人到達西海，有宣國之人被帶去問了話，轉頭就分到了戶部和兵部，經手之事全避過了魏瑾泓。魏瑾泓的拓地之功，不出幾樁事，眼看就要被皇帝漸漸抹平；往日有事，皇上必傳魏太傅進宮，現下卻不傳得那麼頻繁緊密了。

魏瑾允被皇帝傳著見了兩次聖駕，但魏瑾允是個寡言少語的，便是對著皇上也沒幾句話說，皇上問一句，他能答一字就答一字，答不上的，回之四字「小的不知」。他沒有官職，也沒官權可收回，皇帝暫也奈何不了他，且平地因陸續到達的人漸有不明朗之勢，他也無法全力拿捏魏家，便也只能壓一次算一次。

皇帝也向魏家傳過魏世宇，可自城門被炸後，那位傳聞是魏家下一代家主的人被魏瑾泓告知去了深山尋跡，再也不見其人了。他帶著一千人消失了，整整一千人。皇帝自知魏瑾泓是學起了賴氏的那狡兔三窟，但他防著、壓著魏瑾泓，這時也無法叫魏瑾泓把那進深山尋跡的一千人給叫回來，只得與魏瑾泓暫且這般僵持著。

魏瑾泓少了官務，待在府中的時日便長了些。有了賴雲煙的話，他用膳時蒼松帶了魏世朝過來用膳，他便不置可否。用膳次數多了，魏上佑見著祖父比頭兩次要好多了，他不再哭鬧，有禮有節起來，依稀也有魏世朝當年的靈動可愛；可有著他父親的前車之鑑，興許也是魏瑾泓這些年理智太久，一個人但凡不動私情太久，便也忘了怎麼動情，看著日漸顯出幾分聰慧出來的嫡孫，魏瑾泓少了當年看著魏世朝時那千護百愛的心。

父親溫文爾雅之態一如以往，但幾次相處下來，魏世朝知道了現在在他面前的這個父親對他缺少了往昔的溫暖愛護之情。對於父親，他恭敬如往昔，但父親對他的那分漠然還是影響了他們之間的關係，他不可能再像以往那樣能自然而然地與他親近，哪怕恭敬，那恭敬中已然讓父親隔出了距離。

魏世朝自然不敢去問魏瑾泓太多，只敢私下問蒼松。「我無用之事，已讓父親失望至此？」

蒼松思量頗久後，鄭重地對魏世朝道：「有些事，與大公子無關，大公子不必想得太多；老爺是父，您是子，無論如何，這父子之情斷然是不會斷的。」他言下之意是想讓大公子不必多問，只管抓緊了時機與老爺好好處著就是，結果斷然不會差。其實有老爺在，他總歸是要給大公子謀條路的，老爺怕的就是大公子知道有後路可退，就會日益變差。

大公子所不知的是，老爺對他最大的失望是他讓夫人都失望了，想著夫人都不看好他們唯一的兒子，老爺不知有多難受。前些日子夫人在府中那幾日，有一次蒼松子夜要進去傳事，在靜謐的書房門邊，他聽到老爺低低求著夫人，讓她別生大公子的氣；老爺先前對他的怒不可遏、現在的陌然，不過都是愛之深，責之切。

盛夏一過，即將迎來涼秋，其中皇帝又派了一次人馬過來攻擊，但這時各國進入西地的人數加多，來跟宣國搶地方的人也多了起來，因此對於占山為王的岑南王，皇帝也有些有心無力。

岑南王占得先機，從宣國脫離了出去，折損在皇帝那兒的一萬人馬，皇帝也沒全殺，只殺了幾個領頭將領，將其他人收攏。但岑南王的人豈是能輕易收攏的？等皇帝一鬆懈，幾批人馬就全跑了回來，不想跑的也怕留下來遭皇帝懷疑，便跟著一起跑了回來；皇帝給岑南王白養了幾個月的兵。

賴雲煙收到消息後，笑得打跌。

但岑南王又多了人馬要養，有利有弊，因此世子又過來問了賴雲煙一次，她預估的日後形勢。

賴雲煙搖頭道：「地裡的事，都是看老天爺吃飯，我這裡也是聽老家人說的，這兩年不太平，我又是個愛瞎擔心的，甚喜防患於未然。」

「那個老家人……」世子抬眼看著賴雲煙。

「他以前是建都文家的人。」賴雲煙坦言。

建都文家？以前出過天師的文家？「小姪知曉了。」世子拱手。

賴雲煙點頭，淡道：「小心駛得萬年船。國師所說的那天災，眼看也不遠了，這近海之地，離我宣國國土甚遠，卻也未必不會有影響。」

「煙姨所思極是。」

由於府中門客也作此猜想過，在賴雲煙那裡又得了她的話，所以世子回了王府後，岑南王一合計，便轉勢為守，將大部分人馬全用在了搜集糧草上。

入秋後，天氣有些詭異，西海之地沒有去年一行人到達時出現過的秋高氣爽，連著三天，那天色灰黑，下著傾盆大雨。文家人說這天不對，賴雲煙心想黑坨長得也差不多了，早收雖有損失，但比沒收上來爛在地裡得好，就下令讓人刨地收黑坨。

任家兄弟覺得賴雲煙所憂過甚，但還是依了她的命令，讓將近千人的隊伍冒雨把還沒完全長好的黑坨收了起來。眾人冒雨把黑坨收起後，雨停了，連著出了近十天的太陽，秋高氣爽得很，這天眼看著一天比一天要好，賴雲煙也覺得自己過於憂慮了。

岑南王見她難得失策，還寫信一封，道人有失手，馬有失蹄，讓她多喝點安神藥，好好養神。她一介婦人太過鋒芒畢露，本來就供人詬病，因此收到岑南王親自寫來的言帶調侃的信，賴雲煙雖頗有些尷尬，也只好忍了。

這事本是兩家才知道的，但岑南王跟新來的寧國皇帝搭上了關係，兩人酒後言談時說到糧草，寧國皇帝問了魏家賴氏的事，岑南王也是想幫賴雲煙掩飾鋒芒，就把此事當玩笑話般說給了寧國皇帝聽，岑南王言下之意是說她一介婦人，沒什麼值得擔心的。但賴雲煙種地失手的事經寧國人的口傳到了平地宣國人的耳裡，皇帝、皇后聽了都不禁莞爾，皇帝更是傳來了魏瑾泓，談及賴氏種糧之事，要笑不笑地看著魏太傅站了一上午。

魏瑾泓回去後，寫信給了賴雲煙，沒兩天，收到了賴雲煙的回信，信中言語簡單，左右兩句都不過是無事。

賴雲煙確也無事，這次她雖失策，可上下的人除了後來的幾百任家人外，全是她的親信，唯她的命令是從，只要她所做的，錯的都是對的，哪會置疑她？便是那後來的幾百任家人也是她救回來的，對她也是很死心塌地，所以外面把她的失策傳得風風雨雨，她坐鎮自家山頭反而平靜得很；任家兄弟得了外面的信，也怕她心情不好，就把風言風語壓了下來，一個字都沒有說給她聽。

文家那位老家人見所料不對，甚是慚愧，他有一不滿十歲的病孫帶在身邊，視若如命，每月都要從賴雲煙那兒討藥續命，因著此事，他退了兩根老參回來；賴雲煙也沒再送回去，派人接了他的病孫過來跟她小住，吃喝與她一道，還教他兵法人情。

如此過了小半月，這天下午，賴雲煙在樹下跟文家小孩下棋時，天色驟然大變，只片刻之間就風起雲湧，文家那瘦弱的病小孩跟著賴雲煙飛跑進屋之時，差點被一陣強風颳走，還是賴雲煙見勢不對，猛地回頭把人抱住，才把那被颳在半空中的小孩拖了回來。饒是如此，賴雲煙的手卻因用力過猛而脫臼了，且在狂風中一步也邁不向前，被風吹著退了好幾步，若不是任小銅飛快跑來拉住了她，兩人都要被風吹到山谷下了。

「屋子去不得，擊鼓讓所有人去山洞！」在風嘯中，賴雲煙在任小銅耳邊大喊。

「好！」風聲中，她的喊叫聲嘶力竭。任小銅使了全力把他們送到早佈置好了的山洞中後大擊銅鼓，召令所有任家子弟與賴家子弟回山洞避難。

關於遇險避難之法，賴雲煙讓任家兄弟每隔兩天練兵時就要說上一道，因此眾家士早字字記在了腦海，這時一聽召令鼓聲，皆放下手中正在幹的活計，全往離他們最近的避難山洞趕；僅一炷香，賴雲煙所在的山洞就趕回來了一百餘人。

狂風伴著巨大的雷雨在外面翻天覆地大作，遠處的大海也似是被倒了起來，就是在洞內，眾人也聽到了驚天動地的海嘯聲。就在這時，原本越來越暗的天色已然全黑，無一點光亮。

「點燈。」黑暗中，賴雲煙冷靜的聲音響起。

隨即，往日訓練有素的家丁各司其職，依次把洞內的八處燈火點燃。黑暗的深洞裡頓時有了光芒，可不遠處傳來的風吹海嘯聲卻越來越恐怖，山洞都好像在搖搖欲墜，在山洞好像動起來了的那刻，所有人都屏住了呼吸。

賴雲煙看看四周，見無一人不面露驚駭，但都還算鎮定，也就舒了口氣。

「姊姊……」任小銅見她頭動，勉強用力吞嚥了一口口水，道：「山下的人……」

「他們也有建避難山洞。」

「可是，這風雨來得太快了，應是反應不及吧？」任小銅輕得不能再輕地道，如若不仔細聽，聲音就淹沒在了外面巨大的聲響中。

賴雲煙似是沒有聽到，她轉過了頭，踩著火光往主位走去坐下。

眾人依著她的步伐轉動身軀，不一會兒，在她坐下時，全都依序佇列在了她的面前。

賴雲煙看著他們，眉頭深鎖。

兩個時辰後，狂風暴雨才歇停了下來，天色也漸亮了一點。

他們的人還沒出去，任小銀就從別的洞裡來了主洞，見到表姊無事，這才帶著人出去清點人數，下山打探消息去了。

「小姐，山下現在成了什麼樣子？」賴雲煙走了出去，越過斷樹殘枝，往高處走去，冬雨為她打著傘，扶著她的秋虹聲帶脆弱地問她。

一路都有被拔地而起的大樹，他們所建的屋子也是四分五裂，天色雖有了一點光，但卻陰沈壓抑得讓人喘不過氣，猶如末日。賴雲煙面無表情地看著四周，一路無言，走到她所在的最高點時，她膝蓋以下的裙襬已被泥漿浸染，找不到原色。她從袋中找了塊參片含在口中後，才走向那片可以看清一部分面貌的高崖上——下面是烏黑濃墨的一片，什麼也看不清。

「不知道，我不知道。」賴雲煙回了秋虹的話，面色冷冷地看著什麼也看不清的下面。

她從來沒跟人說過，其實她從沒有相信過國師那禿驢的話。

如若滅世，難不成逃到西海就能逃得過？這裡還面臨著大海呢，若海嘯捲來，恐會消失得比陸地還快；如若不是魏瑾泓堅信，她沒有一點逃得過的信念。

第一百零八章

隔日還未入夜，天色陰森可怖，又再下起了大雨。

魏瑾允來了，賴雲煙下了半山去見了他。

兩方人馬都狼狽不堪，不說賴雲煙沾了半身泥土，魏瑾允與他後面的幾個護衛臉上都帶有血痕，可見他們急急趕來的路上並不好走。

「怎地這時來了？」賴雲煙一進待客的山洞就揮袖，免了魏瑾允一行人的禮。

魏瑾允還是作揖彎腰道：「長兄讓我親口跟您說一些事。」

「你們都無事嗎？」賴雲煙坐下，讓冬雨把狐披蓋在了她的腿上。只一個夜，天氣就已入了寒冬，空氣冷冽入骨，凍得人牙根都發疼。

「稟長嫂，一夜之間，西海海水退了二十丈有餘。」魏瑾允說著，抬頭一動也不動地看著賴雲煙的臉。

「退了二十丈？一夜之間？」賴雲煙深深地皺起了眉。

「是。」魏瑾允退後一步，帶著血跡的臉在洞中火光裡彷彿鬼魅。

「退到哪裡去了？」賴雲煙喃語。

「不知，長兄讓我來接您過去一看。」魏瑾允說到這兒一咬牙，又道：「另還有一件事要告知您。」

「嗯？」賴雲煙的眉頭皺得更深，有著不好的預感。

魏瑾允這時低下了頭，腰彎得更低了。「賴家大夫人，昨天去了。」

賴雲煙一聽，只感耳畔轟隆作響。

賴雲煙到了平地，襲來的海嘯已過，昔日的平地已是狼藉一片，只有寥寥幾座房子留了個雛形，看去應是以前的皇宮，還有海魚在其中奮力跳起，在陰雨不斷的天空下，顯得格外滑稽。

已有人來領路，魏、賴兩家眾人現都在陣守山。

賴雲煙沒動，站在巨石下看著退去太多的海平面，等著幾位帶下來的地師、天師的報。不多時，下人就來報了，說海水退了三十餘丈，這比魏瑾允先前報的還多。

「我不知如此……」魏瑾允看著眼下斷壁殘垣的宣國，臉色茫然極了。他也沒料他這一走不多時，家就沒了，所有人的家都沒了。

「夫人。」領路的翠柏臉被凍得紫紅，見她還不走，作揖又道：「該走了。」說著，還抽了下凝成了濃稠的鼻涕。

「給他喝口酒。」賴雲煙看著底下剛建好就被毀掉的小都城，漫不經心地朝身邊的任小銅道。

任小銅沈默地解過腰間的酒囊，遞了過去。

翠柏猶豫了一下，還是接了過來。

禮。

到了陣守山，魏瑾瑜站在山口守山，賴雲煙一到，臉色青黑、衣裳泥濘的瑜老爺朝她揖了禮。

賴雲煙這次多看了他兩眼，在頓了一下後，見他起身，她回了一禮，當著他的面朝他淺淺一福，道了聲「多謝」，未等魏瑾瑜反應，她就已提足走了，留下魏瑾瑜怔在原地。

這麼多年來，她就連對他兄長也是未曾這般恭敬過了。魏瑾瑜站在那兒想了一會兒，因嫂子的客氣，一直緊擰著眉頭的男人微微鬆開了眉心。

賴雲煙先去見的魏瑾泓，魏瑾泓一看到她，就把她身上沾了雨水污泥的披風褪去，把身上的黑貂大披繫在了她身上。

「去換身衣。」他接過下人手中的茶杯，把熱茶送到了她嘴邊。

賴雲煙就著他的手喝了兩口，點了下頭。

這時有府中得力的老婆子到了她面前，躬著身輕聲道：「夫人。」

賴雲煙伸了手，讓冬雨扶了她，又穩了兩下，才把漫在眼眶裡的眼淚逼了回去。「你和我去。」自見面後，她朝魏瑾泓開口說了第一句話。

原本神色偏冷的魏瑾泓一聽，臉色一暖，朝她輕頷了下首。

一進門，除了冬雨、秋虹，跟著的下人都退了下去，沒待賴雲煙吩咐，她的兩個老僕已一人動手為她解衣，一人把放在床上的素衣拿了過來。

建在石洞中的房間甚是簡陋，除了一張床、一桌兩椅，便什麼也沒了。

賴雲煙解衣時，未背對著魏瑾泓，她直對著他，問：「皇上呢？」

「去了虎羅山。」
「他的人馬呢？」
「太子帶了他們全上了山。」
「其餘人呢？」
「祝家隨了他們一道，兵部幾家跟著他們去了，余家帶著幾戶人家跟了我，侯爺這次也隨了我來。」魏瑾泓淡道。
「漕河余家？」
魏瑾泓頷首。
「挺好。」冬雨這時褪去了她濕了腳的綢褲，如白玉般溫潤的長腿在冰冷如寒刀的冷空氣中不自覺地抖了兩下，跪著的秋虹忙給她套上綢褲，冬雨也快手快腳地把棉褲給她穿上。
一直低頭抬腳的賴雲煙這時抬頭，見魏瑾泓垂眼定定地看著她的腿，等了一下沒見他回神，眼睛還盯在她未著襪的腳足上，她皺著眉看了他一眼。
魏瑾泓這才抬起了頭，見她眉頭深鎖，剛剛略有失神的人淡淡地別過了眼。
賴雲煙不悅，但這等時候也不好說什麼，只得繼續擠魏瑾泓口中的話。「他們有沒有傳話過來？」
這時魏瑾泓回過了頭，輕頷了下首。「皇上派人傳了節哀的話過來。」
賴雲煙這次忘了回話，冬雨給她套上襖裙，扶她坐下給她著襪穿鞋時，她彎下腰，低頭專心看著自己的腳。

魏瑾泓這時站在了她身後，彎腰低頭俯在了她的背上，把手伸到了她的眼前，捂住了她滿眶的淚，讓溫熱的淚水燙著他的手心。

賴雲煙無聲地哭著，冬雨、秋虹忍耐不住，匆匆福腰退到門外，兩人皆扶門捂嘴痛哭了起來。

「我兄長如何了？」賴雲煙沙啞著嗓子問，直起了身。

「一直陪著夫人，等妳回來讓妳和他陪夫人入棺，這也是夫人臨終前所說。」魏瑾泓拉了她起來，拿帕給她拭淚。「棺木昨晚已打好。」

賴雲煙深吸了口氣，止了嘴間的抽泣。「我去了。」

魏瑾泓頷首，先她一步打開了門。

山洞不大，只轉了一個彎，就見賴煦陽頭綁白布，身穿孝衣跪在洞口接她。

「姑父大人、姑姑。」賴雲煙還未走近，賴煦陽就已磕了頭，隔著距離地訃告。「煦陽娘親於辛丑年九月初三申時去世，請您過去一趟。」

賴雲煙走到他面前，扶了他起來。

賴煦陽抬起滿是血絲的眼。「姑姑，妳回來了……」

賴雲煙再也忍不住，當著人的面，頃刻淚流滿面。

第一百零九章

蘇明芙屍首已不好看，可賴震嚴守在身畔不離身，除了親兒，他不許下人靠近他們，直到賴雲煙來，他才讓她碰妻子。

賴雲煙給蘇明芙換裳入棺，直至要入棺那刻，賴震嚴才站了起來，想去送她，但一站起就昏了過去。

一個老的、兩個小的，看著身子都不康健。賴雲煙讓身子比娘親和兄長都不好的煦暉照顧他爹，便又下令把棺木抬至靈堂。這時，賴家支族兩個頗有些手腕的族叔見賴雲煙插手，帶著幾個族人上前來質問她一個出嫁女為何出手管娘家的喪事？

賴雲煙掃了他們一眼，大略數了一下他們的人數後，微一偏頭，對身邊的任小銅說：「全扔出去，誰敢再進來，往死裡打，死了扔山底下餵狼。」

任小銅聲都未吭，一揚手，帶著任家那幾個下手必傷的死士，當著魏、賴兩家人的面，把七個來找事的賴家人強拖了出去。中遇反抗，任小銅手一轉，在靈堂前把那回手的支族長者的頭生生折了，那被強力一扭的脖子發出了清脆的一聲響，靈堂裡上下的人，在這一刻全都靜了；便是跟過來看情況的余家人與楚侯爺這些外人，也都瞪大了目。

偏偏賴氏若無其事，輕描淡寫地道：「我不介意多點人陪葬，下去給我嫂子當使喚人也好。」

本想反抗的賴家族人，這下子都僵住了手腳。

走路無聲的任家死士已把那幾個人拖了出去，賴雲煙見狀摸摸胸，覺得胸口鬱氣還是壓得她喘不過氣來，便又朝管事的魏瑾榮道：「賴家族人的日常分例均減半。」

「妳——」賴家有衝動之人出了口。

「再減一成。」賴雲煙冷眼掃了那出口之人一眼。

這個家族對她而言，只有兄長、姪兒才算得上她的親人，對他人她可沒那麼多情分可給，他們現在住在魏家的地盤裡，最好看她臉色過活，要不然就給她滾。

她大施淫威，但魏家上下已見慣了她的冷酷無情，一個連親生兒子都不給留退路的婦人，這時便是對賴家人喊打喊殺，也無人覺得奇怪。

魏瑾榮更是早就不去違逆她了，她話畢就略欠了欠身，答了一聲。「是。」

「魏族長……」賴家不乏明白人，已轉身作揖向一直站在一角不語的魏瑾泓看去。

魏瑾泓朝他頷首，淡語。「魏家家事素來由主母掌管。」他言語淡然，頭上墨冠高聳，慣常的不食人間煙火的仙人之姿，便是語氣不重，話畢也有不容人反駁之意。

那賴家人頓時啞口，略一思索就欲要掀袍而跪，但在手剛一抬時，他看到了往昔賴家那位大小姐的眼，只一會兒，被看得後背發涼的人便收了手，又退回了原位；惡人更怕惡人橫。

魏家平地的糧倉都被沖走，種在平地的黑坨也沒收回來。

「你們家就沒點高興的事說給我聽？」賴雲煙已筋疲力竭，對著魏瑾榮的報，言語間極盡諷刺之能。

外面，還有司笑抱著魏上佑在跪著哭。

「你們帶了多少人去？」當著魏家眾人的面，賴雲煙拿出袋子扯開，取出一片參片放舌底含著，一片覺得不夠，又拿出一片放進口中。

族長迎回族母後就帶走了許多人，到魏家種糧的地方收糧去了；所以，沒有了族長在面前擋著，魏瑾榮眾人面對她時，無一人不覺得頭皮發麻，腳底生瘡。現下除了她坐在主位，就是每人身側都有椅，也沒有人能坐得下去。

沒人說話，外面的司笑跟孩子一聲比一聲悲戚的哭聲就更加明顯。

這時去查看魏世朝蹤跡的魏瑾允大步入了內，站於賴雲煙身前就躬身回道：「我已調了三百人去查，現尚未有人來報，還請長嫂靜候一會兒。」

賴雲煙剛剛從靈堂出來，司笑就抱著上佑在她面前哭得聲嘶力竭，她也是剛從司笑嘴裡才知道，她那兒子沒被大水沖走，被家人帶著上了陣守山，但卻在兩個時辰前神奇地消失了。司笑覺得不妥，沒找到人，就來找剛到的賴雲煙，片刻之間就哭得賴雲煙腦袋發懵，強撐著才沒倒下去。

「是皇上的人幹的？」他們不敢多說，賴雲煙只得向這些像死了魏瑾泓的魏家人一句句地問。

她已字字如刀，魏瑾榮只得硬著頭皮迎上，道：「這個不知道，也知，現下這等情況，魚龍混雜——」

「那告訴我聽聽，你們都做了什麼？」賴雲煙打斷他的話，乾脆把參片從舌底捲出來嚼，如若不如此，她這口氣就吊不上來。

這一次，便是魏瑾榮也不敢答話了。

賴雲煙把參渣一口嚥下，順了胸口好一會兒，才轉頭對跟在她身邊如小黑影的子伯侯道：「你再幫我一次，算我再欠你一次。」賴雲煙在他耳邊耳語了幾句。

不等人反應，子伯侯就已出了門，一句廢話都沒有就消失了。

司笑還在外面哭，賴雲煙的腦袋都是懵的，她強打精神尖著耳朵聽了一會兒，其中是真意還是假意，她聽了一陣也聽不出來，她看向臉板得比誰都要冷硬的冬雨，道：「扶少夫人、小公子去歇息一會兒，莫讓他們哭傷了身。」

「是。」

冬雨出去不一會兒，哭聲漸遠。知道他們走了後，賴雲煙平靜地招了魏瑾榮前來一步。「去查查司家那幾個人的動靜。」

「是疑……」魏瑾榮抬頭看她。

賴雲煙冷冷一笑。「什麼疑不疑？都只是查查而已。」皇帝那兒她都派了人去，司家更是免不了。

「別站這兒了，出去辦事吧。」賴雲煙揮手讓魏瑾榮走，但走時見他臉色青黑，沒比她好到哪裡去，便又朝他道：「等等。」說著拿出她的參袋分食。她的參片都是養人吊命的藥參，她邊一人給他們抓了一小把，邊嘆道：「好東西啊……」

魏瑾榮、魏瑾勇一干面如菜色的人紛紛相視，苦笑一聲，臉撇向旁邊，朝賴雲煙羞愧作揖；此等境況不僅得讓她來主持大局，還得分她的吊命老參，真真羞煞人也。

「吩咐下去，山裡的人不得命令不許下山，誰違令當場腰斬。」不到半日，賴雲煙就已做足了狠事，這下發話也麻木了。「誰敢大聲啼哭就縫了誰的嘴，誰敢大聲喧鬧，輕者百杖，重者腰斬。」

魏家幾個主事人在魏瑾榮的帶領下作了揖。

沒有人有疑義。對著這群太知道怎麼見風轉舵的魏家人苦笑了一聲，賴雲煙輕搖了下頭。「都下去吧，有事我派人來叫你們。」

「是。」

賴雲煙沒坐一會兒，老婆子就匆匆過來報，舅老爺醒來了。

賴震嚴一見她就緊抓住了她的手，瞥過眼看向跪在床邊的兩個兒子。

「我知道了。」賴雲煙眼眶裡全是淚。「我替嫂子守住他們，我也守得住他們；可是哥哥，你不能丟下我們，要是你都走了，誰來守我、護我？」說至此，賴雲煙已全然崩潰，握著兄長的手放聲大哭。「要是你都沒了，我去哪兒找人愛我、疼我？哥哥，你別丟下我……」

賴震嚴的眼本渾濁無神，卻覺妹妹流在他手上的淚如刀子一樣割疼了他的心。

床邊，賴家的小公子賴煦暉哭得咬破了嘴，一點聲音也沒有發出來，身子瑟瑟發抖，如若不是其兄賴煦陽緊緊抱住了他，他已癱成爛泥。

賴震嚴醒來後吐了口黑血，示意人去叫賴雲煙過來後就已動彈不得，這時他抖著嘴，用盡全力發聲。「藥、藥……」

賴雲煙哭得已斷腸，眼睛一片發黑，所幸賴煦陽照顧著弟弟還看著他爹和姑姑，他一看到賴震嚴嘴動就撲了上去細聽，一聽到他爹要吃藥，本鎮定至極的賴大公子雙眼一片刺疼，跟他姑姑說話的聲音都抖了。「姑姑，爹要吃藥……姑姑，爹肯吃藥了。」

賴雲煙聽到了聲音，茫然地抬起了頭。

賴煦陽看著憔悴不堪、滿頭銀絲的姑母，不禁悲從中來，眼淚再也忍不住地流了出來。「姑姑，給爹餵藥吧。」

賴雲煙這才聽了明白，忙拭著臉上的淚，朝賴震嚴驚喜地看過去，卻看到了從未見流過淚的兄長眼邊掛著兩行老淚。賴雲煙的心都被揉成了碎渣，她無法抑制眼淚，哭著上前，慢慢扶了兄長起身靠著枕頭，等到藥端來，她一口一口地餵兄長喝了下去，直到碗空，她才跟他說：「你一生都對我極好，為了我，不知受了多少的苦，我從小就讓你為我操心，是我的不好，可你要是沒了，對我最好的人也就沒了，我從此就孤苦伶仃的一個人了。你要是還心疼我，就多活幾年，看著我走了再走，你說好不好？」賴雲煙別過兄長臉畔的銀髮，笑著朝他再問：「哥哥，好不好？」

賴震嚴閉著眼，眼邊的淚蜿蜒不止，他輕輕地點了頭。

這時賴雲煙眼中的淚也掉了下來。

賴煦暉已哭得無淚再流，他把頭靠在未見過幾次的姑姑腿上，想著還好姑姑來了，若是不來，娘走了，他連爹都要沒了……

第一百一十章

賴震嚴肯吃藥下肚，半夜呼吸就明顯了起來，易高景也在一側守著。賴雲煙哭過一道，心神有些恍惚，但哭了一些鬱氣出去，這胸口也不再疼得讓她窒息了。

夜間冬雨見主子不睡，跪著求了她一道，見她披著老爺的披風，躺在椅子上瞪著眼看著無止境的黑夜，第二道也求不下去了，等忙完瑣碎之事，冬雨便跪坐在她的腿邊，替她捶腿。

「冬雨。」油紗下的油燈照亮不了什麼地方，遠方更是一片漆黑，這瀟瀟雨夜何止淒涼，連因風雨而七橫八縱絞在一起的樹木都透著幾分悲苦；可即便如此，人的這口氣還是得撐著。「妳歇著去吧。」

「不了，睡不著，就讓我陪陪您。」冬雨淡淡地道。

賴雲煙的聲音乾啞無比，可丫鬟嘶啞的聲音也不好聽。她伸手碰了碰冬雨的頭，無聲無息地微笑了一下，心也微暖了一些。

「大公子還未有消息？」冬雨沈默了一會兒，本不想說，但還是出了口；那是她親手帶大的孩子，再為他傷心，也免不了擔心。

「世朝啊……」賴雲煙疲乏地眨了眨眼，嘆道了一聲。「世朝啊。」

她言語中的嘆息讓冬雨抬眼朝她看去，見主子臉上一片木然，無悲無喜，冬雨默默地掉了淚，嘴間道：「您別怪他，夫人，我們都別怪他，您知道的，小時他有多心疼您，他還餵過您吃糖。」

賴雲煙良久無聲，隨後喟嘆了一聲。「知道了，子伯侯出去找了，不管如何，只要他的命還在，就能帶他回來。」

冬雨垂了頭拭淚，不再出聲，怔怔地看著地上。

賴雲煙盤算著要帶回魏世朝的代價。他要是在皇帝手中，皇帝要魏家的糧，魏家怎麼可能會給？魏家就剩那一點糧了，背後還有幾千人要養，所以最終棄他的不會是她這個當娘的，而是萬分捨不得他的爹。現在只能祈願他不在皇帝手中，要是在，只能靠子伯侯了。

兩人靜默了一會兒後，有人上了她們這處高洞，冬雨起身，往小路看去。「誰？」

「冬雨姑姑，是我。」賴煦陽的聲音響起。

「大公子來了。」冬雨往洞內道。

「讓他過來。」

不一會兒，賴煦陽就到了洞口。

賴雲煙坐在能監看山勢的最佳處，站在洞口往下看去就是入山的兩處上山之路，只是現在天色一片墨黑，什麼也看不到，只看得到山中幾處有人之處發出的寥寥火光。

便是什麼也看不到，賴煦陽站到洞口也習慣性地往下面看了一眼，才轉身進了洞內。

「姑姑。」

「過來坐。」賴雲煙把放在椅背上的狐披扯了下來遞給了他。

「天快亮了。」賴煦陽接過她手中的狐披，坐在了炭火邊上。

「嗯。」

「姑姑……」

「嗯？」

「家土那邊存住的糧，吃不上兩日了，族裡把糧一直放在皇上那兒，如今看來暫且是討不回了。」賴煦陽艱難地嚥了嚥口水，道：「姪兒想去接應姑父，不知可行？」如此，便是朝姑父暫借上一些糧充饑，也好開口。

賴雲煙聽得愣了一下，不由得笑了。「你們還有姑姑呢。」

賴煦陽淺搖了下頭。「爹說了，還不到用您的存糧的時候，要是您的都沒了，最後我們就無路可走了。」

「這樣啊……」賴雲煙斂了眼，淡淡地道：「姑姑知道了，你就去吧，跟你姑父一同回來。」

看來，魏瑾泓的糧，是勢必一定要帶回來了。

賴雲煙准了賴煦陽去接應，但他母親還停在靈堂上，因此上午賴雲煙去見賴震嚴，跟他道：「易高景會製一種藥水，能保五年不爛，您說呢？」

賴震嚴已經能開口說話，聽她說了後，抬眼看著這永遠都有驚世駭俗之舉的妹妹。她總是與別家的妹妹不同，所以一直都讓他放不下；但自從到西地後，她就不需要他的支援了，反過來是他需要她的幫忙。不管世情如何變化，她還是那個心目中會聽他的話，還會說「我也要保護你」

的妹妹。

「五年？」他喘了口氣，問她。

「是，五年，到時就要煦暉他們操心了。」再熬五年就行了。賴雲煙說著，看向小姪兒，摸著他的頭顱笑。

姑姑說的話，賴煦暉乍一聽不是很明白，想了想之後才知道姑姑所說的，是到時讓爹和娘一起合葬。他一想明白就去親她，見姑姑朝他笑，賴煦暉頗不好意思地低了低頭，小聲道：「姪兒知道了。」

「這樣子也高興，是不是？」賴雲煙問賴震嚴。

賴震嚴想及那為他付出一生的妻子，點了頭之後讓小兒靠過來，他拍了拍小兒的肩，與妹妹道：「好，就多等我幾年，到時讓陽兒和暉兒把我們葬在一起。」他說得極其平靜，但賴雲煙與賴煦暉還是淚濕了眼，各自撇過頭，暗暗擦了眼角的淚。

賴煦陽要帶隊離開，這一次他還要帶一些賴家人出去送給皇帝，他要驅逐一些不被他所用的賴家人。

能來西地的人個個皆不凡，這些賴家人都意識到他們要被賴震嚴父子拋棄了，其中包括賴十娘的家人。

在他們整裝要走之際，十娘子拿了劍衝過五、六個人，舉劍放在脖子上，衝著來送行的賴雲煙厲聲道：「妳敢！」

賴雲煙看都沒看她一眼，抽過腰間的劍別在賴煦陽的腰上，扣好暗釦，又蹲下地給他檢查了一下皮靴，見沒問題才起身與他道：「天冷，走路注意些，別讓水進了鞋子。」他們母親沒了，她便會替嫂子照顧他們。

「煙姊姊！」十娘喊不到賴雲煙的回頭，厲喝中已經帶有哭腔。

這次賴雲煙回了頭，不過不是看她，而是看向那些要送走的賴家人，她慢步踱向他們，眼帶笑意地一一看過他們，最終她停下，淡淡地說：「你們把糧放到皇上那兒時，就應該想到這一天了吧？」她斂了笑，臉也變得冷漠了起來。「不走也行，只要做到一樣就好……」

被趕到廣場上的賴家人面面相覷，然後都看向賴雲煙。

賴雲煙抽出任小銅手中的劍，寒劍在冰冷的空氣中發出了更為冷酷的光，賴雲煙舉著它，放到了賴家那個先前欲向魏瑾泓行跪要脅她的賴家人肩膀上，朝賴家人示範。「抽把劍，擱在這上面……」她冷靜地說著，而那賴家人已經知道她要做什麼，但這時反抗已經來不及，已有任家死士一人一邊扣住了他，讓他動彈不得。「用力一劃——」賴雲煙把擱在他脖子上的劍凌厲地往前一抽，把那人的頭快且準地劈了下來。

熱血在空氣中噴灑，冰冷的空氣裡，那人發著淡淡霧氣的頭顱滾在了地上，血噴出的那刻很熱，但轉眼間就冷了，鮮豔的殘血已黑。

「這樣，你們就可以像他一樣留下了。」賴雲煙掃了眼劍上冷去的血，嘴角一翹，再次看向賴家人。「現在你們可以再想想，是走還是留？」

無人說話。那被開墾出來造船的大廣場上，無一人說話。

「自己決定。」賴雲煙有禮地一點頭後，把劍遞還給任小銅。

任小銅恭敬地接過，把劍上殘血在那屍體的衣物上擦淨後，神態自然地把劍收回了劍鞘。

「時辰不早了，走吧。」賴雲煙走到賴煦陽身邊，整了整他的披風，這時她的眼睛又恢復了幾許溫暖。

「是，姪兒知道了。」賴煦陽恭敬地彎腰，這次他大步走到了隊伍前面，不再贅言，手一揮就道：「走！」

他們父子的第一批家士迅速出發，困在中間的賴家人已經僵住，但被後面的人一推，先是蹣跚了幾步，接著就飛走了起來，那速度，就像後面有猛虎在追，誰也沒有多停留一步。

賴雲煙滿意地一笑，轉頭對任小銅笑著說：「我們家不養廢人，只能送他們走了。」

任小銅冷酷地看著這群逃命之徒，轉頭對表姊述道：「他們活不了多久。」這些對不起他表兄的族人，活不了多久的。

賴雲煙回過頭，朝跪倒在地的賴十娘走去。

誰都被那血腥的場面震驚得忘了喊叫了，賴十娘也如是。

看到賴雲煙朝她一步一步地走來時，賴十娘抓了抓地上的泥土，積攢著所有勇氣，朝那嘴角帶笑的人嘶吼。「妳是惡鬼！妳不是人，妳是畜——」她的「牲」字還沒有出口，頭就被任小銅示意前去的下屬踩在了爛泥裡。

賴雲煙從她身邊走過，去往那上山頂的臺階。「大聲喧鬧。」雲煙朝任小銅淡淡地說：「幫姊姊去跟榮老爺說一聲，行杖一百。」大聲喧鬧有動人心之嫌，十娘子就算要罵她幾句出氣，那聲音也該輕點。

這時候都不知道盡本分保命的人，她是真沒法一個個忍著了，不能養著給那些盡本分又識相的搶飯吃。

第一百一十一章

賴雲煙帶出來的天師和地師來報，說會再有風暴來襲，海水可能還會再倒過來，時間應該是在兩、三天後。

禍不單行啊！於是賴雲煙找來魏瑾榮他們，商量著讓他們下去捕魚。

「在明晚之前，能羅捕多少就羅捕多少，沒多的工具就和任家借，他們有帶。」賴雲煙跟魏瑾榮說過後，就跟魏瑾允道：「派人去跟你長兄報信，你們最好想法子，在後天風暴來臨之時，乘機搶皇帝的糧。」

賴雲煙說到這兒停了一下，為著賴家，私心作祟地多說了一句。「這事我會通知岑南王，岑南王也會派人去。」這樣的話，岑南王多得的，按岑南王的人品，定會分給賴家一些。她言盡於此，沒再多說，轉頭又對魏瑾瀓道：「十娘子怎樣了？」

魏瑾瀓淡然道：「無礙。」

賴雲煙略挑了下眉，魏瑾瀓恭敬地欠腰。

賴雲煙也就知道了他是真的心無芥蒂。不過也是，魏家人對送上來的美色從不拒絕，但誰都不是癡情種；只有她生的世朝，身上有太多地方像魏家人，偏偏這一點卻沒有相同，要是全像，在這亂世裡，他的日子應是會比現在好過一些。

「你長兄留下你，是留作急用的。」賴雲煙對魏瑾瀓直言道：「瑾允要守山不能離開，世宇不在，世齊跟了你長兄去了，現下就你能帶隊突襲皇家的儲糧之地了。」

「瑾瀓遵令。」

「我沒什麼好叮囑你的，但有一點你要記住。」賴雲煙直視著魏瑾瀓的眼，一字比一字說得重。「如果，有人拿世朝逼你作選擇，你要記得先問一下世朝的選擇再決定。」

魏瑾瀓舉手作揖，躬身稱是。

等魏家人退下後，秋虹紅了眼，對賴雲煙說：「主子，小主子再不好，也不會給你們拖後腿的，他是個好孩子。」

「如果是，魏家人就知道應該留他一命。」賴雲煙躺在了椅背上，把全身的重心都放在椅子裡，只有這樣才能暫時放任疲倦席捲全身而不擔心無地可撐。「他爹和我都還沒死，只要他不做對不起族裡的事，他就不會有事。」

他也好，司家也好，最好在這個關頭都沒有偏幫皇上。現在魏家裡已經有人這麼猜測了，她雖全然不信兒子會糊塗至此，但他要是真做錯事，她也沒有萬全之策保他平安。不過一天，他的消失已經給魏家人添了不少亂了，司笑又不是個會做人的，這種時候除了哭，什麼事也不做，誰能當她是這家的夫人？現在有哪個夫人是躲在屋子裡哭的？這裡活著的每個女人，都在撐著魏家的每一處地方；魏家帶孩子的女人不少，但帶著孩子、帶著娘家一家人住在屋子裡不出來的，也就他們家這一個大公子夫人了。娶了這麼個妻子……賴雲煙閉了閉眼，兒媳是兒子自己選擇的，改變不了的事，她也不想多說什麼了。

「秋虹，妳去大公子夫人那兒，教教她怎麼做人，要是再教不會，就把她和司家人逼出去做事，跟他們說，我們家不養廢人。」

惡人就惡人吧，反正她也當了一輩子惡人，哪怕她那兒子以後怨她不護著他的妻兒，這惡人她也得先當了，不教會他們怎麼生存，他們以後也活不下去。

當天夜裡，捕魚的佇列回來，賴雲煙吩咐了下去，一人賞一條，留在廚房誰也不能動，什麼時候吃，就等這些家士說，每天該他們兩頓的，照常給。

該攆的、該震懾的，都賞罰分明，誰想吃飯就出力，誰沒用就等著餓死，哪怕是主子。兩天下來，陣守山的規矩在賴雲煙用暴力立威後，已在上下的人心裡烙了印，其速度不可謂不快。在一般時期，如此高壓震懾早有人造反，但在唯她命是從的魏家裡，對此不忿的只有不相干的外家人，而那些人已經被賴煦陽帶了出去。

說來，賴雲煙這時也不怕秋後算帳了，按現在這局勢，有沒有人能活到最後都是問題，想挖她的墳、抽她的屍，也得看魏家的後來人有沒有這個命了，如果有，倒是大好事。

隔日，賴震嚴從床上起來了，這個賴家當家的自能站起後，手段比其妹更為毒辣；當他清楚明瞭這種局面現在已無謂跟皇帝撕不撕破臉後，他對司家之事便大加干涉，讓賴家的那幾個主刑逼問了公主。賴家酷刑自來凶殘，但還是未從雅玉公主口裡說出不利於魏世朝與司家的話。

賴震嚴知道後，抬起虛弱的眼皮跟手下人說：「沒有就好，日後要是誰對我外甥有什麼閒言，讓他來找我。」

山間大洞，主子們住的地方再大也大不到哪裡去，因此不多時，魏家權力圈內的那幾個人就知道了此事，隱隱也明白賴震嚴這次出手，也算是給他們一個交代，也間接提醒他們，魏世朝的背後還有著什麼人，只要他自己不出錯，誰也別想奈他何。族母沒讓他繼承衣缽，但也借了其兄之手讓人知道，大公子雖不是下任族長，但也不是誰都能對其搓圓捏扁的。

兄長所做之事，賴雲煙一直靜觀其變，但知道他是為她後，難免鼻子一酸。對世朝，她不是真冷酷無情，只是她向來用強者為上的強權震懾魏家，若對無能的親兒包藏私心的話，只會降低她在魏家這些主事者心中的威信。這些人為什麼服她，她心知肚明，若是她那些讓他們信服的「唯強是用」都大打了折扣，哪怕魏瑾泓再想護著這個兒子，在權力分布均衡、能人輩出的魏家，世朝的處境只會比現在更岌岌可危，單憑先前司家為皇帝眼線之事，就可拉他下馬了。

他妻兒外家現在能好好地待在魏家，不過還是仗著他們夫婦的勢，更多的，她不能再做了，做多了有損於她，最終害的，會是她的兒子和那個她只抱過一次的孫兒。

她若是不心狠，哪來他們以後的出路？都道她凶殘暴戾，連親兒都不放過，可其下包藏的私心，怕是只有那個還當她是善良小妹妹的兄長知道了；連魏瑾泓，都道她的心已被磨成了鐵，連親自生養帶大的兒子也打動不了她分毫……

第一百一十二章

在世朝未回之前，賴震嚴已經出手解了他回來後會面對的危機，賴雲煙中午與兄長一道用膳時與兄長細語。「我們這等護著他，也不知是不是好事。」不懂他們的用心也就罷了，只怕越護越是隻兔子。

「那妳還道他能如何？」相比賴雲煙為母者的憂慮，身為外舅的賴震嚴就冷酷清醒多了。「煦暉西行之路為救小銀受傷，往後走路三步都要停下喘口氣，一路還要幫著我們操持家務，便是審訊，因他哥哥不在我們身邊，他小小年紀也要從頭主持到尾；可為此，世朝卻遠離了他，不再與他親近……這樣的兒子，顧一點是一點吧，不顧，他連命都沒有了。」賴震嚴摸了摸妹妹的頭髮，覺得這世上怎麼會有妹妹這麼可憐的人？殫精竭慮一輩子，老天爺卻連個像樣一點的兒子也不賞給她。

賴雲煙這是頭一次從兄長嘴裡知道世朝對賴家所做之事，她道像兄長夫婦這麼疼愛她兒子的人怎會跟世朝這麼疏遠，原來到頭了，又是世朝自己作的孽。

「呵……」賴雲煙欲哭無淚，只得把滿腔的酸苦化為了一句輕笑。她招手，讓一直跪坐在他們下首的賴煦暉過來，他一過來，賴雲煙便把這個才十歲出頭一點的孩子抱到懷裡，平靜了一會兒後，與兄長道：「眼下能顧，顧一點是一點吧，以後的事，也要看他自己的造化了。」說著，她低頭看著懷中心事重重的賴煦暉。「不要怕，你沒有娘，還有姑姑，表舅舅他們也還在呢。」

這時站在門口把風的任小銅推門進來，跪在了這對兄妹下面，一字一句認真地道：「請表兄、表姊放心，便是任家死絕，也會保住賴家的兩條根。」

「生死有命。」姑姑在他背後微微一推，賴煦暉就順勢站了起來，到任小銅面前給他磕了個頭才扶了他起來。「還請表舅舅莫要如此說。」

賴雲煙看著他們，原本有點佝僂的腰便又挺直了一些，還不到她倒的時候。

當天入夜，魏、任兩家聯手出動，捕了不少魚回來。這一次，魏瑾瑜又算立了功，他開拓的陣守山先前闢出了不少空地，鹽師便借了他的地方製鹽，先前製出了不少細鹽放在庫房，這時製醃魚所須的大量細鹽便無須費神，省卻了不少麻煩之事。

凌晨寅時，如地師和天師所算，風暴再次來襲，翻江倒海之聲再次傳來。

賴雲煙一聽到動靜就起了身，匆匆去了議事房，她一進，魏家幾人都已經到了。

冬雨入夜就煨了參茶，這時讓護衛提著大鐵壺給老爺們一人倒了一大杯參茶就退了下去，去了賴家的大老爺那兒照顧。

「喝口熱的，都在椅子上躺一會兒……」一群面色都不好看的人坐在一塊等消息，誰也不好過，賴雲煙盡著主母之責出了言。

「不知長兄他們有沒有收到消息？」微弱的燭火中，魏瑾榮頓了頓，忍不住朝長嫂苦笑。「這風雨太大，便是武功高強者也不能在其中待上片刻吧？」

賴雲煙知道他意指搶糧之事，便向他看去，略一挑眉，道：「不趁他們人心慌亂之時動手，難不成還等他們作好準備、請君入甕之時才動手？」

魏瑾榮想說的是「怕是有命去，無命回」，但他哪敢頂賴雲煙的嘴？忙回道：「說的極是。」

昔日狡詐但高潔如蘭的榮公子，為著族人，現今在她面前也有幾許唯諾了。在這風雨之夜，前情往事在賴雲煙腦海如細雨飄過，這讓她對魏瑾榮的臉色也好了一點。「他們會有對策，你不要太操心。」

她雖厭之魏瑾泓、魏瑾榮他們，但也不得不承認，他們維護族人之心她是有些佩服的；整個西地，便是皇族的人算下來，也沒有魏家保全的族人多。

魏家三千死士中，魏家的五支人馬就出了兩千五百個人。他們把族人當死士訓，結果不只是一出事就會遭到他們的全力反擊，而是只要這些人中有幾個人活了下來，魏家就不會真正的斷根；也就是在這樣一群人裡，她那被精心帶大的親生孩子就像一隻孱弱的小雞般不值一提，又何德何能來帶領他們。

就在他們幾句話之間，外面一道雷劈了下來，那動靜就好像天在這刻都破了……

屋內一片死寂。

緊接著，這種毀天滅地的動靜持續了半盞茶的時間，等到地停天靜，屋內這幾個大宣國最為精怪的老人們一個個臉色黑裡透著青，無一人是鎮定的；便是賴雲煙這等經過兩世的人，也是把手心掐破了血，才把氣息穩住。

魏瑾榮與魏瑾允先於屋內人回過神，他們相視一眼，就看向了賴雲煙。

賴雲煙深吸了一口氣，支著椅臂坐直了一點，抓了兩片參片含嘴裡嚼碎了才對門外喊。「下面的人有消息沒有？」

不多時，魏家一個小輩全身濕透地跑過來報。「來報的人說，他們暫料不準，還請大夫人恕罪。」

「料不準？」賴雲煙一咬牙，作了決定。「再過半刻，你們出去主持大局。」她看向魏瑾榮他們。「瑾榮、瑾瑜務必接管好山中之事，讓榮夫人、允夫人顧好族中內眷，吩咐下去，從今天起，見她們如見我，所有命令都須遵從，不許違逆。瑾允，你現在帶人出去，接應族人。」

「是。」屋內魏家人齊齊應聲道。

這一聲喊得響亮，總算讓一片死寂的屋子多了點生氣。

等過半刻，一個比一個走得急地出去了，等他們全出去後，賴雲煙苦笑著搖了搖頭，對進來的任小銅說：「雖說子伯侯不是尋常之人，但到底年紀小，我在這裡也出不了什麼事，你現在帶人出去幫幫他。」

「不行，大哥說了，我不能離妳左右。」任小銅當即拒絕。

「去吧。」賴雲煙慈愛地看著他。「姊姊出不了事，現在他們還得靠著我一些呢，他們不會讓我出事的；去幫一下子伯侯，就當是幫姊姊。」雖說是她欠了子伯侯一次，但也是為著讓他救她兒子而欠的。「子伯侯不是池中之物，活著對你我都好。」見任小銅不為所動，賴雲煙只得把話說得更明白了點。

任小銅猶豫再三，到底還是應了賴雲煙的話，留下兩個最為厲害的守著她，他帶了剩下的任家死士去找子伯侯。

等魏瑾允與任小銅一走，整個陣守山就剩個空殼子了，要是強兵來犯，頂不住半刻；但這種說不定下一刻就天崩地裂的時候，怕是誰也沒有那個膽敢前來，也只有魏家這一族人，敢於這等時候做那大逆不道之事。

除去魏世宇帶走的那一千死士外，魏家所有兵力都出去了，加之賴、任兩家的兵力，在兩天後，這些人帶著糧食出現在了陣守山下。

但在一片經過浩劫、無路可走、被泥水淹埋的山中，沒有一人歡呼。

魏家留下的近千老幼婦孺在山上看著他們被泥土污垢掩住而看不清面目的親人，看著他們揹著包袱踩過沒足的水泥，一步一步往上走，眾人皆安靜地掉著眼淚，無一人哭出聲來。

有人為了多揹些糧食，把身上的衣裳解了下來包糧食，於是眾多漢子皆打了赤膊，在冷雨中，他們沾了泥土的身體就像泥人般，邁出的步子再艱難無比，他們也像個打不死的兵士一樣，向著這高山中爬來。

這時看著他們回來的人，沒有一人說話。

賴雲煙站在最高處看著這震懾得能讓人忘了呼吸的景象，死死地抿緊了嘴。

不用去想像，她也能明白這些人回來得有多艱難。

在眾人流著淚迎著他們的親人回來之時，賴雲煙下了高處，坐到了議事房，跟魏瑾榮說著接下來的事。

沸水是一直煮在鍋上等著人回來沖洗的，而這時也須得熬祛寒去毒的藥了，還有要調人派發準備好的新衣，賴家那邊沒有多的，還得跟魏家借一些用著……這些瑣事，先前魏家人不是想不到，但幾千人的藥物和衣物，也只有當家夫人親自下令了，下面的人才好操辦，因為這會耗損魏家不多的庫存。

她說一樁，魏瑾榮就派人下去準備一樁，於是，等待眾家士回家的除了族人的眼淚，還有熱水、暖衣。

沒有痛哭失措的場面，山中的老幼婦孺擦乾眼淚後都行動了起來。

回來的每個人都按著吩咐，依次排隊拎桶進澡堂洗澡，一次不得一盞茶時間，穿好新衣的人迅速出來，臨到下一隊；所有人皆須吃藥祛寒後才用膳，身上有不適的就去找大夫，無事之人就去已經暖好了炕的長炕上休息。

一整夜過去，回來的兩千餘人裡，只有幾十個人因身上的傷而發了燒。

魏瑾泓那裡則是一倒就沒有起來過，等賴雲煙回房時，看到他燒得臉一片黑紅，身上全扎滿了針。易高景看到她進來，欲要跟她施禮，被賴雲煙一揮袖止了。

賴雲煙坐到床邊，用手背碰了碰他的臉，探了探他鼻間的呼吸，問易高景。「怎樣？」

「下午應能退燒。」

「那就好。」

「老爺的腳也爛了，草藥每次隔兩個時辰換一次，兩日就可下地。」易高景又說。

賴雲煙頓了頓，起身走到床尾，把手探進被窩摸了摸，摸到了被草藥布帶包成了兩個大粽子的腳。

「不會有事？」賴雲煙問了一句。

「未傷及筋骨。」易高景答道。

賴雲煙吁了口氣。「那就好。」這人現在還不能殘，就跟她現在還不能倒一樣。

在下午魏瑾泓還未醒來前，任小銅與子伯侯，還有魏世朝回來了。

魏世朝是任家死士揹回來的，魏瑾泓、魏世齊他們沒有遇到他，但子伯侯在皇帝那兒找到了他，他腹間有劍傷，被揹回來後也昏迷不醒。

易高景那廂帶著幾個徒弟還在與魏瑾泓施針，賴雲煙在等他們來之前讓任家略通岐黃的人先過來給他看了看。腹間傷口露出來的時候，賴雲煙看到了兒子血黑傷口裡的腸子，觸目驚心的傷口讓賴雲煙的眼皮跳了跳，好幾夜未眠的婦人頓時軟了身子，如不是身邊的丫鬟扶著，差點就要倒了下去。

等易高景急匆匆地過來一探脈後，又說須用到一支參。

父子倆都要用，賴雲煙讓冬雨去拿，但用完手上最好的這兩支後，她也沒有可救命之物了。

魏世朝的傷口處理好後還沒醒來，讓人守著，賴雲煙出了門去找子伯侯。她到了後，讓人敲子伯侯的門，子伯侯沒應，賴雲煙尋思了一下，示意護衛直接踹門。

門一踹開，盤坐在床上給自己上藥的子伯侯不悅地看了賴雲煙一眼。

賴雲煙朝他一笑，眼光溫柔。

子伯侯嘴角冷冷一揚，收回眼神沒理她，繼續收拾身上的傷。

洞裡沒有外邊的大風，但也冷，賴雲煙示意護衛關上門，把身上的披風解下蓋到子伯侯那瘦弱的小身體上，然後接過他手中的藥油替他揉身上的瘀血。

「疼得厲害吧？」

「不礙事。」賴雲煙揉得太輕，子伯侯不得已回了一句。

「我兒的傷是怎麼來的？」賴雲煙怕他冷著，把左側掀開便於揉瘀血的一角拉攏了一點。

「說了沒事——」子伯侯皺眉說完，才領會過來她所說的「我兒」是魏世朝，而不是他；於是，那眉頭皺得更深了。

「按我跟你祖父母的交情，你只能算我孫輩。」賴雲煙瞬間瞭然了過來，笑著說道：「不過也是我兒。」

她的手勁更輕了，輕飄飄的，一點力道都沒有，像身上無力一般，也像是怕揉疼了他。子伯侯垂眼看著這婦人的手，對這滿是婦人之仁的婦人在心裡不屑地輕哼了一聲，但嘴間還是開了口，道：「元辰帝想用妳兒子挾持魏大人，換魏大人的那批糧食，妳兒子先行自戕了，我晚到了一步，帶出來時費了點工夫，便晚了魏大人他們一些回來。」

「到底是誰帶走世朝的？」賴雲煙也知自己手力不夠，她站了起來，讓身邊的護衛去揉藥油。

「你們家裡的人。」護衛的力道比賴雲煙的重了十倍有餘，但這也沒有讓子伯侯多眨一下眼。

「魏家？」賴雲煙略有些詫異，魏家也有內奸？

子伯侯略點了下頭，淡道：「是魏瑾瀓身邊的一個侍衛，聽皇宮裡的人說，應是跟賴十娘有染，我已經把他殺了。」

子伯侯住的地方只巴掌大，連一張椅子都沒有，賴雲煙有些站不住，被丫鬟扶著坐到了子伯侯的小床上。

子伯侯不關心賴十娘的死活，不過看賴雲煙臉色難看，他也覺得微有點不好受，就像看到他祖母不快樂時他會做些事讓她開心一樣，這時他也想做點事讓她舒心。「妳要是不好動手，我替妳殺了賴十娘。」

賴雲煙想的是要怎麼跟魏家人說內奸的事，冷不丁聽了子伯侯的話，她臉色一柔，朝他微笑道：「沒事，這幾天你好好歇著，十娘子的事，有我們在，無須操心。」

見她臉色一好，子伯侯暫也無話可說，便閉上眼，趴下了身體，讓人處理他背後的傷。

賴雲煙進來時只看到他正面，這時他趴下，才看到他背後烏黑一片。

「揉輕點。」她忍不住道。

「是。」護衛也是個刀裡來、劍裡去的人，饒是如此，看到子伯侯半身的烏黑，臉也不禁動容地抽動了一下，這等重傷，不知是怎麼忍住沒喊一聲疼的？

第一百一十三章

子伯侯睡下，去看過負傷但不重的任小銅，又跟魏瑾榮說了內奸一事後，賴雲煙這才回了房裡。

她進屋時魏瑾泓還在睡，但她一躺下，魏瑾泓的眼睛就睜開了。

賴雲煙太疲累了，看到他睜開眼還是閉了眼歇息，不多時她就神智渙散，隱約覺得有人探過了頭，在她額上、嘴邊落了幾個冰冷且略帶粗糙的吻。他嘴乾得太厲害了，得潤潤……陷入深眠時，賴雲煙這麼想著。

許是幾日未睡，一朝睡了一會兒，反倒起不了身——賴雲煙一醒來發現自己動不了時就如此想道。等過了一會兒連手指尖都動不了，頭也不能動一下時，賴雲煙當下心就全涼了。殘了？中風了？只一刻，賴雲煙就像心都中風了般，僵得不能動彈；但不等情緒灰暗，她清了清喉，發現自己能發出聲來，便也笑了，中風就中風吧，還能說話就行，也不算全然倒下。

她身邊一直偏頭看她的魏瑾泓見她睜開眼後，看著上空一會兒就莫名地笑了，便沙啞著還沒好的喉嚨問她。「有何可笑的？」

「沒什麼。」賴雲煙偏過頭去，笑著與他道：「只是想，現今這天下應是沒什麼能驚嚇得住我們了。」

「妳從不是大驚小怪之人。」魏瑾泓只剛退燒，還不到下地的時候。淋了數天雨的他身體虛弱得很，便是抬手也很費力，但他還是用了全力抬起頭去別她頰上的頭髮，與她淡道：「從沒有什麼嚇得住妳。」

賴雲煙便笑了起來，她笑得甚是開心，笑到一半，發現自己正偏著頭，還伸了手欲要去摸魏瑾泓，當下手微微一滯，隨即知道剛剛自己應是魘住了；就如覺得自己中風沒什麼大不了一樣，當下知道自己應是無事也沒有什麼感慨，賴雲煙依舊伸著手去摸了摸魏瑾泓的嘴角，指腹在他粗糙冒著皮的嘴唇上摸了摸，笑道：「你現在這麼醜，我竟也覺得你的話說得好聽。」

魏瑾泓微怔了怔。

「趕緊養好吧，外面的事太多，我有點辛苦。」賴雲煙淡淡地道，從她平靜的口氣中，倒是聽不出什麼辛苦來。

只是神色太疲憊了，那種刻在眼睛、身體內的疲憊，看得魏瑾泓骨頭都疼。

「明天就好了。」他小聲地安慰著她，又靠近了她，在她髮間落了一個輕吻。「是我拖累了妳，妳便怪我吧。」

聽著他嘆息般的話，賴雲煙在他頸脖間閉著眼無聲地笑了一下，喃語。「怪你幹什麼？怪你，你就能好受點，那可不是便宜你了？」

她嘴舌素來厲害，便是這時也不輕饒他，魏瑾泓無法，只得輕嘆了一下，道：「那便不怪吧。」左右都拿她沒辦法。

「世朝如何了？」賴雲煙動了動身體，發現雖僵硬，但還是能動的，等再躺一會兒，她應該就能起了。

「無礙，先前醒過來一次。」魏瑾泓把下巴擱在了她的髮頂，讓她靠在他胸間，淡淡地道：「不過要臥床一段時日休養。」

賴雲煙睜開了眼睛，抬頭看他。「等你能下地後，去跟他好好談談，便是不如世宇、世齊，也得教他怎麼護得住家小。」

下人抬來了膳食，賴雲煙吃著坨糊糊，見魏瑾泓老看著她，她噗哧一笑，擱了碗，去拿先前擱在一邊的參碗。本來餵魏瑾泓用藥是蒼松的事，但魏瑾泓朝老僕微一搖首，老僕片刻就心領神會，放下碗退下去了，隨後，魏大人就一直瞅著其妻。

賴雲煙被看得發了笑，拿著參碗扶了他起來，剛把碗放到他嘴邊，就見魏瑾泓搖了下頭，朝她淡道：「妳先喝兩口。」

賴雲煙眼瞼一垂，嘴邊笑意沒變，未多想就抬碗喝了兩口，這才放到魏瑾泓嘴邊餵他喝參湯。

這是百年老參片熬出來的母雞湯，無論是老參和雞都難得，魏瑾泓喝了大半，就抬手接過碗，把剩下的放到賴雲煙嘴邊。

賴雲煙好笑，這次她笑著開了口，有些不以為然地道：「這就別顧著我了，我用的不比你的差。」

魏瑾泓點頭，但還是餵了她最後一口。

賴雲煙雖說不以為意，但喝完還是捏了帕擦拭他的嘴，眼睛也輕柔了一些。

「去用膳。」魏瑾泓抓住她的手在嘴間一吻便放開了。

「歇著吧。」賴雲煙頷首回座，一碗坨糊糊還未用完，魏瑾榮就上門來了。

魏瑾榮是來跟賴雲煙商量事的，他剛坐下想開口，看到長兄朝他看來，他就止了嘴，安靜地等長嫂用完膳。

「您知道我們活捉了一個皇帝的內奸沒？」賴雲煙一擱下碗，魏瑾榮就有些迫不及待地問。

賴雲煙頷首，這事魏瑾泓跟她說了。

「我們按長兄的吩咐先關了起來，您看……」

「我看？」賴雲煙皮笑肉不笑，眼睛也往魏瑾泓那邊掃去。

魏瑾泓看到她看過來，頭微微往旁邊一偏，躲過了她的眼。

賴雲煙當著魏瑾榮的面冷笑著「哼」了一聲，不過開口時語氣也恢復了正常。「審出什麼來沒有？」

「子伯侯去問了，沒問出什麼來。」魏瑾榮硬著頭皮道。

「那就殺了，難不成還要留著他吃糧？」賴雲煙朝魏瑾榮笑笑。「殺了後派人把頭扔到皇上的營地去。」

大冷天的，魏瑾榮聽了此言，身有冒冷汗之感，低頭道了聲「是」，他得了話後，欲要出門時，就聽到族兄在背後淡道——

「就說是我的吩咐。」

魏瑾泓雖已對皇上做盡了不義之事，也不再怕擔這名聲，但很多時候，他對皇上所做之事確須借妻子之嘴才做得出來。說來妻子向來對他的為人處事有種種不屑，魏瑾泓細想來，自己言行也常有自欺欺人之感，但兩世來他都如此，再如何幡然悔悟也改不了本性了。現今他唯一能改的是他之意，哪怕借她的嘴，他也能站她前面擔著了，用了許多年，他終學會了在她面前坦誠。

魏瑾榮走出去後，賴雲煙招了丫鬟進來替她著衣。

冬雨給主子找披風時，聽到男主子溫和地問話。

「今兒外邊冷嗎？」

「回大老爺，有一些。」冬雨轉身，朝他福了一福。

「比前兩天如何？」

冬雨猶豫了一下，答。「更冷了一些。」

「給夫人穿厚一點。」魏瑾泓靠在枕頭上道：「把那件黑狐大氅拿出來吧，想來也用得上了。」

賴雲煙聽了略挑了下眉，嘴角笑意瀰漫了開來。「還是貂皮那件吧，再冷些再穿狐皮。」魏瑾泓那幾件好東西，看來她都要穿遍了。

「穿暖和一些吧。」魏瑾泓轉向她，滿臉的溫和。「這天越來越冷了。」

賴雲煙未再說什麼，等冬雨找來單獨擱在一個箱籠裡的狐氅與她穿上後，她便出了門去兒子那兒。

魏世朝恰好醒著，看到她來，就要下地給她請安，賴雲煙朝他搖了頭。「老實躺著，別動了傷口。」

「謝謝娘親。」魏世朝向母親虛弱一笑，又轉臉看向了福著腰身不動，向母親請安的妻子。

「起來吧。」賴雲煙也看到了他的眼神，略一揮袖就坐到了床邊，問魏世朝。「可好了一些？」

「好多了，謝娘關心。」

他們說話間，突然響起了奇怪的聲音，賴雲煙轉頭一看，看到了低頭的司笑哭了，淚水掉在了地上。她哭什麼哭？賴雲煙訝異，轉頭看向魏世朝。

魏世朝見狀，眉頭一皺，輕聲朝司笑問：「怎地了？」

司笑不語，卻一頭朝賴雲煙跪下，抖著嘴、掉著淚地與賴雲煙道：「娘，過去種種都是兒媳的錯，您就原諒了我吧？」

賴雲煙看看不斷磕頭的她，再看看兒子，見兒子探詢地看著她，她暗中輕吸了口氣，臉色不變地道：「算了，起來吧，別哭了。」

司笑抬頭看不清她的神色，這時又聽夫君輕道了一聲「別哭了」，她才止了眼淚起來，朝賴雲煙一福身。「謝謝娘。」說罷，站到了床邊，跪坐在了地上，扶了扶魏世朝背後的枕頭，讓他靠得更舒服一點。

她手勢輕柔，賴雲煙默不作聲地看著。冬雨已經給她報了，說這幾天少夫人都在廚房幫忙，晚上無油燈時，會就著柴火做衣裳，說只花了三個夜晚，就把大公子的兩件棉袍做成了一件壓緊的厚袍；不管真假，她有這分心也難得。

賴雲煙確是不喜司笑，許是性格問題。她喜歡白氏那種剛柔並濟的女子，哪怕心眼小點，但白氏有那個為自己圖利的聰明勁，西行路上即便與她這族母翻了臉，但白氏走的每一步，哪怕是哭是鬧，還有示弱也好，都是有其目的；白氏能屈能伸，且也忍到了達到目的的一天，今日的榮夫人，縱然兒子不是他們看好的下任族長，賴雲煙也會就她的能力給她相對的權力。

司笑不行，從她帶兒只帶到與外族親，不與他們這對祖父母親這點就可知曉，這個看不清時勢的小婦人或許不蠢，但太懵懂。這夫妻倆看起來還是像的，賴雲煙在心裡輕嘆了口氣。

賴雲煙沒留多時就要走，魏世朝有些失望，自母親出門後，他的眼睛就一直跟在她的身後，但卻沒有等到她的回頭，門關上後，屋內的光便暗了。

「我以後會聽娘的話。」司笑見他自賴雲煙走後臉就暗淡了下來，不禁上前捧著他的手在心口暖著。「你莫要灰心，總有一天她會對你繼續好起來。」

魏世朝笑了笑，他垂首看著妻子的髮頂，無聲地嘆了口氣。繼續好起來的那天是哪天？他們還等得到嗎？現今便是她上前去請安，母親都不見，父親就更不用說了，他們來西地這麼久，妻子見過父親幾次？他們已不得父母親的心，現今只能盡自身之力保全自己，便也算是不給父親、母親丟人了。

「不要操之過急。」魏世朝抽出手，慢慢地撫摸著妻子的頭髮，眼神冷靜，目光幽幽，以往總是溢在其眼中的那些對妻子的愛戀消失了，他眉宇之間的柔意褪卻了大半，整個人都散發著堅韌的氣息。「我們做好我們之責，順其自然就好。」

司笑抬起頭，看著變了不少，但卻讓她目不轉睛的夫君，怔怔地點了頭，捧著他的手，把臉靠在了他的手心，滿含愛意地說：「你說什麼就是什麼，我都聽你的，只要你在我身邊就好。」

從他奮不顧身地把她從污泥裡拉出來的那刻，她眼裡、心裡就只看得到他一人了，那些不得已而嫁給他的心情已成前塵往事，她不願意再想起，只願與他今生一世都是一雙人。

第一百一十四章

「她還是變了許多的。」冬雨扶著主子，輕言道：「教教也真是懂了許多，許是……」說到這兒，冬雨咬了咬嘴才又接著道：「許是以前在娘家待久了，不大懂事。」

冬雨的心硬得快，也軟得很快，看著自小帶大的小主子奄奄一息地躺在床上，轉眼便又為他的妻子說起了好話來。

「怕是。」相比於冬雨總是放了大半的心思在魏世朝身上，打一開始賴雲煙對那對小夫妻就顯得要淡漠許多，因此這時見他們變得有些像樣了，也並無太多歡欣。

「會變好的……」冬雨聽著主子淡漠的口氣，有些安慰自己般地喃喃自語。

賴雲煙任她多想，一路去了兄長處，她去時賴震嚴正在下她送去的黑白棋。

見到妹妹，賴震嚴朝她招手。「過來與我下一盤。」

「煦陽、煦暉呢？」沒見到姪子，賴雲煙坐下就問。

「在暗室裡說話。」賴震嚴淡道，伸手擺棋。「瑾泓如何了？」

「挺好的，明日就能下地了。」賴雲煙笑著道，在兄長的示意下先走了第一著棋。「十娘子是怎麼說的？」賴十娘被他們扔回了賴家，讓兄長處置，這時候也不知道有沒有吐點什麼出來。

「尚還未說什麼。」賴震嚴蹙眉緊跟著下了另一著棋，又漫不經心地道：「不過快了，她要是一字都不說，就讓她親爹、親娘去給她行刑。」

「咦？」賴雲煙微愣。「不是送了他們出去？」這對夫婦不是被遣出去了？

「暗兵露了腳，皇上要他們還有何用？」賴震嚴露出嘲笑。「一聽煦陽能給他們口飯吃，跟狗一樣在後面爬著跟來了。」

十娘子已按她的意思由魏家交給了賴震嚴，兄長如何處置，賴雲煙並不再關心。她仔細往兄長臉上端詳，見他精神好了一些，就招了一邊剛剛到、還站著的任小銅過來坐。

為示對他們兄妹的尊重，任小銅只要沒得話就會站著，這時見賴雲煙朝他招手，他過來再一揖，笑道：「多謝表兄、表姊。」

賴雲煙微笑，拉他到身邊坐下，又沈吟著地下了一步棋，才對賴震嚴說起她的五指山來，其中地勢存糧、如何進出，她都說了個明白，末了對兄長道：「如我所料不假，這兩、三年間，西地怕是不得平靜。」庫中存糧，按目前任、賴兩家的人數算，也不過只得一年，這還不包括變數。

「兩、三年？」賴震嚴扔子，沒了下棋的心思。「不是說西地乃是聖地？國師言語有誤？」

海水往下褪去已幾十丈，賴雲煙不知國師從哪兒得知的此地是聖地，如若是，那這處應是鉅變最平穩的地方，震後幾年，也能逐漸平衡，而原本的宣國……天地變幻之事，賴雲煙不敢多加猜測，她穿越重生好幾回都不能追究其因，這些玄幻之事再去細思，怕是得成瘋魔。

「妹妹想了想，如若國師所說不假，這是最安全之地，那麼，別處的變化怕是要比這處再險惡萬分，我大宣被大地吞沒之言，想來也不虛假。」賴雲煙淡淡道。「是真是假，用不了半年，也是看得出來的。」到時總會有往這邊逃亡過來的人，從他們的嘴中，總能得些消息。

「這等境況，還會有人過來？」賴震嚴皺了眉。

「哥哥休要小看人的生存念頭，你看，那被遣出去的人，再萬分丟人，哪怕是讓他殺兒殺女，他不也要回來討口飯吃？」賴雲煙淡淡道。她從不敢小看人的求生意志，為了活著，人類沒有做不出、做不到的事。

「也是。」賴震嚴轉念一想，便釋然了；說來，都到了此處了，再想這裡是不是真的聖地，也無太多意思。

「什麼都缺。」賴雲煙低身撿回兄長扔掉的棋子，微笑著道：「怕是要先比別人多走幾步才行。」去找也好，搶也好，有備無患才能防患於未然。

賴震嚴看看任小銅，算了算，兩家加在一起的人數不到兩千人，能用者，一千餘；魏家加上內眷，四千餘，能用者三千餘。

「不說長遠，且就往後一、二十年來說，我們三家應是綁在一條繩上的螞蚱。」賴雲煙仔細說道：「無論對抗外敵還是後輩的通婚，都只能就此作打算。」

賴震嚴本已想過此事，聽妹妹明言說出，便頷了首，說：「我知妳的意思。」說罷，抬眼看向妹妹。「皇上那兒？」

「皇上的主要對手是岑南王。」賴雲煙淡淡道。「如皇上要再分力對付我們，只會敗得更快，目前我們幾家還是安全的。」先前皇帝沒有使出好法子來弄掉他們，現在這局勢，就是還想對付他們，也是有心無力了。

「岑南王那兒現今如何？」

「呵……」賴雲煙聞言輕笑。「王爺這一生中，怕是沒犯過什麼錯，也沒打過沒有準備的仗；西地的所有勢力中，怕是只有王爺府裡的什物最多了。」如若不是同盟，她都對王爺的儲備心動了。

不過岑南王現今日子也不好過，他即便是頭惡虎，但也有逼急了會咬人的兔子上去奪食，而元辰帝豈會放過這等可用之機？

一個上午，賴雲煙把時間都花在了與兄長溝通如今的局勢上，等到外面的人來報說族長請夫人回去時，早已過晌午了。

「該用膳了。」沒想一說就是大半天，賴雲煙啞然，扶了桌面起身，又端過送來的藥物，跪坐在賴震嚴面前看他用藥。

她容顏已老，但神情還是溫順如當年未出嫁的少女一樣，賴震嚴緩和了冷硬的臉，伸手碰了碰她的頭髮，叫了她一聲。「妹妹……」他娘留下來與他相依為命的妹妹，這一生從未辜負過他，如今還得她溫言笑語，想來那些為她做過的事，哪怕辛苦，也是值得的。

兄長一生喜怒不形於色，這一次賴雲煙卻能明顯地從他的口氣中聽出極強的感情來，她不禁笑了，滿眼溫柔。

她的人生一求不辜負自己，二求能保護好在意自己的人，現今看來，哪怕日子過得狼狽，老天也還是對她不薄。

魏瑾泓來請，賴雲煙便沒有留下與兄長一起用膳了。出門時看到兩個姪子坐在一處，煦陽抱著煦暉不知在說何話，逗得煦暉格格笑個不停，冬雨、秋虹都站在他們身邊，也都握嘴偷笑。賴雲煙乍一聽到煦暉那笑聲，跟自己年輕時候笑起來的聲音竟是差不了多少，不禁好笑。

見到她出來，主子、丫鬟都回過了神。

「見過姑姑，見過表舅。」一見到賴雲煙與任小銅，兩兄弟都極其恭敬地請安。

「回來了怎麼不進去？」賴雲煙走向他們，一人溫柔地摸了一下他們的頭。

「等姑姑、表舅和爹說完話。」賴煦陽笑道。

賴雲煙看了兄弟倆一眼，笑著點頭。「那現在就進去吧，陪你們爹用午膳。」

「是。」見她似有事，兩兄弟退到一邊，等她與任小銅帶著下人走了，這才回了屋。

賴雲煙走了幾步後，對身邊的表弟說：「這幾天要是路好走了點，去給煦陽、煦暉拿點藥材吃食過來，他們的身子禁不得耗。」都不是身體好的，這陣子他們也是在熬，兩兄弟臉上都帶著病氣，許是不想讓大人擔心，兩兄弟沒一個喊病、喊疼的，卻不知聽著他們的笑、看著他們的臉，為長者之人的心如同被刀割。

「是。」任小銅答道，走得幾步，又道：「來回須得幾天，過幾天就有了。」

「不急。」聽出了他語中的急切，賴雲煙一笑，朝表弟搖了搖頭。

等回了住處，魏瑾泓卻在打坐，賴雲煙上前去看了看他的腳，問老僕。「可換藥了？」

「須得再半時辰。」今日在旁候令的翠柏答。

這時魏瑾泓睜開了眼，賴雲煙朝他笑著道：「我先用膳，一會兒與你換藥。」

魏瑾泓眼睛一眨，看到她坐到了桌子處，這才又閉上了眼，調養生息。

賴雲煙用了點吃物，又出門與前來說事的魏瑾允說了話，再進門來時，魏瑾泓已經停了打坐。

在賴雲煙親手與他換腳上之藥的時候，魏瑾泓突然道：「我中途回了趟府裡。」賴雲煙低頭仔細與他清理新長出的肉中的草藥殘渣，沒有抬頭，魏瑾泓看著她的頭頂又道：「有兩箱東西落下沒帶回來，就回去找了找。」

「什麼東西？」賴雲煙漫不經心地答道，翹著手指擠了熱帕子去拭傷口，叮囑他道：「有點疼，忍著點。」

魏瑾泓聽著她的話，有點眼酸，他緩了緩又道：「前陣子，西地進來了一批奇人異士，他們給府裡捎來了兩箱東西，說是給妳的。」

賴雲煙拭傷口的手停了，她慢慢地抬起頭，看著魏瑾泓。「給我的？」

「嗯，給妳的。」魏瑾泓點頭。

「什麼東西？」

「一箱玉衣珍寶，一箱藥物。」

賴雲煙忘了動，好半晌她才回過神來，在魏瑾泓緊緊盯住她的眼神中舔了舔乾澀的嘴唇。

「那你找到了沒有？」

「找到了，也帶回來了。」魏瑾泓去摸她眼角突然掉下的淚，淡淡地說：「本來不想找到的。」

一個男人，比他還懂她，比他還知道她需要什麼東西、喜歡什麼東西，魏瑾泓是真不想承認有這麼一個人比他還適合她，比他還愛她。

那個人知道她是什麼人，知道她與這世道的萬千女子都不同，卻還是愛她，用著珍愛之心，萬里迢迢地送來了她最會歡喜的東西。是的，就是他想否認有這麼個人的存在，他也得承認，她該得到最好的，她應該光鮮亮麗，穿最華麗的衣裳，戴最珍貴的珠寶，有著最好的身體享受人間最好的風景。

「本來不想找到的……」他重複，且自嘲地笑了笑。「身為妳的夫君，很不想讓妳覺得妳要的我給不起且不算，還比別人給妳的少，尤其，那個人是妳歡喜的人。」說著，他靠過去親吻她眼角掉下的長淚，這時的他無法掩飾心中的痛苦，低聲朝她道：「但他不在，妳便讓我陪著妳吧？」江鎮遠不在，他永遠也不會再來，不能陪她至死，便讓他陪她吧？那個最好的人不在，便許了他陪她吧……

魏瑾泓的聲音很低，低得接近於哀求，賴雲煙伸手抱了他的頭，眼淚一串一串地流下，都不知自己是為何而哭、為誰而哭。

屋子內安靜一片，外面的人聽不到響動。此時下人在外面叫了一聲「大人、夫人」，賴雲煙閉了閉眼，即刻若無其事地直起了身，拿帕拭了臉上的淚，回頭問聲音、神情已恢復了平常。

「何事？」

「岑南王的人來了。」

「來的是誰？」

「世子。」

「請他稍候，叫榮老爺先過去。」

「是。」

賴雲煙這時的眼淚已乾，朝魏瑾泓看去，這位大人也恢復了平時的平靜淡然。

「明日就算能下地，也走不得多少路，你自己上心些。」已不再是當初別人捅她一刀，她必回捅之的時候了，那些刺早就磨散在了這一路上的磨難中。前情雖永不可忘，但這些年，賴雲煙也早知道故步自封只會毀掉現在的人。

無論哪種情形，於己、於別人，她只有好好過下去，才是對大家最好；她原諒自己，也釋然所有不可得，人從骨子裡也變得真正溫和了起來。

「嗯。」她臉色變得太快，那些無以名狀的悲痛轉眼間就全消盡，魏瑾泓在端詳她兩眼後，心想再來一輩子，他怕都還是要猜測她心中在想什麼。他總以為足夠瞭解她，知道她的軟肋顧忌，但轉眼間，她就又往前走了；他以為她不可變，但她心中確也還存幾分溫柔。

那麼多的日夜，在無人知曉的角落，也只有她還能站在暗角，用平靜的目光靜看他虛弱，那時她沒有報仇，也沒有款語溫言；但只得片刻相處，重來一世的他便能再堅持相守她一人下去。

這世上沒有喜歡上了就能愛到底的感情，所幸這輩子，她對他再殘忍，也沒殘忍到底。在他帶著家族前進的此事上，她憎恨他對她的束縛，但誰也不會真的明瞭，她比所有人都尊重他的決定；甚至也是因此，她才沒有選擇與他魚死網破。重認識她一世，她這樣好，魏瑾泓確實放不開她；但是，只要她好，他也可承認，有人比他更愛她。

「就那兩個箱子。」魏瑾泓指了屋子角落兩個疊起的銅箱。

賴雲煙看了一眼，捏了溫帕與他繼續擦拭，點頭淡道：「好。」說罷，招了下人進來與他換裳。

岑南王世子見到魏氏夫婦就一揖到底，起身後朝賴雲煙看去，賴雲煙見他神色不對，除了魏瑾泓留下，叫了其餘下人出去。

「何事？」不等世子出口，賴雲煙先開了口。

世子感激地看了賴雲煙一眼。「不瞞煙姨，今日姪兒來是有事相求。」

「何事？」

「父王派我來跟煙姨借些炸藥。」

「可是山中吃緊？」賴雲煙微攏了眉。

世子苦笑點頭。「馬金人來了數百死士，視山林毒物、野障迷林為無物，我等近日設障擊殺，也只解決了一小半，但其中所須炸藥已告竭。」

「這是幾日之事？」賴雲煙有些想不通，這幾日哪日都不平靜，且陰雨綿綿，馬金人敢進岑南王的毒山？

「就是近兩日的事。」世子連夜趕來，便是連口水都未曾喝過，這時話一說來也有幾分乾澀嘶啞。「皇上應是與馬金人有了商議，在我等帶糧回山的路上，因著當時困境，有片刻疏於防守，他們便攻了進來。」
「皇帝跟馬金人有商議？」賴雲煙說罷，轉頭看向了魏瑾泓。
魏瑾泓淡然搖頭。「自皇后之事後，皇上不再常召我進宮，宮中之事也皆對我秘而不宣。」
「如若有。」賴雲煙吸了口氣，對世子說道：「怕是皇上拿了你們府上之勢，利誘了馬金人；他們傾巢而出，不可小視，我讓小銅隨你一道去。」
「多謝煙姨。」
見他欲要施重禮，賴雲煙擺了手，叫了小銅進來一頓叮囑，也不過半來個時辰，任小銅就與世子快步而去。路上無一明路，所有路都被爛泥積水所埋，騎不得馬，人走路受腳步所限，看來他們這一去，又得日夜兼程，才趕得上局勢。
世子走後，魏瑾泓叫來了魏瑾榮、魏瑾允等人，欲要和他們商量陣守山之勢。
魏瑾泓本想讓賴雲煙留下，賴雲煙卻在他開口之前道——
「我有事出去一下。」說罷，又朝魏家另幾位主事者道：「賴氏一族借住此山，如有他們所能做之事，派個人去知會一聲就好。」
說罷她就走了出去，留下魏瑾榮等人面面相覷，只有魏瑾泓還是一派地不動如山。
「長兄……」眾人皆看向魏瑾泓。
魏瑾泓頷首。「關門吧。」
她這也是不想奪魏家人的權，全權交給了魏家人。雖說現在這個關頭無人敢對她詬病，但她保持此舉，只會讓族人對她更謹慎，對賴家人也更客氣，這對現在的賴氏族人而言，只好不壞。

第一百一十五章

兩日之後，魏世宇帶人回來，回來不到半日，就與魏家所有主事人進了議事房，連續三日，除去出恭之時，那房門未有打開過；來往之人只有賴雲煙能進出，便是膳食，也是賴雲煙一手送進去的。

這日賴雲煙剛醒來，洗漱時聽說司笑又來了，這幾日對這個兒媳未說過重話的賴雲煙便招來了冬雨，讓她去傳話。「讓她往後不必來了，耽誤我的事。」她一天下來有那麼多事要處置，司笑這時的請安對她來說不是恭敬，而是添亂。

冬雨見她連話都不對司笑親自說一聲，就知她心底對司笑的不以為然；她為小主子有些黯然，但到底她也是不喜司笑，所以那可惜也不是為司笑而來。

她出去傳了話，司笑給她恭敬地福了禮，冬雨走到一邊沒受，也沒說擔不得，嘴裡冷冰冰地道：「往後就不要來當家主事人的屋門前了，這裡不是妳能來的地方，出了事，就是有大公子為妳擔著，也擔不起分毫。」她還在為小主子操心，但說出來的話，卻比自家主子說出來的還殘忍。

看著司笑臉色發白地離去，冬雨苦笑了一聲。她話說得難聽，也是希望他們小夫妻倆都盡守本分，說出來她也不怕他們恨她，只希望她的小主子能長長久久地活下去，活得好。

這廂賴雲煙因書房所議之事，無暇去看魏世朝，魏世朝能下地之後，讓下人來報，說想過來與她請安。賴雲煙午時從議事房出來，到了賴震嚴處說了幾句話，出來時見天色還早，還有點時間，便讓冬雨帶人過來。魏世朝見到她，賴雲煙揮袖止了他的行禮，朝他伸了手。

魏世朝一愣，聽到母親柔聲讓他過去，他不禁眼一酸。

等他走近，賴雲煙拉著他的手讓他在她身邊坐下，手輕柔地摸了摸他的腹部，問：「可還是疼得緊？」

魏世朝本想說「無礙」，但看著母親了然的眼睛，他點頭輕聲地說：「有一點。」母親神色不錯，看著他的眼睛也滿是溫柔，魏世朝在看過她幾眼後，吶吶地問了。「娘親是不是看不起我？」

賴雲煙聽了也沒對他的發問感到奇怪，她雖對世朝失望，但所謂的失望不過是當別人都在為生存爭鬥的時候，他卻像個不知世事的公子哥兒一樣賞花怡情；他享用盡了他父母和舅父、表舅幾家帶給他的所有特權，但卻萬事沒有盡過心，這樣的人不像是她教出來的兒子，所謂失望，不過如此。

但對於他要成為這樣的人，她是沒有什麼失望的。她生他下來，盡她之力教育，最終變成什麼人也還是這個孩子之事；現在還護他，也在盡為母之責，她還是愛他的，他是個什麼樣的人，其實跟她對他的愛是無礙的。

「沒有看不起。」賴雲煙就像以前為他答疑解惑一樣地與他說話，她微笑著與兒子道：「你現在成為一個這樣的自己，是你自己的決定，不過從今以後，要學會自己承擔責任，好不好？你的妻兒都是你自己選擇的，你所衷愛之人，想來你也願意為他們盡己身全力，不要再靠我們了，好不好？」

母親的通透向來是魏世朝最為驕傲之處，而她的通透，這時也讓他痛徹心腑——她已經明示，不想再成為他的依靠，這已是她對他的最大失望了吧？

「這兩日與司氏商量好，你們以後要過什麼樣的日子；不要想不切實際的，就目前的光景想想，想好了與我來說，我來為你們安排。」賴雲煙摸摸兒子的傷口，語氣裡也有掩飾不住了的點滴悲切。「以後要腳踏實地在地上活著，做好你自己力所能及的事，便是你對父母的感恩了，可知？」他活得安心，就已算他們為人父母的福氣；不該是他的，他不該想了，不該是他們的，他們也不該想了。

「娘……」魏世朝呆傻地看著她，腦子一片空白。

「別哭。」賴雲煙摸著他的雙眼。「噓，別哭。」他們誰也不必哭，也誰都別遺憾。

孩子是另外一趟生命，不是她與魏瑾泓的傳承，他有自己的人生，沒什麼不好，她對他最好的維護就是再盡力給他安排一條路出來，讓他去活自己的。她已盡力為他著想，只願多年後他想起來，他對她的愛比恨能多一點。

不管親兒那邊是作何決定，魏家眾人商議事情的這幾天，賴雲煙也著手給即將到來的事情鋪路了；便是賴煦暉也由他姑姑安排了事情，小小孩兒要代替家族負責與魏家接洽，其父親與哥哥另有要事在身。

賴雲煙第二天從賴家那邊回來後，魏世朝就又過來了，與母親道：「孩兒想留下來，做力所能及之事。」

「想清楚了？」賴雲煙認真地看著他。「這條路並不好走。」

「孩兒想清楚了。」

「這家族，不會是你的……」賴雲煙替兒子理了理衣袖，每一句都說得淡漠又冷酷。「前段時日你拋棄了這個家族，這個家族便也拋棄了你。你要知道，你現是靠著你父親和我的權勢在這個家族立足；不是我們不想把這個家族交給你，而是這族裡有太多人要比你強，要比你得族人之心，就算是我們顧著私心交給了你，我們死後用不了一天，你就會被他們生吞活剝了。你也別想著還有舅父、表舅這些人能替你撐腰，我不會讓他們為你搭上性命的，你父親和我死後，你在這個家裡，將無勢可仗。」

她每句話都說得難聽無比，魏世朝卻臉色不變，恭敬道：「孩兒知道。」

「要是留下，你也好，你妻子也好，接下來就享不了你們身為族長兒子、兒媳的榮光了，可知？」既然他決定留下來，賴雲煙也就決定把話全攤開來說。以後會難，她不希望看到他因困境而不斷前來哀求他們，比起現在他的毫無作為，那才是真正會讓她這個當母親的難堪的事。

「孩兒知道。」

賴雲煙長舒了一口氣。「那就好。」說著，她眼角閃過一道笑意，眨眼間就消失了，除了她自己，無人知道她這一刻的愉悅。

「孩兒都知道，孩兒想留下。」母親話說得難聽，但魏世朝還是能從她口裡聽出濃濃的關心。「孩兒也知道要是走，爹和您會全力護我安穩，只是，一邊是我的安穩日子，一邊是父親和您的勞心勞力，孩兒便是再無能，也沒那個臉去過那安穩日子。也請娘親放心，孩兒既然決定留下，就是砍柴生火，哪怕做個火伕，也不會給族人添麻煩的；再者……」說到這兒，魏世朝的口氣甚是悲哀。「孩兒也想明白了，如若我不是你們的嫡長子，不是你們唯一的那個兒子，孩兒怕是早死了吧？」享榮光卻不作為，那是父親憎惡他的原因吧？

他說得甚是惆悵，賴雲煙這時卻不以為然。這時世朝來得好，時機恰恰好，只要他真能醒悟過來，她雖話說得難聽，但也還是會給他鋪路。當然，這是現下不能說給他聽的，他這才剛開始，以後能不能走上那條她給他布下的路，要看他有沒有那個能力。

「想好了，那就下去吧。」相比於兒子的動容，賴雲煙顯得有些無動於衷，不等他再開口，就讓他退下。

「是。」魏世朝一整臉，作揖離去。

他走後，一直站在門邊不吭氣的冬雨走過來扶主子起來，嘴裡問主子道：「那司家人也留下？」

「公主、駙馬是要走的，要是不走，讓司家人一起走，要是再有疑問，讓大公子也隨他們一道走就是。」賴雲煙淡淡地道。

魏家養不了那麼多人，也不會在此等時刻替一個一事無成的大公子費千辛萬苦保全對方的人馬，世朝要是再分不清，便也跟著他們走吧；他們為人父母是天生欠他的，但魏家不欠他。

三天後，魏家人出了議事廳，第一件事就是驅逐外人。駙馬夫婦、賴十娘與她那對給她上刑的父母，皆要被送出去；不知出去之後，賴十娘與折磨她的父母將要如何相互殘殺？

司夫人求到了女婿面前，遭拒後，這位夫人木著臉對女兒說：「看來妳娘和爹，只能陪著妳哥哥、嫂子去死了。」

司笑死死地絞著衣角，一句話也沒有說。昨晚世朝就已跟她說了此事，並把和離書也給了她，說她若不忍心，便和父母一道前去就是。司笑當下就覺得天都塌了，不敢置信地看著視她若命的夫君；可世朝臉是溫和的，眼卻是悲哀地像在對她說：「我尚還不能陪妳一起去，我還有上佑要顧著，在這世道裡，他和他的後人不能沒有家族庇護。」

「要不，您先殺了我吧？」司笑淒涼地笑了數聲，把備好的尖釵拿了出來，放到母親手中。「左右不過是死，您便別讓我再拖累世朝了。」

「妳死了也乾淨……」司周氏沒料到一向視塵土為無物的女兒會這樣說，當下盛怒，那釵子往她身上就是一扎。「我就成全了妳！」

那廂司仁出面，與魏瑾泓談了近一個時辰，結果是司家長子留下，只有公主被送走；而這廂，迫不及待的司周氏已傷了其女司笑。

賴雲煙一直都在議事房跟白氏和馬氏商量內眷之事，等到可以讓下人進來後，下人報了司家事，她不由得搖了下頭，對白氏和馬氏說：「以後你們小兒子找兒媳，找什麼也別找心比天還高的，若不然真乃禍及三代。」

白氏聽著族母無奈至極的話甚是好笑，但不敢笑出來，拿帕掩了下嘴，把笑意掩了才道：「自古以來，門當戶對才是良配，想來按著這話去訂姻緣是出不了什麼錯的。」

賴雲煙頷首，抬眼思及前事，自嘲地牽強一笑，不再提及司家之事。

馬氏還是給族母面子的，起身道：「我去看看姪媳的傷。」

白氏自然不甘落後，也與她一道去了。

魏家用了兩天時間送走所有可疑與不相干之人，隨後族長夫婦下令，即日起魏家人準備遷移之事，要去一個路程近二十天的地方準備定居。族長夫婦下令，沒有人有疑義，當日就準備了起來，打算等到天師算好日子，他們就啟程。

移居之地是被四面石山所包圍的山谷，山谷巨大，溫度宜人，有一片無垠草地，谷內果樹頗多，可食用之物甚多，還有數條瀑布從山頂而下，谷內東、西兩方流淌著兩條河流，堪稱世外桃源。魏世宇花了數月之久，終於找到可供族人久居之地，比賴雲煙給岑南王找的那座山要好上數百倍。

谷內詳情只有魏家幾個主事者和魏世宇帶領的魏家軍知曉，魏瑾泓對家士下了緘口令，回來的幾百家士無人談及谷內之事，但魏家上下隱約也知道了他們要前往一個比這裡要好上許多的地方，因此，所有人都等待著離開，山上的氣息也因此緊張了起來。

但老天不作美，陰雨不斷，文家老師傅帶著一群精於天地之勢的師傅，在數天內來回測算了無數回後，這天對魏氏夫婦道：「老夫等人測算，這月內，風暴會再次來襲，於此其間天晴不了，之後怕是也比如今好不了些許。」

「那只能冒雨前行？」賴雲煙問。

「是。」

賴雲煙看向魏瑾泓。

「那明日一早就啟程。」

魏瑾泓發令下去後，下面的魏家人全員皆動，做好出行準備。

賴煦陽受姑母之令，帶賴家死士助魏家攜糧草之人前行。

魏世朝身體剛好，但也被其母送到了押送糧草的後列壓陣。

壓陣之人由魏世齊帶隊，魏世朝是喬裝前行，但賴雲煙還是找了魏世齊前來，當著魏世齊的面與兒子道：「你若是堅持不住，便跟堂兄說一聲，由他帶你來我處。」

魏世朝道了是。

賴雲煙料想，這次他便是死，也會死在陣列之中，世朝這點傲氣還是有的，便也沒有多擔心了。雖說族長之子壓陣是振奮人心之事，但有鑑於世朝在魏家的威信，魏家人可不會作此想法，所以賴雲煙也沒打算讓太多人知道魏世朝前去壓陣；要是做成，事後談及兩句就是。世朝前路，須靠著一件一件的功績累積著爬上去，這還只是開始的第一件，賴雲煙對兒子的表現也是尚還在旁觀中。

兒子之事現還只是小事，賴雲煙所擔心的是任家遷移之事，他們的存糧相較於他們人數而言有點太多了，不好遷移……

與此同時，魏瑾允帶著魏世宇前來與賴雲煙求親。

此次魏世宇受族長之令，帶兵前往深山尋那久居之地，中遇任家人，雖對方人數只有近十人，但他對任家人的本事頗為佩服，且對任家帶頭之人心悅，得知那婦人是任家女，閨名嬌嬌，且先夫已逝世多年，守孝年頭正好剛過，就想求娶。

賴雲煙聽了，真真是呆了。

她家表姪女嫁過一次，是個寡婦，而魏世宇因前來西地之事，一直沒有娶妻，這是頭婚。

「再說一次？」賴雲煙聽後，第一個念頭就是——自己的耳朵是不是不中用了？

「姪兒想向伯母求娶任家大爺之長女任嬌嬌。」跪在地上的魏世宇沈聲再言道了一次。

賴雲煙再聽一次也還是覺得有點反應不過來，只能傻傻地往邊上的魏瑾泓看去。

她難得有傻狀，甚少有如此木然的時候，魏瑾泓見此勾起了嘴角，嘴裡溫和地與姪子道：「你眼光倒是好。」

賴雲煙哭笑不得，提醒道：「是嬌嬌，嫁給了江南船王之子後守寡的嬌嬌。」

「我知。」魏瑾泓淡定地點頭，比劃著手指算了一下。「一般守孝三年即可，也差不多了。」

賴雲煙冷笑。「大宣有的是守一輩子寡的寡婦，你們想置我表姪女的名聲於何地！」

魏世宇聽了不語，眼睛一直往族長看去。

「郎才女貌，世人有何可說？」魏瑾泓淡然得很。

「嫂嫂。」魏瑾允這時也開了口，輕輕道：「長兄說的是，他們一個郎才，一個女貌，且家世相當，是再好不過的姻緣了。」

「可是。」賴雲煙有些頭疼。「世宇可是……」他可是魏家的下一任族長！

「伯母，姪兒想娶，還請您恩准。」魏世宇磕了頭，又求了一道。

這時一同前來的馬氏起身，到了賴雲煙身邊，得到賴雲煙的應允後，她便低下頭與賴雲煙低聲言語了幾句。

賴雲煙聽完後，頓時啞口無言。

她停頓了好久，才板著臉道：「想娶可以，得她想嫁才行！」

嬌嬌都被她父親養成了個女漢子，成天在外面帶著一群男人為任家出生入死，來了西地後便是賴雲煙也不能見著她幾次，每次聽表弟講，她不是帶人找礦產去了，就是找能吃的去了；她早把她這表姪女當成任家的一個厲害兒子看，哪想今日被求婚，她這才回過神來，她那表姪女到底是個女人，而且還睡了魏家下任族長，肚子裡可能都有娃兒了！

第一百一十六章

這次遷移，賴雲煙帶著內眷走在前，下面的人按她的法子做了兩人抬的簡易轎子，馬雖沒了，身體孱弱些的內婦坐在轎上疾行，不會耽誤行程，這讓內眷省了力，也沒給大隊造成太大的麻煩。

司家那兒，衝著司仁的面子，魏家仍派了外姓家士去抬；而司笑那朵病中帶著嬌弱的小白花兒，賴雲煙把她交給了馬氏。她倒不是對司笑厭之，而是她兒子這位媳婦現在身上有傷還老是要來請安，說得好聽是司笑這個當兒媳的身上有傷還不忘給她請安；可她請了，賴雲煙不僅得見，還得派人送她回去，在這種當口，她哪有這閒暇成全司笑這番所謂的孝心？

魏家那些會給族人送水、送花的小小姐們，就算只是三歲小孩，摔泥地了打一滾出來也都不哭不鬧，這些經過歷劫之後的女眷誰也沒有一張要哭不哭的臉，就她媳婦成天嬌嬌弱弱地來給她請安；賴雲煙一看她那樣，便讓馬氏管著她，並直接讓冬雨去告訴她「少造事，便無事」。司笑那嬌嬌弱弱的樣子好看是好看，但這一行人都是內眷，看在內眷眼裡，少不得要在背地裡被人說。

饒是沒人敢當著賴雲煙的面說司笑的不是，但司笑還是在魏家內眷裡受了辱。前行路中，魏家有內婦與司笑起了口角，有潑辣的內婦言道司笑想賣騷就到大公子面前賣去，少到她們跟前要哭不哭的，跟她們欺負了她一樣。

「因什麼事起的什麼口角？」賴雲煙坐在前行的轎子裡聽了馬氏的報後，挺興味盎然地揚了一下眉。

「乾糧澀口，姪媳有些吃不下，那春家媳婦旁說了兩句，因此便吵了起來。」

賴雲煙一聽，頓時少了興致，淡語道：「大家都吃，她也是吃得的。」全部的內眷裡，也就她這個族長夫人獨一人吃得精巧些。

再過得兩天，馬氏又來了前面，報司笑已經不入口他們的吃食了。

賴雲煙一聽，頓時便微笑了一下，朝馬氏溫和地說：「不吃就不吃吧。」即便是餓死了，她不信她兒子有那個臉來找她算帳。

這一路，賴雲煙除了要帶先行隊伍清除路障和帶領內眷前行，也算是看了司笑一路戲。她這兒媳絕食了兩天後，可能捨不得死，就又用起了食；結果還是捨不得死，偏要作中間那一段戲，讓上下都看了笑話就滿意了。

賴雲煙身為婆婆都不急，本因賴雲煙而對司笑多有容忍之意的馬氏見司笑太耽誤她的事，便把她交給了下面的人管，那點因族長夫婦而起的薄面也不給了。

「有些人便是鬧到山窮水盡也不知自檢，隨他們去，妳少操那個心！」當夜紮營，見秋虹就著柴火光給大公子納鞋，冬雨冷冷地勸著姊妹道。

「我哪操得了那麼多心？我只操心我的大公子。」秋虹笑笑，看了一眼心口不一的冬雨，大公子的事，冬雨只比她更用心。

「主子醒了？」秋虹又問。

「喝了湯藥剛睡下。」

「妳去歇息吧，我先守夜。」

冬雨搖頭。「一道吧，主子這幾夜睡得不安穩，老有事吩咐，到時只妳一人，不好跑腿。」

果然，到了半夜，賴雲煙醒來了，讓冬雨去吩咐帶路清除路障的魏世宇，讓他們早些去探探路，如有爛泥路，鋪上樹好過人，省得耽誤行程。

冬雨便飛也似地去報訊了，這一路雨水不斷，主子說再不過去的話，生病的人就要多起來了。

賴雲煙一隊先行到達那世外桃源——雲谷。

這谷名是任嬌嬌命的，魏世宇跟賴雲煙私下說起谷名由來，說是任嬌嬌說這仙谷就像她姑姑一樣好，所以取她名字一字，叫雲谷就好。

這聽得賴雲煙掉了一地的雞皮疙瘩。雖說實情不如此，要知她親父的字裡也有個雲字，嬌嬌起這谷名何嘗不也有感恩父親之意，但因她姑姑是魏家的族長夫人，起這名便是魏家人也不好有意見；而這谷名由她而起，又無形中把任、魏兩家綁在了一塊，且她還出言說了那麼動聽的話，便是賴雲煙能猜出其中二、三意，要說沒有高興那才是假。好聽話誰聽來都會心生欣喜，哪怕聽得能起一身雞皮疙瘩，賴雲煙也自認不能例外。

任嬌嬌已在谷門候著，見到轎子前來，蝴蝶一般地飛來，看得等著賴雲煙下轎的魏世宇眼皮直跳，盯著她的肚子不敢吭氣。

便是賴雲煙，也嚇得心中直打鼓，下了轎，對著一身勁裝著身的表姪女就是皺眉。「走這麼快做甚？不知禮數！」

她一見面就是訓斥，任嬌嬌也不以為忤，朝賴雲煙吐了吐舌頭就扶了她。「我先帶您去歇息。」

「世宇。」賴雲煙搖搖頭，朝魏世宇叫道。

「請伯母吩咐。」

「和你娘、榮叔母安排好內眷。」

「是。」

任嬌嬌這時使眼色，讓心腹去到魏世宇身後幫忙，其間一個字也未說。

見她笑嘻嘻的模樣，來西地這麼久也沒見過她幾次的賴雲煙真真是頭疼，親自捏著她的手，押著她去給幾位紛紛下地的主事夫人請安。

這幾位夫人已得訊，知道她是以後的魏家婦，但看到任嬌嬌那一張嬌美的臉蛋時，實無法與她們自家老爺嘴裡那能飛天入地的女奇人聯想上來。

等到這對表姑姪一走，任家那幾個下人便過來帶她們去臨時搭建好的木屋。馬氏聽到這近百幢屋子是由任嬌嬌帶著幾百個魏家留下的家士連夜修建起來的，等到屋子裡只剩她與照顧自己的老婆子時，她握了老婆子的手，咬牙道：「婆婆，再如何，這任家女得娶！」

「妳真要嫁？」賴雲煙沐浴出來，讓冬雨她們暫時退下歇息，自己拿了帕子絞頭髮。

任嬌嬌端了一個木盤到她面前，上面有幾樣七扭八歪的點心。「姑姑，您賞嬌嬌個臉，吃一個吧。」任嬌嬌笑嘻嘻地道。

賴雲煙看看她的肚子，再看看她沒個正經樣，不禁嘆了口氣，放下手中帕子。「妳做的？」

「昨晚一聽到您就要到了，連夜做的。」任嬌嬌也不說自己做得不好，專挑好聽話。「別看醜，好吃得很，您嚐嚐就知道了。」

賴雲煙搖搖頭，捏過一塊吃了。點心過甜，說不上有多好吃，但這種什麼都缺的時候還這麼捨得放糖，也就她這表姪女做得出來了。

「您再喝口熱的。」任嬌嬌見她一吃，又殷勤地端上了熱茶。

「哪兒得的？」賴雲煙一喝是茶的味道，忙問。

「近得的，剛得不久，還沒來得及給您送過去。」

賴雲煙那兒有不少好東西，都是後來任嬌嬌來了給她找來的。她這個表姪女從不顯山露水，一身污髒，裝了一路的任家跑腿，不知吃了多少苦頭才到達西地；到了西地也不出現在眾人的視線裡，只會帶著她那幾個心腹到處跑，給家族搜集什物，外面沒多少人知道她的存在。所以，知道她與魏世宇「有染」時，賴雲煙真是嚇了一大跳。

「真要嫁？」就著熱茶吃飽喝足後，賴雲煙止了表姪女給她擦頭髮的手，拉她到身邊坐下。

「姑姑不想我嫁？」任嬌嬌是有孕之身，一直忙得腳不沾地的，這時也有些累了，她靠著她表姑姑的肩，沒掩疲乏地打了個哈欠。

看她灑脫率性的樣子，賴雲煙眼裡全是憐惜。「魏家不是斐家，魏世宇也不是妳的斐常君，什麼好的都能給妳。」

「看姑姑說的。」任嬌嬌掉頭看向她姑姑，見姑姑眼裡全是對她的疼愛，她不禁滿意一笑，又掉回頭輕鬆地說：「兩個人一起就是過日子，您別擔心魏世宇對我用心不純，因為即便是我，對他那用心也是不乾不淨。我本是不想嫁他，就是我睡了他，也不過是見他身體好，睡幾晚，幾晌貪歡罷了；我本還想留著那點名聲給斐常君守一輩子寡來著的，但真是沒料到肚子裡有孩子了，想來他也不會任由孩兒跟我姓任的，都這種時候了，再因這種事鬧起來就太難看。再說，現跟著魏家，我們任家能得不少好，我替父親保護族人，父親便替我保護常君家裡留下的那幾個人。姑姑，我做的都是有用之事，我覺得值得嫁。」

任嬌嬌剛及笄就嫁給了她的病夫君，她跟她夫君玩玩鬧鬧地長大，斐常君與她一起幾年，她就陪他開心了幾年。她祖母曾跟她說過，跟誰過日子都是過，過得好不好，主要看過日子的人，有人即便是給她皇親國戚的姻緣，她沒有過日子的能力，不會過日子，也還是會把日子過壞；要是會過日子，想把日子過好，只要好好去做，總會過得好起來。

像她嫁給斐常君，她當年的閨中密友都可憐她，說她家裡人以前疼她都是假的，那人沒幾年好活了，她嫁過去就要守寡，而且斐常君也不是良君，她沒嫁前，屋裡就收了好幾房了。她們把她可憐了個遍，但任嬌嬌嫁出去後，該對夫君好、對公婆孝敬的，她全用了心，一家人開開心心地過了幾年。斐常君死之前，讓公公作主，把斐家裡任家要用的人由她帶回了娘家；後來逃生之年，斐家人無力走遠，她感恩在斐家的那幾年，便帶走了斐家的幾個子弟，一直帶在身邊保護著。

他們任家人自古留下的家訓就是「我不負人，人即不負我」，所以即便是以寡婦之身嫁入魏家，任嬌嬌覺得只要她盡了心力，對彼此都好，就沒什麼好擔心的。

「再說了，我不還有姑姑？」任嬌嬌又笑道。

賴雲煙摸了摸她的頭髮，輕嘆了口氣。「我還以為到了現在這等時機，妳已不願受管束了。」到了魏家，她要守不少禮，可不像她在娘家一樣的隨心所欲。

「其實在哪兒都要守規矩。」任嬌嬌搖搖頭。「姑姑，您別看我成天在外面亂跑亂闖，就以為我是不守規矩了，可我若是不守規矩，在山林裡不遵循山林的規矩，我就會被毒物猛獸所害；我若不對家族竭盡心力，家族就是不捨我也會棄我而去；我若不是真心尊重您，您也不會容我如此在您面前胡說八道。您看，姑姑，這萬事萬物間，豈不都是規矩？」

賴雲煙聽得心酸又好笑，拍拍她的頭。「妳這小姑娘哪懂來這麼多？」

任嬌嬌又笑嘻嘻地笑了起來。「反正您就別擔心我了，我會過得好的，您放心好了。我也知道您怕我嫁進魏家受委屈，先且不說魏世宇不是那等小心小肺之人，我還有幾分欽佩於他；且說即便是如了我先前的意，讓孩子跟著我姓任，帶著孩子過日子也免不了這世俗之事，哪會有一直輕鬆的日子呢？說真的，姑姑，怎麼活著都少不了事的，以後您要是見著我在魏家有事，您也別太心疼我，讓我自己去拚，到時候您看我的厲害好了！」

「是，妳厲害。」賴雲煙垂首微笑，看著表姪女沒有陰霾的笑眼，心中也是信她會過得好。她心中充滿朝氣，還年輕，又經歷過世事，信念堅定，不像自己，自一開始就有著一顆枯老又帶著些怨氣的心，她會比自己過得還好。

「姑姑。」任嬌嬌迎上她的目光，依舊一臉笑嘻嘻的表情。「只要能活著，這世上就沒什麼大不了的事，您說是不是？」

賴雲煙笑著點頭，把她攬進懷裡抱著，輕聲地跟她說：「是，只要活著，改日我們能吃到想要吃的糖，穿我們喜歡穿的漂亮衣裳，見我們喜愛見的人；只有活著，該是我們的才是我們的，而且，這才是真正的勇敢。」

任嬌嬌撒嬌地在她胸口揉了揉臉，就像小時候在她這個姑姑懷裡賣乖一樣，那時候她靠在姑姑懷裡，想著自己要長大才好，這樣，她就也能被人依靠了。等長大後，她才知道成為一個被人依靠的人有多麼艱辛，但從此也知道了被心愛的人依靠是件多讓人心安的事。

賴雲煙抱著懷中彷彿還是當年那個小丫頭的表姪女，眼神平靜又幽長。歲月長，衣裳薄，她這為人著想的嬌嬌啊，確也是需要人陪伴的；不管如何，現在這世道，多個旗鼓相當的人作伴侶，哪怕是與虎謀皮，但只要進退得當，也還是利大於弊的。

「好好與他一起。」賴雲煙撫弄著她的頭髮，淡淡地說：「作了決定，就要對得起自己，也莫要辜負他人。」

「嬌嬌知道了。」任嬌嬌大概明瞭她話中之意，點了頭，閉眼歇息，嘴邊笑意絲毫未減。

不得多時，賴雲煙讓任嬌嬌先回去歇息，任嬌嬌不開口，咬著嘴唇嬌俏地朝表姑母討好地笑，賴雲煙拿這小人精沒辦法，笑著道：「我要見魏家的幾個內婦，處理內務，還臨不到妳插嘴的分。」

任嬌嬌也不羞澀，噗哧一笑，落落大方地起身一福禮。「那嬌嬌先退下了。」

她身著勁裝行女子禮，看得賴雲煙頭一陣發疼，揉著額頭朝她揮手。「趕緊下去，下次不許再穿這些沒規沒矩的衣裳了，再讓我看到，瞧我罰不罰妳。」

「嬌嬌知道了。」

任嬌嬌笑了數聲後退了下去，到了門邊看到魏世宇，這時她臉上的恭敬乖巧全部褪去，臉上殘餘的幾分笑意也轉成了登徒子的笑容，她要笑不笑地看著魏世宇，上下掃了他一遍，眼睛還故意往他那處多瞧了幾眼，嘴邊笑容轉為邪氣。「聽說你跟我姑母提親了？」

魏世宇頓時一陣頭大，腦皮一陣發緊，連帶那處也生生地脹疼了起來。身體見著不正經的任嬌嬌的這一連串反應，讓魏家這位殺人從不眨眼的宇公子抿緊了嘴唇，一句話都說不出來。他從沒見過這麼膽大的女人，但也在她身上享受到了從沒享受過的歡愉，這一切讓他對她一直都不知該如何反應才是好。

「你倒是聰明。」任嬌嬌靠近他，臉上的笑也正經了起來，只是挺立的胸尖恰恰好碰到了魏世宇的身體。「我們家確也是姑姑說的算，她若是答應了，我爹也不會有什麼說法。」說罷，她眼波一轉，捂著嘴笑了起來。

這時魏世宇的下面，透過厚袍，堅硬地抵住了她。

任嬌嬌臉色未動，但卻笑得一聲比一聲還嬌。

板著臉的魏世宇臉色不好看了起來，鼻尖都有了些許汗意。

正當任嬌嬌大為得意之時，屋裡面突然傳來了她姑母的聲音——

「還未走？妳和誰在外面？」

任嬌嬌一聽聲音和腳步聲，知道她姑母正往門邊走來，連忙吐了吐舌頭，顧不得挑逗，腳跟一扭，扔下魏世宇，逃了。

她逃得飛快，跟每次溜進他被窩和事後不等他反應就溜出被窩的速度一樣，魏世宇的臉色頓時難看得要命，但不敢讓族母看到他此時的情景，只得冷著臉瞪了她的背影一眼後，也是後腳跟一扭，朝相反方向，往自己的屋子逃去。

賴雲煙出來後沒見到人，卻看到了魏世宇的兩個跟班臉色古板地站在不遠處，似是正要走，但不巧她出來了，所以又不好走。

「宇公子來過了？」

「是。」一聽她發問，兩人忙施禮答道。

賴雲煙看了看這臉色不大正常的兩個下人，想著她一出來那兩位正主兒就不見了，也不知她那個從來就獨具一格的表姪女又做了什麼事把人給嚇跑了；她沒為難這兩位下人，沒再多問，只是吩咐他們去允夫人那兒，叫她帶榮夫人她們過來議事。

這下倒是省了讓冬雨她們去跑腿的工夫了。

當夜，魏家人陸續抵達，等安置好族人後，筋疲力竭的魏世宇在天色泛白時才得空回屋歇息一會兒，剛躺下，又被其姑母勒令歇息得容光煥發的任嬌嬌趕來睡了一道。

等到她要逃的時候，這次連想都沒想的魏世宇緊緊抓住了她的手，把她壓在身下，咬著牙問：「妳忘了妳還有孕在身？」

任嬌嬌眨眨眼。「沒忘啊！」

「那妳——」魏世宇又羞又愧，但因她做這事少不了他賣力，當下真是不知如何說話才好。

任嬌嬌見他發怒，但因他累得眼窩青黑、閉著眼睛都表現出色，少不得拍肩安慰他兩句。「不用擔心，我身體好得緊，你又不是不知。」當初她背後受了重傷，還不是與他在帳中翻滾一夜，流了一被窩的血，不也沒事？「好了，我要走了，等一下姑姑就要叫我去辦事了。」任嬌嬌見他解了慾念後也不戀棧，推開魏世宇壓在身上的身體就要走。「不放我就叫人了啊！」任嬌嬌見他咬著牙，臉色鐵青，青筋爆起，心中暗道他這個樣子著實不好看，得等他養好點兒才能再來，嘴裡則若無其事地道。

她不要臉，魏世宇還要臉，還得替她顧全著名聲，只得放開了她。

「不知廉恥！」等她走後，魏世宇被氣得咬著牙重重捶了一下床，罵道了一句。隨即他翻過身，把頭埋在了餘留她香味的枕頭處，閉上了眼；不得片刻，疲憊至極的他暗想著一定要趁早把這堂拜了，這才睡了過去。

昨晚大軍到來一事，賴雲煙交給了魏世宇安置。今天任家人會陸續到達，一早她又少不得過問魏家佈置，所以一大早她就醒了過來，還給一早在她身邊倒下、有點昏迷不醒的魏族長餵了點吃食。

她出去處理了大半天的事務，直到魏瑾泓日落時醒來，任家那邊才再有消息過來，說離山谷不遠了，但也須得一個時辰才能到。

這一次任家只來了一小半人，大半人還留在山中守護存糧，由任小銅先送了一部分過來。

「那邊還有馬金、寧國等人出沒頻繁，以防意外，這次從魏家借些人過去壓陣。」賴雲煙與任小銅商量道。

「大哥也是此意。」任小銅點頭道，回頭看姪女往嘴裡又塞了一顆酸果子，他眉毛直跳，轉眼哀求地看著表姊。「大哥說，他那逆女的事，也請姊姊幫我們辦了。」

「還能如何？」賴雲煙忍不住苦笑嘆氣。「早日拜堂吧，等你們到了就拜。」

她也是昨日才從表姪女口中問出她懷孕已有三個月出頭了，現在肚子雖然不顯，但等顯出來或者是生了再嫁的話，到時恐會引人非議。

「叔叔、姑姑。」任嬌嬌也知自己會名聲掃地，她是寡婦，要是未成親就有子之事被傳出去，到了魏家少不了被人詬病，但她著實也是不在意這些，討好地朝兩位親人一笑後，怯怯地說：「也不急，反正都這樣了，魏家人也不會不認帳的，何不等族人安置好了再──」

「再、再、再……」任小銅怒氣攻心，伸手就打了姪女的頭。「再下去，要等到孩子落地了再嫁嗎？妳要置妳爹與我，還有妳姑姑的臉面於何地！」

都這樣了，你們和姑姑哪還有什麼臉面啊？任嬌嬌想著，自然是不敢把這話說出口的，只得抱著被打的腦袋，怯怯地往姑母身後躲。

「等族人全到了就成親。」賴雲煙想著嬌嬌肚中這不得幾月就要出生的孩子，也頗頭疼，但在魏家她也有幾分指鹿為馬的底氣，為人也向來是不許以下犯上的，想來也能止住不少閒話，因此倒也不像任小銅那般焦慮。「等一會兒我和允夫人找天師算算日子，這幾日裡擇個好日子就行天地之禮吧。」

她說這幾日就會是這幾日，任小銅便也安下了心來。這時候他們也顧不上太多與魏家攀交情的想法了，只想著嬌嬌越早成親越好，到時孩子生下來，便說孩子是不足月生下來的，不能讓任家的閨女太損名聲啊……

第一百一十七章

這次派去接任家人的是魏世宇，魏世宇走之前又去賴雲煙那兒磕求婚期，賴雲煙與馬氏已商量好日子了，是十天後。

魏世宇跪謝，走之前忍了又忍，還是找上了任嬌嬌，與她嚴肅地說道：「妳要聽妳姑姑的話。」

任嬌嬌一直發笑，見他一臉忍耐，她笑嘆了口氣。「放心去吧，我不會生事。」

魏世宇看著她不語。

「捨不得我？」任嬌嬌見他一臉古板，又忍不住戲謔。

見魏世宇又捏緊了握在劍鞘上的手，她無奈了，不再逗弄他。「知道了，我會聽姑姑的話。」

魏世宇頷首，一言不發地掉頭就走，走到門口他就停了下來，一動也不動。

任嬌嬌看得好笑，走到身後抱了抱他，這次她沒有抱得太久，在他肩頭落下一吻就往後退。

這次魏世宇是真的一步都沒有停就走了。

任嬌嬌回身走向屋內，她住的屋子有兩層樓，她去了窗邊推開窗戶，看著魏世宇大步流星地帶著他的下屬走到了操練場，訓話，上馬，離去。等到大隊離開後，任嬌嬌摸摸肚子，微微地笑了起來。

「你爹啊，不苟言笑偏又滿腔豪情，你若是出來，也幫娘馴馴他。」任嬌嬌想，若是孩子生了下來，定要支開奶娘，把孩兒交給他帶一會兒，若能看到他手忙腳亂，定能讓自個兒樂開懷啊！

任嬌嬌再收斂，走路、說話也還是太過俐落颯爽，這日馬氏過來請示的時候，就聽著他們族長夫人厲聲訓斥她，從她的梳髮到裙襬，無一處不數落。

任嬌嬌本坐在凳子上蔫蔫地聽著，一看到馬氏，眼睛頓時一亮，立馬花蝴蝶一樣地飛了起來，搬著凳子就往馬氏那兒跑。「夫人，您來了？請坐，莫累著了！」

「任嬌嬌！」這下子把賴雲煙氣得直往椅子裡坐，站都站不住了。

任嬌嬌見救命符來了，把凳子抬到馬氏身後，自己就躲她後面不出來了。

「嫂嫂……」馬氏一笑，朝賴雲煙施了禮，回過身把兒媳拉出來，握著她的手輕聲地問：「又做什麼壞事讓妳姑姑生氣了？」

「姑姑說我走路沒規矩。」任嬌嬌據實以告。

馬氏摸著兒媳溫熱的手，就是這雙手，現在每晚都會替她推拿腰椎近一個時辰，說是世宇不在，便由她替他盡孝。也不知她從哪兒打聽到她有嚴重的腰病，但她如此用心，她沒法不喜歡她；還有，她也給了老爺那祛寒排毒的藥酒，哪怕她是刻意討好，也實實讓他們得了好。

「走走，讓我看看。」馬氏笑道。

任嬌嬌就走了幾步，朝馬氏討好地笑。

馬氏便朝賴雲煙笑道：「讓她注意著點，我看出不了錯。」

馬氏喜歡任嬌嬌，賴雲煙自然樂觀其成，但她也知為著嬌嬌好，該注重的禮儀一點也不能少。她朝馬氏招手，讓她過來到身邊坐下，語重心長地對馬氏道：「為著她以後好，不要偏袒她，我們身為長者要教導她好好做人做事，等以後沒了我們，也好撐起這一大家子。」

「做事我會！」任嬌嬌馬上說道，以顯自己不是一無是處。

「長輩說話，有妳插嘴的分！」賴雲煙冷眼掃了過去。

任嬌嬌眨眨眼，朝她們一福，這次安靜地站在了一邊，眼睛死死地往下瞪著嘴唇，向長輩們明志，她一定管好她的嘴。

賴雲煙見狀被氣得頭疼，手揉著額頭，後想著眼不見為淨，便一揮手。「辦妳的事去。」

一看任嬌嬌得令就要跑，她厲眼瞪了過去，任嬌嬌馬上收住了腳，朝兩位長輩羞澀一笑，一步踩一步，慢慢地走了出去，這次總算是有點大家閨秀的模樣了。

「不是仗著我，她在這家裡要如何立足？」當著馬氏，賴雲煙毫不掩飾她的擔憂。

馬氏頓了頓，話在心中打了好幾個轉後，挑了賴雲煙喜歡的話出來說。「您莫太過於擔心，世宇很是喜歡她。」

「不是如此。」賴雲煙搖頭。「我不擔心瑾允、妳和世宇對她如何，你們也好，嬌嬌本身的性子也好，我還是知道一些的，你們都不是小鼻子、小眼睛的人，定能過得好；只是你們一家不是旁的支系，家族以後是世宇的，是他們的孩子的，我擔心的是她太不拘俗禮，會生出事來。」

馬氏沒料到她把話說得這麼明白，這是她第一次明言世宇以後是族長，馬氏聽了久久不知要如何言語才好，半晌後她朝賴雲煙靠近，垂首恭敬地道：「您要是放心我，我以後定會好好帶著她走。」

賴雲煙嘆著氣拍了拍她的手背。「這一個、兩個都不讓我們省心，我們這輩人啊，也不知熬到哪天才是個頭。」

馬氏笑了。「兒女好我們便好，嫂嫂莫說熬，我看您比誰都活得好。」

魏世朝一到雲谷就被帶去了易高景那兒泡藥浴消毒、上藥，然後接連兩天都是在此歇息，由冬雨來照顧他。

其間他想過回去看妻兒，冬雨像看傻子一樣地看著他。「就你這樣，還想回去聽她對你哭哭啼啼，埋怨她一路上吃不好、睡不好，跟你成天說些吃著白食還嫌白食不好吃的話？」

魏世朝舊傷裂開，確實需要靜養，聽到他的冬雨這麼說他，他只能看著她苦笑。

「沒不讓你們夫妻在一起。」看著他，冬雨是又生氣又心疼。「現在你先養好身子，過幾日，你娘還要安排你去立功，等這幾樁功立了，你要回去看她哭哭啼啼，誰也不攔著你！」

「笑笑只是……她只是個弱女子，愛哭了點，照顧我還是會的，事情她也會做，只是需要一點時間。」魏世朝忍不住為妻子說好話。

「呵。」冬雨聽了冷笑。「那種只看得見自己的人會照顧你？腦袋裡想的多數怕是要怎麼哭才哭得好看吧？什麼需要一點時間？等她學會能不拖你後腿，怕是你都死絕了，骨頭都不剩一根了！」

魏世朝哀求地看著冬雨，求她說話不要這麼難聽。

但冬雨已不耐煩再看到他了。「好了，你們是什麼樣的別跟我說，你這兩天趕緊養好，你都這麼大了，應該明白沒有事情等人的分，到時候若是趕不上力，莫說你娘對你狠心。」一說罷後，這無異於魏世朝半個娘的老僕忍不住心中的傷心，匆匆出了門，不想再看她以前的小主子一眼。

她為了他傷了無數次的心，每一次都想著不再管他了，可事到臨頭時又哪忍心？只想著他過得好才好。主子也說不管他，可他身上的用藥，哪樣藥材不是出自她手裡？自己都捨不得用，全用在他身上了，可他對她是如何？冬雨急走到轉彎處，抬起眼來重重地眨了眼，才把眼淚強忍了回去；難怪主子從不傷心，為這樣的人、這樣的事情傷心，也太難堪了。

為著魏世宇與任嬌嬌的婚事，以及三家遷入雲谷，賴雲煙便商量著這次婚宴辦得稍大一點；但上下幾千人的吃食不是那麼簡單的事，所以沒兩天，便由魏世朝和魏世齊領頭，去往附近的山谷搜集能食用之物。此次移居之地，可用之物種類繁多，倒不怕採不來東西，怕是怕洩漏行蹤，讓外敵看見；這種好地方，有他們幾家人住已經夠了，再來一家就顯得擁擠了。

魏世朝走後，賴雲煙挑戰了自己的耐性，讓司笑住在了她的隔屋。在她眼裡，這兩個都是不成器的，但昨晚魏瑾泓提起了此事，讓她拿出一半教表姪女的耐心教教兒媳，當時月光甚亮，魏大人說完此話後，賴雲煙看著他好一會兒，冷笑了一聲——

「你說我偏心？」

魏大人已經被她瞪得直皺眉，見她發話，乾脆把頭埋在了她的頸項處，手緊緊抱住她的腰，怎麼扯都扯不開，不敢再看她。

賴雲煙氣得直吐氣，還放了狠話。「我想如何就如何，哪有你置疑之地！」

但睡一覺醒來，她就讓冬雨、秋虹把人帶過來了。

她此舉嚇了兩個丫鬟一跳，等聽到她說要帶著司笑教養幾天，兩個丫鬟都不可思議地睜大了眼。

「怎麼教？我都教過無數次了。」冬雨沈著臉道。

「我來教教試試。」賴雲煙笑了笑。「試試吧。」不試，那老的都道她偏心，小的那個還不知道要怎麼想呢！

賴雲煙讓司笑住了過來，讓馬氏也把放她那兒養的魏上佑送了過來，想著長痛不如短痛，陣痛不如一次痛個夠，這兒媳、孫子乾脆全放眼前算了。

賴雲煙起得早，這日一早和魏瑾泓用了早膳，出門看到司笑候在門邊，矮桌上的小粥只喝了一半。她眼睛一掃，問：「喝不下？」

司笑趕緊搖頭。

「答話。」

「不是。」司笑趕緊答。

「嫌難吃？」

「不是。」司笑從未見到賴雲煙如此嚴厲過，有點被嚇住。

「那就用了。」賴雲煙淡淡地說，見她不動，又道：「不吃？難不成還要讓我伺候著妳用膳？」

司笑被嚇得腿軟，但還是深吸了一口氣，走到桌前拿了碗，一口喝了下去。

這時魏瑾泓拿了披風出來，見她一臉冷若冰霜，仙君無奈地嘆了口氣，把披風披在她身上，給她打了結。

賴雲煙知道自己剛剛太過嚴厲了，她下令殺人出聲都沒那麼狠戾，便有些心虛地朝魏瑾泓道：「讓她吃也是為她好，等一會兒要跟我走那麼多地方，肚子裡沒點東西怎麼走得動？」

賴雲煙實則並不願意教司笑，她知道就司笑這種平時悶不吭聲，卻老覺得自己該被人捧著的人，哪怕她盡心力教了，也得不了好；即便司笑在她的強威下學會裝乖，但哪天要是讓司笑得了報復她的法子，這種人定會毫不猶豫地反手捅她兩刀，且心安理得的。

兒子嘛，她也完全不指望什麼了，現在她強力干涉，也只是讓他先學會他在魏家所做的要對得起魏家給他的那口吃的的本事，等他有了功績就有了身分，且有了家族維護，他後代也就不用那麼辛苦；這是她給他謀的路，也算是她最後對他盡的那分為母之責。

只要他們不是在魏家吃白食了，這小夫妻倆要怎麼過，賴雲煙是不打算過問了，所以叫司笑過來，一是為了魏瑾泓所求，另一個主要也是對司笑盡最後一次努力。

雖說她已經能大概判定兒子這一生的結果多半是鬱鬱而終，因他再努力，他這一生也不可能像魏世宇那樣站在權力巔峰；而一個男人再愛一個女人，等到人生的最後階段時，能不去憎怨那拖他半生後腿的女人都是件稀奇的事。這世上長久的感情都是相扶相持出來的，哪有一個人能毫無希冀地愛一個人愛一輩子的奇蹟出現。這小夫妻倆，賴雲煙已把他們的一生看了個大概出來，但也希望真出個奇蹟，這奇蹟倒不是寄託兒子愛司笑一輩子不變這種不可能的事，而是想讓司笑中途生變，別跟她猜的那樣成為一個一天三頓都要算計著吃，還要端著張誰都欠她的臉過一生的女人；若不然，這對魏世朝、魏上佑來說，又是另一種拖累。

司笑若是變得積極一些，真有些能力，兩人真能相扶相持了，而不是一個人單方面的一味付出，其實對他們夫妻倆一生都好，許還真能心心相印地恩愛一世。

其實哪怕從此之後司笑去爭、去搶、去奪，只要她肯去做，賴雲煙都會助她一臂之力。即便司笑還想端著架子，但管她端不端架子，只要她有本事能在魏家家族中謀求到她的一方天地，賴雲煙也會私下幫她；但她若是連在女人間那一片小天地裡都找不到自己的位置站，還是要端著一張她嫁進了魏家，魏家就欠她所有榮華富貴和享受的臉，那麼魏家人誰去拍她，賴雲煙都不想攔。

至於魏上佑，賴雲煙也是不想帶在身邊教養，兒子是沒辦法，孫子已經不是她的事了。魏大人那兒也在「要孫子養」和「要妻子陪」之間，選擇了後者，他選完後，坐在那兒半天都不動；賴雲煙也是不忍心，種種因素和考量混在了一塊兒，才有了把司笑帶到跟前的事。

對於司笑，賴雲煙也就是不喜，但也不像她身邊的丫鬟那樣，有太多抵觸。她私下也跟魏瑾泓說過，能把他們的兒子迷得那樣不帶腦子，那也是司笑的本事；兒子丟了自己的位置，那是他自己沒本事，最後要怪到一個女人身上，那不僅是丟了魏家人的臉，連男人的臉面都要丟光了。

這話把魏大人堵得那晚上都沒用膳，還是賴雲煙大半夜起來叫下人送了吃食進屋，才填飽了他那咕嚕亂叫的肚子。

「你看，世朝是我親手教出來的，他也是成了這個樣子，你讓我再教孫子，你就覺得我能教好他，我會帶得好？」

當時賴雲煙的這句話，算是徹底斷了魏瑾泓要把孫子帶到身邊教養的心。

重來一世，兒子就算是她生的，也沒讓他有多驕傲。賴雲煙覺得魏瑾泓也是可憐，雖厭惡他又給她找事，但到底還是如了他的意。

賴雲煙一早第一個要去的地方就是議事房，魏瑾泓在的時候她的事情就要輕鬆得多，很多外面的事就不用她過問了，但內務的事，她每天還是會過問一道。

之前因為外務的事也要過問，為了不操勞過死，內眷內務上的事，賴雲煙一天只給管事夫人一次通報的機會，且每人每次的時間不許超過半炷香，所以一到議事時間，白氏、馬氏還有下面的兩位姪媳婦連虛禮都不會多福，一見她就張口說事。

這規定用得不久，且現在時間也沒那麼緊迫，但議事習慣也沿用了下來，這幾日議事也跟之前沒差多少，倒是省了不少時辰。

賴雲煙一進內眷的議事房時，眾夫人已經站在裡面等候，見到她身後的司笑，白氏和馬氏跟沒看到一樣，朝賴雲煙一福，後面兩位少夫人福禮時倒是掃了司笑一眼。

「坐。誰先來？」賴雲煙坐下後就是一揮袖，讓她們開始報事。

「嫂子，是我。」白氏坐在椅子上點首致意後，就打開帳簿說起了她的事。「現族中衣裳需五百件，上次我跟您報過，家中織娘二十七個、學徒五十個；昨日齊連發病，需大夫診治，我帶了易大夫過去瞧了，易大夫隔開了二十個發燒的，讓她們靜養幾日退燒了再說，為了不誤事，我想從族中找幾個姑娘過去替。」

「幾個？」

「三十個。已經過來說了有五十來個，我會在今日午時之前定下人。」

「妳決定就好。」賴雲煙頷首。「接下來是誰？」

「嫂子，是我。」馬氏微笑。「谷裡有處果子熟了，我找師傅問過了，那處果子可以食用，我想今日帶百餘家眷去採了回來。」

「人找好了？」

「是。」

「護衛呢？」

馬氏輕搖了搖首。

「去找允老爺，派出兩隊人馬護衛。」賴雲煙朝身邊的冬雨吩咐，卻對上了站在冬雨身後偷偷瞄她的司笑的眼神。

那目光很是小心翼翼，賴雲煙隨意看了一眼就回過了頭，讓接下來的小夫人報事。

對小輩，賴雲煙就要和善得多，她們說完事，她會在後面加上幾句「要多注意歇息，莫要損了身子」。

等到全報完事後，也才不出半個時辰。賴雲煙揮手讓她們起，忙自己的事去，隨即她也起身往門外走去。

「嫂嫂，我想跟您討樣東西。」白氏過來扶了她，朝她笑道。

「什麼東西？」

賴雲煙跟她曾很不和過，但一直都不吝嗇，哪怕人避著不見，但自己要什麼急用，只要她有，也都會給；這也是自己先前總不服她，最後還是服了軟的重要原因。對白氏而言，她自認做不到這等胸襟，相處久了，時間長了，她這嫂子有討人厭的地方，但確也有讓人敬佩的地方。

「雙哥兒說要副弓箭，他爹倒是給了一副，但雙哥兒太小了，力氣不夠，拉不動。」白氏扶著賴雲煙出了門，晨陽打在了她垂首的半邊臉上，讓她帶著微笑的臉顯得很溫柔。

「我這兒也沒有啊。」賴雲煙頗為無奈。

「嫂嫂……」白氏朝賴雲煙笑。

明顯要她走後門啊！賴雲煙搖頭道：「好了，我會叫工匠打一副他拉得動的。」

「謝謝嫂嫂，夕間我帶他過來跟您請安道謝。」白氏鬆開了她的手，朝她欠身，笑著道：「那我就去忙了！」說罷，領著她的管事婆子就走了。

賴雲煙轉頭對還沒走的馬氏嘆道：「哪有她這麼利用完了就過河拆橋的？好歹也多扶我走兩步啊！」

「我來扶您。」馬氏笑著趕緊過來扶她。「您莫怪她，她的事要緊，來之前，她屋裡都有好些人了，想來現在都等著她回去作決定呢！」

「嗯，妳也忙去吧。」

「我多送您走兩步。」

「去吧。」賴雲煙笑了，拍拍她的手臂。「不怪妳。」

馬氏這才鬆了手，淺福一禮，帶著下人匆匆走了。上午有上午的事，要是不忙完，可是到了半夜都歇不了了。

第一百一十八章

賴雲煙一直沒跟司笑多說什麼，她從議事房出來後就到了賴家住的地方，賴震嚴正坐在正前方的大椅子上曬著太陽，看著前方數十丈外正在操練的賴家家士，看到她來，他懶懶地抬了下眼皮。

賴雲煙上前，恭敬地給他施了禮，等賴震嚴發了話，才坐上了下人抬過來的椅子。

司笑也施了禮，賴震嚴卻連一聲都未發，甩了一下衣袖算是免了她的禮，如此司笑也不敢動。

看她木頭人一樣地站著，賴雲煙搖搖頭，出口還算溫和地說：「讓妳不用多禮，站一邊去吧。」

冬雨領了她，站到了離他們有點距離的地方。

而斜前方隔了一段有點遠的距離處，賴家內眷正忙著手上的針線活兒，銅針在她們手中穿梭不已，發出了一片亮光，賴雲煙頭抬得甚高，不斷地朝她們那邊看。

看她脖子伸得要伸斷了，賴震嚴輕哼了一聲。「沒規矩。」

賴雲煙輕咳了一聲，這才收回了腦袋。她這確也是有事才過來的，前陣子就聽秋虹在她跟前說，大老爺開始給煦陽媳婦好臉色看了，現都派事情給她做了。

煦陽媳婦也是皇帝賜婚的，是賴家的死對頭溫尚書的女兒，便是西行路上，溫尚書也毫不顧及他還嫁了一個女兒在賴家，對賴家一點兒也不客氣。賴震嚴也從沒給那個皇上硬送到賴家的媳婦好臉色看，而那媳婦先前也不是個逆來順受的，在宣京時自請離去過一次，說要入孤廟終此殘生；但到西地後，公婆生病期間，她還是盡了媳婦之責，煦暉的身子一直沒出事，大半也是她照顧的。

「您要讓媳婦當家了啊？」賴雲煙問兄長，言語甚是好奇。「不管以前與溫大人的恩怨了啊？」

「少搗亂。」賴震嚴哪不知道妹妹取笑他的心思？他看著正在操練的家士，道：「少擾我清靜，想過去看就過去看。」

「那我過去了啊！」賴雲煙得了話就站了起來。「午膳便與我和魏大人用吧，您也許久沒跟他好好聊聊了。」

「有什麼好聊！」賴震嚴冷哼了一聲，但也沒有拒絕。

為免手伸得太長，賴雲煙也沒全走近，只遠遠地看過兩眼，招呼冬雨帶司笑過去就回來了；賴家事，只要有她兄長在，比她瞎操心要強。

「這就回來了？」賴震嚴又哼了哼。

賴雲煙在他身邊坐下，笑著說：「您也是個狠心的，都不讓姪媳婦來給我請安。」

「以後，許是少不了。」賴震嚴淡淡地道，沒掩他的無情。

看不中，便什麼都不是；要是像樣，就會給她相應的地位和身分，自知兄長性情，賴雲煙微笑不語。

「妳要教她？」賴震嚴淡淡地問了一句。

「世朝媳婦？」賴雲煙看向他，隨後點了下頭。「帶在身邊幾天，讓她看看別人是如何辦事的。」

賴震嚴頷了一下首。過了一會兒，他轉頭對妹妹道：「煦陽他們與世朝到底是有些生分了，煦陽他們要是做得不好，妳多擔待著點。」他這裡，已盡力幫扶世朝，算是彌補。

「小輩的事，由他們吧。」賴雲煙笑著說，只是笑容有點淡。「我們管不了那麼多事。魏家裡有嬌嬌，嬌嬌又疼煦暉，您就別擔心了。」

「傷心了？」賴震嚴看著妹妹的臉，頓了一下。

賴雲煙笑意加深。「尚好，哥哥，尚好。」

「再經點事，他們會變。」賴震嚴說了句話安慰妹妹。

「嗯，我知道。」賴雲煙知道兄長非常不喜司笑，能說出此話來安慰她已是勉強了，便轉過話去，說起了別的事來。

晌午賴震嚴跟賴雲煙回了魏家住處，前方早有下人去報了，等到了自家屋樓，賴雲煙回身讓冬雨帶司笑到白氏那兒去。

「榮夫人要是問起，就說我不朝她要弓箭的謝禮了。」白氏是個小氣的，可不會平白幫她忙。

「去吧，跟妳嬸娘多學學。她說話急，妳不要上心，教妳什麼便用心聽著；讓妳跟她一起用膳也不是要為難妳，妳要想著，她的話妳都能對付過去的話，下次遇著族裡的妯娌了，妳豈會落敗？」說是要教便是教，賴雲煙儘量按司笑能接受的方式與她說話。「我知道妳也是對世朝傾心，想為著他好的，但只有妳學著厲害了，在族中不受欺負了，他才能在外面安心地為妳和上佑打拚。」

沒料，司笑聽了這話，只一會兒就哭了，又瞬間想到賴雲煙不喜人哭，她趕緊手忙腳亂地擦著眼淚，抽泣著道：「您能知道我是對世朝傾心就好，以後就是有人再作踐我，媳婦也認了……」說罷，止不住心中近來的委屈，真真是捂臉號哭了起來。

她知道她做得不好，便是前次吃食一事，她想著這傷是為世朝負的，心中也是有著幾分自恃的，想著傷口疼，要吃幾口精細的，哪料無人見到她對夫君的用心，卻都道她難聽話。等父親找她去說過話，她說她只是想讓人知道她不是看上世朝的身分才嫁給他，便是如今他不再是下任族長了，她就算是死，也不會離開他，她對他同樣會生死相隨；可回應她的，是父親憐憫的眼神，父親與她道——

「這是妳的想法，便是為父，也要等妳這樣說明白了才能明瞭妳的意思，妳跟人要精細吃物，有誰能借此明瞭妳對世朝的心意？」

司笑回去想了一夜，才想明白父親所說的話。可等她再想跟人好好說話了，卻已無人搭理她了，便是冬雨這個之前教她的大姑姑，每次見她也都一臉的不耐煩，不想跟她講話；她以為無人知她真心了，哪想還是有人知的，而且還是那個向來不喜歡她的婆婆。

賴雲煙聽她哭得頭大，前面正門，剛進去的兄長還朝她們這邊看了一眼，但司笑的話著實討好了賴雲煙，就算不喜，也多了幾許耐性，聽她哭得差不多了就把袖中帕子給了她，嘆了口氣，又多叮囑了兩句。「以後便是想哭，回屋躲被窩裡哭，回妳夫君懷裡哭，要哭也要哭給會憐惜妳的人看，就別在我們跟前哭了，沒用還惹人生煩。妳道妳委屈，哪個女子心中沒一點委屈？誰都不欠妳，妳給人找了晦氣還想讓人對妳有好臉色不成？」

「媳婦知道了。」司笑以前腦中只有詩詞歌賦，以為冰清玉潔、不沾塵埃的一生才是她的一生，等捱到了西地，以為進了魏家就會好，可哪樣都比西行途中的艱難還要差，人人都著急著下一頓吃什麼、天寒了要去哪兒弄厚衣才能不受凍。她是主子，活得卻連以前家中的奴婢都不如，為此她確也憎怨過，但她現在也學著不給世朝添麻煩了。

其實一直以來，冬雨姑姑、秋虹姑姑所教她的話，她都要用很長的時間才能體會，而魏家內眷雷厲風行的行事風格起初往往也嚇得她下意識就想逃；便是如今，婆婆說一番話，她也不是聽了就懂，得記在腦海裡，回去翻來覆去地想幾遍，才能明瞭一些，還得找父親問，才能把背後的意思聽個明白。現在她確也有學乖了，便如父親所教的，不再說她「不懂」、「不會」了，只說「知道了」，回頭不解，再找父親問去。

「去吧。」見司笑拿帕迅速拭乾了淚，朝她福了身，賴雲煙的臉色總算好看了點。

秋虹陪了她回屋，賴雲煙走到門前時，還有點不大相信媳婦冷不丁地這麼受教，便停下腳步，訝異地問老僕。「真能變好？」

不比主子和另一個姊妹的性格，秋虹是個隨和的，氣極了才會說幾句急話，平時都是看見什麼才說什麼。「我看這些日子她老實得很，除了愛哭點；但主子想想，她現在這處境，她又不是個捱得住事的，除了哭還能如何？」

「先看看吧，誰知道以後會怎麼樣。」

賴雲煙說是這樣說，但秋虹還是看到了主子的嘴角翹得比平時要高一點點。

「這樣教她？」屋內靠窗邊，賴雲煙一進門，賴震嚴就朝妹妹道。

賴雲煙知道兄長的意思是她太放低身分了。

「還能如何？」賴雲煙笑著往桌子走去，坐在不語的魏瑾泓身邊。「不這樣，他們父子會當我生生世世都欠他們。」說罷，眼睛往魏大人身上一放，笑著問：「是不是這樣，魏大人？」

魏瑾泓握拳清咳了一聲。

「過段時日，我和雲煙要去養病。」見賴震嚴臉色不好，魏瑾泓便朝大舅子溫言道：「這也是我們最後能為世朝盡的那點力了。」

「你要走就自己走，拖她下水幹什麼？」賴震嚴瞇眼，額上皺紋凶惡地皺起。

「哥哥。」看賴震嚴凶了起來，賴雲煙笑著道：「你還跟魏大人計較什麼啊？他慣來愛把我當他。」

賴家兄妹從來都不好惹，雖說如此，魏瑾泓還是溫和地朝妻子低聲說了一句。「妳是我妻子，我希冀妳便是我。」他說此話，也還是想說，他想與她做一世的夫妻。

「怎麼突然要去養病？」賴震嚴怒過後就回了神，又看向妹妹。「妳今日找我來是為了說這事？你們要退了？」

「嬌嬌成婚後——」賴雲煙欲要解說，但被魏瑾泓拍了拍手。

「我來。」魏瑾泓示意妻子停話，由他來說。「我們這幾年過於操勞了，族中事，小輩也能接手，我便想與她一道找個靜處隱居，也好過上幾年的悠閒日子。」自知道族人的安全有了一定的保障後，魏瑾泓就知道自己差不多不行了，帶著他們來到此處，其中種種已讓他疲憊至極。

「你贊成嬌嬌的婚事，便是打的這主意？」

「魏家不會撇下賴、任兩家，三家是一家，還請兄長放心。」魏瑾泓淡淡地說：「世宇的能力你也是看在眼裡的，他比我還要強上一些。」他有時還有些懦弱，顧忌甚多，當斷不斷，世宇就要比他強硬許多了。

「你也贊同？」賴震嚴荒謬地看了魏瑾泓一眼，轉向妹妹。

「都這把歲數了，我也是想過幾年輕鬆日子，養養身體，看能不能多活幾年。」賴雲煙笑著說。

「妳放得下？」她掌權多年，真放得下？

賴雲煙笑笑，與兄長道：「老而酸臭，由我管著幾家，不比小輩管好。哥哥，這已不是我的時候了，下面人敬畏我、害怕我，但這些還能管多少年用？等我老邁了還要專權時，不會有多少人肯服的，到時我的報應就要來了；如此何不先避退，既能得個名聲，還能有個像樣的晚年。」

「可是嬌嬌——」

「哥哥。」賴雲煙打斷了他，微笑地看著他。

他們塵世打滾這麼多年了，經歷這麼多世事過來，哪會不知人性？誰都是會變的，他們一直在變，也要允許別人，知道別人會變。兄長知道，她的選擇是於她有利的。

任家人到達之後就是魏世宇與任嬌嬌的成婚大典，也許魏世宇與任家突然冒出來的任家女成婚沒有震驚到魏家人，但當日，魏瑾泓卸任卻震驚了除去魏家幾兄弟外的所有魏家人。

當日，族長與族母的權杖傳到了兩人手裡，婚禮過後，就是新、舊兩任族長交接的儀式，一切都在族老魏瑾勇的主持下進行。

沒多久，西地突然多出了數萬人之多，其中宣朝人、馬金人、寧國人以及周邊的周國、文國、東國，所有人都湧入了西地。

魏家人在魏世宇的帶領下，第一步就是建城防衛。

這些人到達後，任家那邊的力量也漸浮出水面，他們從後方派人送來消息——

這次西移，有數十萬民眾出來，但到達西地的應不到一半，而到達的這一半，身體強悍，窮凶惡極，一路食人肉無數；而舊土宣國，已有一些地方天崩地裂，溝壑縱橫，無人不信國師之語，所有人都往西地而行……

議事廳裡，魏瑾泓與賴雲煙跪坐在榻上，從魏家各支選來的三十個年輕子弟跪坐在下面前首，聽老族長與他們講課。

「他們會先攻打皇上？」其中一名魏家子弟在發言時間朝上問道。

「皇上近。」魏瑾泓淡淡道。

眾子弟這時面面相覷，有些明瞭為何剛入西地不久，老族長就派現任族長往深山裡找久居之地了。貧民是不好惹的，尤其是有生命力且餓極了的貧民。按老族母的話說，就是他們先拋棄了這些人，就休想這些人再對他們仁慈了。每次對敵時都不要想著這些人會放過他們，尤其他們魏家還擁有如此肥沃之地；他們這次移居，動靜很大，也別想皇帝什麼都不知道，按皇帝的性子，會馬上把他們賣給那些到了西地後一無所有的惡民。

「那我們……是不是也不遠了？」一個弟子硬著頭皮問道。

坐在上首的魏瑾泓仙風道骨，仍有往日欺人之姿，見到小輩斗著膽問的模樣，他微微一笑，溫言道：「應是不遠了。」

「他們真有那麼強悍的戰鬥力？」再聽幾日講課後，這屋子裡有一半的人都要被派出去了，因此他們對上首的兩個人雖都敬畏有加，但此時也顧不上膽怯了。

魏瑾泓笑著看向賴雲煙。

賴雲煙本懶得說話，但跪坐的魏家人之後還有賴家人、任家人，魏大人狡惡，知道她的軟肋，在魏瑾泓的注視下，她若有還無地輕哼了一聲，開口時聲音平靜，且還帶著笑意，與那問話之人說：「你若是長年餓極了，見到手上有吃食之人，他不願意給你，且還是你的仇人，你是要哀求，還是會拚命？」

那問話之人想了想，答：「拚命。」哀求不會管用的，仇人不會可憐你，要不也不會是你的仇人。

「那時，你是想著要死，還是想著要填飽肚子？」

那人又想了想後，老實答道：「填飽肚子。」他餓過，自然知道那種滋味，不比死亡好多少，且比死亡還要讓人絕望。

「那你說，一個人想搶你的東西，且又不怕死的人，可不可怕？」賴雲煙笑了。

「可怕。」那人輕吁了一口氣，腰背挺直，好像那可怕的敵人就在眼前，讓他身體都繃緊了。

「你們說，可不可怕？」賴雲煙再問向屋子裡的數十人。她嘴是在笑，但眼神卻犀利得就像一柄沾了毒的寒刀，凡被她眼睛所掃之處的子弟全都低下了頭。「都抬起頭來，看著我。」賴雲煙嘴邊的笑沒了，待眾人依令看向她的時候，再道：「連我的眼睛你們都沒法正視，你們要如何去看清那些人的首領？」她冷冰冰地看著三家的優秀子弟，見他們聽到她的話後，視線全迎上她的臉時，她心中略鬆了一口氣，但嘴裡的話卻一聲緊過一聲。「記住了，不管你們有沒有拋棄這些後來之人，他們都會當你們拋棄了他們，他們會因這股仇恨而變得團結無比。

「人數上，他們遠遠勝過於你們，所以硬拚你們是根本拚不過他們的，只能智取。可就算智取，你們也一定要記住，你們就是他們的仇人、死敵，就算你們一時之間能用飽腹收買他們，但也一定要死死地記住了，他們不可能原諒你們的，就算給他們吃的，他們也只會認為，這是他們該得的……」說到這兒，她冷冷地笑了。「我這裡就把話給你們說明白了，哪怕有日我們把我們這塊世外桃源雙手奉送給他們，他們也會殺了我們，一個都不會留。」

「弟子懂得！」眾人齊喝。

賴雲煙對他們的喝聲無動於衷，轉頭對魏瑾泓淡淡地道：「家族以後的存亡，全在他們手中了，希望你們這些人裡沒有人有婦人之仁。」現在兩個階層的人的矛盾完全不可能調和，世局沒有穩定，仇恨沒有淡去的百年之內，他們不可以輸，否則，便是死路一條。

魏瑾泓聞言輕頷了下首，朝底下人淡淡地問：「聽清楚了？」

「聽清楚了！」

「我再與他們說些事，妳先下去歇息。」

賴雲煙點頭，她昨晚看信報看了半夜，沒有歇息好。

人數多的底層之人西行，讓各國隨後而來的王公貴戚幾乎悉數死在了路上，能到達西地的沒有幾個，文國、東國國君就死在了他們的平民手裡。反民打著替天行道的幌子而來，文國、東國都推出了西天侯來，是西天侯，而不是取國君而代之。看過信報之後，賴雲煙的想法是，這幾國現在聯手，到時候推出的應該只有一個皇帝，下面就是分侯制。野心不錯，跟歷代皇帝成就功績的路數差不多一致，先聯手打倒敵人，然後再分贓。

賴雲煙剛回屋，賴震嚴就來了，這幾日他那兒也不好過，因西地突然湧入一大批人，讓賴震嚴把賴家上下又調整了一番。

他一見到賴雲煙就問：「你們料到了，還想隱居？」

「隱，為了多活幾年。」賴雲煙笑著道：「再這麼操勞下去，我和魏大人活不過這個年頭。」她伸五指在賴震嚴面前晃了晃。

處。

「這麼差？」

賴雲煙點頭，且道：「底子虧了，是治不回來了，只能慢養。」他們早死，對各家都沒有好處。

「還老而酸臭！」賴震嚴嗤笑。

「此話不假。」賴雲煙笑了。「一個家族若只有老人撐著，沒有年輕人，何來以後？」

「你們還是退得太急了。」賴震嚴還是不贊成。

這時門外有了聲響，任嬌嬌來了。

賴雲煙讓她進來，等她請完安，在他們身邊坐下後，她沒有避諱，當著任嬌嬌的面與賴震嚴道：「你有所不知，現在來的這些流民裡，皇上、魏大人與我，都是有著惡名的，他們替天行道，伐的就是我們的頭。皇上現在沒有那個魄力退位，但魏大人與我不同，傳出去就說我們怕他們討伐，所以避了，這會讓對手的氣焰高些，這對魏家以後與這些人的片面衝突有好處。」

賴震嚴聞言沈默不語，過了好一會兒，他再問：「我聽聞子伯侯從你們身邊走了，混入了流民當中，他想幹什麼？」

「皇上殺了他全家，許是會有人同情他這個小孩子吧。」賴雲煙輕描淡寫地解釋道。

「同情他？妳忘了他是——」

「殺了他全家是事實，但他家人是誰，外人就沒必要知道那麼多了。」賴雲煙依舊輕描淡寫。

「到時候等他出息了，有個名正言順的身分，豈不是水到渠成的事？」

「妳讓他混到流民中當探子？」

「不是我讓。」見兄長臉色難看了，賴雲煙嘆了口氣，端起茶杯放到他手中。「你忘了，他是誰的孫子？不只是國師會算，樹王爺他們也是會算的。」樹王爺蟄伏於民間的力量，以後怕是也會慢慢現形了。

子伯侯也不怕被皇帝知曉身分，要知道，皇帝若與他敵對，他一個毫無勢力的王侯之孫，反能在那些流民眼裡坐定身分，利用其討伐皇族；哪怕皇帝再想拉子伯侯下水，樹王爺那些隱藏於民間的力量也不會讓其得逞的。

「妳是說，妳也是樹王爺為他孫子布的那步棋？」賴震嚴滿臉都是皺起來的紋路。

「不然呢？」賴雲煙又嘆了口氣。「兄長忘了，當年我求樹王爺保全我們的情，那可不是那麼好還的。」當時樹王爺幫了賴家許多，也讓她在皇帝面前保了命，要不然真靠魏大人那個人，她哪能活到如今？

「那以後，子伯侯與我們……」

「表面上會是敵人。」賴雲煙沒有否認。「就是等他大位穩定了，為安他的民心，我們也還是要當幾十年的死敵。」子伯侯以後走的路，注定跟他們這幾家王公貴戚不同，以後就是私下是敵是友，也還不一定；但子伯侯上位，比從真正的流民中推出來的人上位要強上太多。

「岑南王那兒呢？」

「王爺現在怕也是難處重重，比我們好不了幾分。」賴雲煙說到這兒就揉頭，轉過頭對任嬌嬌道：「我與王妃是多年至交，妳日後能幫她些許的，就幫上一點吧。」

「是，我知道了。」任嬌嬌滿臉肅容地回道。

定好派出去執行蟄伏命令的人後，魏瑾泓將要帶著賴雲煙搬出雲谷，去往一個沒有太多人知道的地方。

走之前那天晚上，賴雲煙叫了魏世朝小夫婦過來用了頓膳，飯間什麼言詞也沒有說出，膳後魏瑾泓讓他們退下後，行於屋前的魏世朝突然轉身，跪在了屋前大哭。

屋內，坐於案桌前的賴雲煙聽到哭聲時嘆了口氣，看著魏瑾泓站起來走到門前，伸手欲要去拉那扇半開的門，可終還是沒有拉開。

半夜，魏瑾泓突然把頭靠在了賴雲煙胸前。

一直未睡的賴雲煙輕問：「怎麼了？」魏瑾泓沒有說話，下一刻，賴雲煙感覺到胸前的裡裳被溫熱的水意染濕了，她不由得嘆了口氣，說：「算了算了，我們做了那麼多造孽的事，兒子不像我們，乾乾淨淨的，多好。」她懂魏瑾泓的辛酸，但事到如今，也不覺得魏世朝不像他們有多遺憾了，反倒覺得這是老天對他們的好安排。「他才真像個謙謙君子呢，命又好，不像你命苦，兩輩子都要做自己不想做的事，擔負著推不掉的責任。」賴雲煙輕輕在他耳邊耳語，安慰著懷中這個哭到崩塌的男人。「你就當他在替你享受著你那些得不到的人生，他能專心致志地護著嬌妻、愛子，一心只為他們拚搏，多好……」

過得半月，賴雲煙的身體卻也是好了許多。

魏瑾泓說是讓她幫著看信，但給她看的都是嬌嬌寫來的一些族中瑣事，且許是小輩抱著報喜不報憂的想法，說的全是大好事，魏家、賴家、任家，家家不落。她有時也會主動問問外面的情況，魏大人也會提上個兩、三句，多的也就不說了；賴雲煙也就知道外面現在亂翻了天，幾處勢力都在打，但魏、賴、任三家的哪個家主都不好惹，都是主動出擊派的人，所以還是他們占著絕大的優勢。

家人無事，賴雲煙也就不多問了。她早睡早起，睡得香甜，早上起來，魏大人與她用完膳後，要是天氣好，便陪她出去走走，要是天氣不好，便攜書信去她的琴房，她一個人下棋，魏大人便寫他的書信。

琴房是魏大人擅自令翠柏建的，那張擺在正中央的琴看得出是新製的，琴面的面漆與徽都嶄新無比，黑漆的味道還未散，裡面也不知添了什麼東西，有股清香。那股清香，賴雲煙有段時日在魏瑾泓身上聞到過，那時她還以為是易高景調出的清神醒腦的香藥。琴很特別，但賴雲煙看過兩眼就沒去看了，也不靠近。

因琴房只擺了一張琴、一處茶桌、一張貴妃榻，比藏了不少書的書房視野要空闊許多，因此這幾日裡閒暇下棋時，他們都會來此房。賴雲煙也略知魏大人帶她到此房的意思，但她多年不彈琴了，不說手生，那心也是早早生了，早已沒了那閒情逸致，所以那琴看看也就罷了，再無去彈弄兩下的心思。

她喜待的是茶桌處，茶桌的佈置是按她宣京慣來奢侈的方式佈置的，大半個人身長的座位上鋪的是柔軟的長毛毯，足下也是鋪了兩層厚厚的毛毯以便放腳，若是乏了，也可略躺下來歇息。

這日早上颳了大風，膳後賴雲煙也沒出門，魏瑾泓一早起來就吩咐人去琴房放了炭火暖屋，賴雲煙便知他們這一上午又要耗在琴房了。

兩人剛到琴房不久，翠柏就推門而入，朝兩人一躬身後，把一封信放到了桌面上，之後他沒有像前幾次那樣放下信就走，而是猶豫地看了女主子一眼，才朝男主子小聲地道：「信差剛送來的，是等您過目後，他拿了回信再走。」

這時拿著銀針有一針、沒一針地繡著的賴雲煙抬了頭，笑著問：「重要事？」

「老奴不知。」翠柏誠道。

「你看看，是什麼事等著你回話。」賴雲煙這陣子過得太清閒，腦子已好幾日都不想事了，見有事來，就算是不想再管事，那嘴卻已先張了口，眼睛也往那封了蠟的信上瞄。

魏瑾泓「嗯」了一聲，擱下手中的毛筆去拿了信。拆了信展開後，餘光見到妻子往他手中不斷地瞄，他抬眼看她一眼，見她朝他笑，他搖了搖頭，這才看起信來。

「出什麼事了，魏大人？」賴雲煙慢吞吞地縫了一針，笑著問，直覺自己就是個操心命，忍了又忍，還是忍不住要問。

魏瑾泓沒答話，賴雲煙也無心擺弄手中的繡框了，擱到一邊就探頭往正位瞅去。

魏瑾泓見她探過頭來，展信的手沒動，臉色也沒動。「瑾榮來信，說皇上被叛軍中的人刺殺成了重傷。」

「刺殺成了重傷？」賴雲煙聽得有點愣。「皇上什麼時候有這麼容易被刺殺了？」要是這麼容易就被刺，她早暗地讓人殺他個好幾遍了。

「說是叛軍首領親自前來談臣服之事，宴席上動的手。」魏瑾泓淡淡地道，把看過一頁的信紙擱在了桌面。

賴雲煙拿去一看，信寫得甚是詳細，但大體跟魏瑾泓所說的差不多，她不禁感嘆道：「這石坤是還沒翻臉就不認人啊！皇上也信他真是來談臣服之事？這麼輕易見他？這千險萬難而來的叛軍，有那麼容易臣服嗎？

「石坤是首領，但應是傀儡。」魏瑾泓把看過的另一張信擱在了桌面。想來叛軍首領出面，投誠之事也是有一半真，這事也不容不見。

賴雲煙隨手撿來看，一看就連連搖頭。「他們軍師是誰？一早就知布這麼大的局，皇上這虧吃得不冤。」信報中，叛軍首領石坤智勇雙全，這名聲早就在反民中傳遍了，這次前去刺殺皇帝卻落了個死無全屍，賴雲煙就不信他是心甘情願去的。「現在叛軍裡接任石坤的是誰？」匆匆看過手中的一頁後，賴雲煙忙問。

「石坤義弟，聖師姪子江裕。」

「這下真是……」賴雲煙微攏了一下眉心。

魏瑾泓把看過的信紙給她，臉色不變地接著看下面。

信很長，一共二十頁有餘，等全看完後，魏瑾泓的臉色沒有什麼變化，倒是早間臉色甚好的賴雲煙眉頭有點微皺。

「江裕應不是江鎮遠的親姪。」魏瑾泓掀了茶蓋，熱茶頓時便在空中漫起了一陣白霧，他拿起吹了茶面兩口後，放至她面前，與她淡道：「江氏一族誰人也查不到，妳兄長與我都是查過的，無人能知他們的行蹤；現下這個江裕，是不是江家人還不一定，且之前也沒聽人說過他是江大人的姪子，我會在信中讓世宇去查查他的底細。」

「若是江裕欺世，想來也是作了對策。」喝了兩口熱茶，賴雲煙的臉色也緩和了過來，嘴邊也有了點笑。「豈容他人揭穿？」江大人的旗子那麼好扛，他們這招好棋一落下，豈會讓人破壞？」「把這事告知子伯侯吧，想來是真是假，也用不了太久就會有個分明。」賴雲煙笑笑道。這件事她倒是不甚在意，剛剛看過信，心中就有了盤算，讓她在意的是信件後面那樁事——司笑懷孕了。「世朝之事，你意欲如何？」賴雲煙坦然說了她在意之事，按世朝現在在魏家的身分，很多事他都不好辦。

「妳的意思是？」魏瑾泓看向她，說罷頓了一頓，道：「妳的意思便是我的意思。」

「這對魏家來說是喜事，嬌嬌做人向來穩重周全，應是會照顧她，只是世朝那兒，你還是讓瑾榮私下多帶帶他吧，讓他做後方供給草糧之事。為此，你跟瑾榮說，我們很喜歡大雙跟小雙這兩兄弟，如他們夫妻太忙，可送他們過來陪我們幾日。」賴雲煙淡淡地說。魏瑾榮後方讓出一個位置給世朝，他們便為他的兩個兒子至少謀兩個主事人的位置出來。

「妳不想讓世朝先立戰功？」魏瑾泓靜靜地看向她。

賴雲煙有些無奈。「不了，哪有那麼多人去救他？功沒立成人就死了，有什麼用？」

「許是以後會好。」再萬般失望，他還是他們的孩子。

「是會好。」賴雲煙毫不否認。「但在這之前，我要保證他有命活著。他步子邁得太慢，手太輕，現在是世宇當家，沒人容得了他再犯致命的錯，也無人會再為我們的臉面護他完全無事。」賴雲煙說到這兒，臉色柔了一點。「我也等著他變得好，便是司笑，我也是對她有著厚望的，也許現在肚中這個孩子能讓她明白多些。」

許是離得遠了，賴雲煙這時反而為他們想得多。「我們還是先保住他們的安危吧，世朝要是自覺不妥，他自會去做他須做之事。」

「好。」魏瑾泓拿了白紙，提筆沾墨。

賴雲煙見他自始至終都臉色平靜，也是有些稀奇。「這下不那麼擔心了？」

「這些時日他長進頗多。」魏瑾泓淡道，手中書寫急揮之勢不變。「再者，如妳所說，到了時候，他自會去做他須做之事，有些事，急不來。」

「你倒是想開了！」賴雲煙笑了起來。「我還道你是被你孫子喜的。」

她本是調侃，哪料魏瑾泓搖首，回道——

「我許是沒有與子孫親近同心的福吧，家中也已交給了世宇，已存了意妳我終老合棺，孫兒多一個，也只是須多費一分心罷了，無憂，亦無喜。」

第一百一十九章

這年冬天確也是冷，一入冬後，也不知魏大人從哪兒變來了十幾罈藥酒，還有一些奇談怪志，這可把賴雲煙迷得連外面來的信件也不盼了。燙一壺小酒，臥榻上看一會兒書，有興致了寫兩筆，乏了便就地睡一會兒。

這年到了年底那幾天，這天一大早起來見冬雨她們忙著過年的準備，賴雲煙這才回過神來，用完早膳出來後訝異地問她的老丫鬟。「竟是要過年了？」

賴雲煙走出來準備看冬雨殺雞，冬雨怕血氣沖了她，一直沒抹雞脖子，見她不走要看殺雞，衝著主屋門口就喊。「老爺、老爺——」她喊著魏瑾泓來領主子回去，果不其然，沒得她喊三聲，魏瑾泓就從主屋出來了。

魏瑾泓出來後走到賴雲煙身邊，也不急著催她走，只是問她。「冷不冷？」

外面寒風陣陣，確也是冷，賴雲煙手中還套著暖手籠，黑貂披風裹了一身，還拖了一地，臉都有半張埋在毛皮裡了，頭上戴的毛帽只差一點就蓋住了眼睛。她全副武裝，看著赤著手在冷天裡殺雞的丫鬟，確也不妥，賴雲煙眼睛一轉，泰然自若地轉過身，回了主屋。

「也不怕凍著自個兒！」冬雨不滿，但也只敢小聲地嘮叨一句，不敢多說。

回了被暖得火熱的主屋後，魏瑾泓給她脫帽、脫披風，賴雲煙一動也不動地等著伺候，嘴裡還要雲淡風輕地說：「我就在外面吹下風而已，屋裡怪悶的。」

「嗯。」魏瑾泓頷首。

他沒脾氣，賴雲煙著實也不能再得寸進尺，就又坐到了桌邊，拿起昨天才看到一小半的怪志談。

魏瑾泓便坐在主位看昨晚送過來的信。信昨天送來得有點晚，魏瑾泓不在臥房裡處理事情，便放到了早上看。

這信賴雲煙偶爾也會挑一封看，她翻了幾頁書，見魏大人又拆了一封，她便拿起他看過的一封，見是魏世宇請他們回去過年，她便問：「不回去啊？」

「不回。」她也是不想回，所以魏瑾泓沒打算回。天氣不好，外面也不太平，他們出去要是被人知道了，招了風頭，怕是不得安寧。

「外面還打得凶？」

「凶。」

賴雲煙搖了下頭。這個冬天她過得太安逸了，腦子沒幾天也是鈍了，不大願意想外面的局勢，她問了句。「族裡還好？」

「挺好的。」魏瑾泓溫柔地道。

「唉……」賴雲煙擱下信，嘆了氣。「也不知兄長什麼時候才來與我們一起住？」

魏瑾泓聽得心口一停，不過神色平常，視線也未離信紙，只輕頷了一下頭，以示有聽到。

「這裡安安靜靜，也沒有煩心事，他煩悶了我還可陪他下棋呢，等到春天，我們還可往湖中去垂釣。」賴雲煙越說越覺得她這裡好，應該要叫她哥哥來，而不是還要在為外頭操勞。

「嗯。」魏瑾泓應了一聲。

「我寫信再與他說說。」賴雲煙過了適應地方的焦慮期後，現下已把她這個地方當成神仙天堂了，說罷就起了勢，吩咐魏大人。「把白紙拿過來，筆也給我。」

魏大人拿過紙放在她面前，筆也沾了墨遞給了她。

賴雲煙寫到一半，突然停下了，嘆道：「他心比我還重，煦陽、煦暉的身子都不好，怎會安心來陪我？」

魏瑾泓不動聲色地繼續看著他的信，似是沒聽到一般。

賴雲煙還是寫完了信，寫完後交給魏大人幫她封口子。「說還是要說，要是他一時心動了呢？」她喃喃自語。

她身邊的魏大人聽了，耳朵不自覺地動了一下。兩人才稍稍過了幾天像樣的日子，大舅子要是一來，魏瑾泓覺得自己一夜間就得白了頭……

冬日下午近酉時那會兒的天比上午還要冷，書房裡又來了不少書，木屋小，書多就顯得書房擠，暖屋又怕炭火燻了那些孤本，所以一到須天天暖屋子的天氣，夫妻倆就挪來了琴房。

這次出來，魏家給的毛皮便有十來張，整個魏家尚存的毛皮大半皆給了他們；賴震嚴也把家中所餘的那兩張好的給了親妹妹；任家是把所存的全部拿出來給了姑奶奶；魏瑾泓那兒也是自己存了幾張給她。都是極好的毛皮，加起來五十張有餘，每兩張要裝一個大箱子，這花了翠柏不少工夫才給運到了此處。因毛皮多，冬雨她們也捨得花了二十來張同色的毛皮縫了五張雙面毛毯，兩張放在臥房，三張放在琴房。

近酉時這會兒，賴雲煙便喜臥榻上看怪志，這幾日魏大人也上了榻隨她一道看，不過有個人在背後摟著太溫暖，賴雲煙看不得幾頁就睡過去了，反是拿著書的魏大人要看得多一些，往往乏了眼才與她一道睡過去，往往也是魏大人先醒過來。比之妻子，魏大人的身體還是要好得太多。

這日魏瑾泓先行醒來，見已到他們用晚膳的戌時，睡他胸前的妻子還未醒，他便輕拍了拍她的背，喚她。「雲煙，醒醒。」

叫了兩、三聲，她才醒過來，好一會兒，才揚頭去看沙漏，看完時辰便又窩到魏大人胸口不動了。

因她須在戌時末用藥，那藥不能空腹喝，用藥半時辰前須先用一次膳，所以魏大人不得不勸她。「再睞一會兒就下去？」

賴雲煙直點頭，睞得一會兒後，魏瑾泓又問了一句，直問得她煩了，她這才下了地，身邊丫鬟不老跟著她了，現在煩人的就成魏大人了。

琴房雖也在主屋內，但出了暖屋，走至用膳的堂屋還有十來步路，隔著一道小走廊。

走廊兩邊這時都燃了燈籠。他們在此過日子後，所住之地雖已不是以前宣京的華屋瓊樓，但入夜的燈火自從他們來了之後就一直沒有歇過，就跟過去一樣，入黑點燈，天明熄燈。賴雲煙沒有吩咐過下人這些事，前時日子夜間回堂屋用膳時，看到寒冷的空氣中那搖曳的燈火時，她恍然有一種這就是家的感覺，夜裡總有燈火亮著。

她想了幾日，這才私下問起丫鬟，是誰的主意。問起來，聽到家中大多瑣事都是魏大人囑咐過的，賴雲煙便有點感覺魏大人是真在履行以往說過的話來了；臨了，還真是有這麼一齣。賴雲煙沒有感動，但在那之後，多少便也不再什麼事都往心裡藏著、擔著，她放棄知道太多外面的事，許多事也去依賴魏瑾泓，讓他來照顧她，她覺得她可以再放鬆點，這對他們都好。

「一會兒去書房拿幾本書回屋看吧。」翠柏他們天天有事要幹，沒空陪他說幾句話，能與他說話的便只有她了，賴雲煙便時不時地挑幾句話來說，免得魏大人除了看書、寫信，一天到晚也說不了幾個字。

「好，要看哪一本？」魏瑾泓垂首看她，嘴角柔和。「一會兒我去拿。」

賴雲煙微昂了首，昏黃偏暗的油燈下，魏瑾泓這時滄桑了不少的臉竟比當年的俊逸還要勾人心魄七分……

「挑本農書吧，來年看看我們能不能挖塊菜地出來種種。」撇過臉，賴雲煙想起明年開春，還挺期待的。

「好。」

秋虹在堂屋門口候著，見到他們來，淺淺一福，打開了門讓他們進屋。

「妳們用了嗎？」賴雲煙問。

「用了。」秋虹答道。「主子您等一會兒，我這就去廚房和冬雨把膳食端來。」

「去吧。」賴雲煙扶了椅子坐下，等到魏瑾泓也在身側坐下後，她過去拉拉他的手，摸了摸他剛被她枕在身下的手臂。「可還麻？」

魏瑾泓笑了，油燈火苗映在他眼中跳個不停，他出聲也倍是柔和。「尚還有一些。」

「那我給你揉揉。」賴雲煙也笑了起來，還真是雙掌搓揉了好一會兒，熱了自己的手掌，伸到臉上感覺不冷後，這才伸進他的袖內，替他揉起了手。「下次記著收回手，現下你驚不著我了。」以前睡不深，心中也總是有道防線，他動動她就能驚醒過來，可現在都一道相擁這麼久了，她心中無事，睡得又重，他便是有點動作，也是弄不醒她了。

「嗯，好。」她笑得溫柔，魏瑾泓的嘴角便也翹了翹，再道：「我無事。」她能睡得好就成，他能給她的不多，也就剩下的這些年裡，試著去把她捧在手心。

魏瑾泓的話讓賴雲煙笑出聲來。

冬雨她們要進來上菜，輕巧地推開門時，見到主子們相視而笑，兩人手指已十指交纏，兩個丫鬟站在門邊看了幾眼，這才輕輕地踏進門來。等到上好菜，她們見老爺挾了一口到主子碗裡，等她用了才動筷，知道又不用她們伺候了，便默不作聲地出了門。

外面寒風陣陣，風吹得樹梢沙沙作響，煞是可怖。

冬雨回頭，看到紙窗裡透出來的燈火，回過頭跟秋虹道：「不知怎地，我覺得這光景甚是熟悉，好像曾出現在眼前無數遍，現乍一眼，感覺像是等了一輩子，終於等到親眼見著了。」

秋虹笑了起來，笑容讓她眼邊的皺紋浮現，但眼眸仍如那一年得了主子賞識，一腳進主院時那般欣喜明亮。「嗯，終於等到親眼見著了。」

賴雲煙以為自己已變得面目全非，但這些時日下來，她發現自己有些地方還是沒變，她就像大千世界裡的每個普通人一樣，一旦覺得別人對她是真好，她就萬萬不會去傷人。活到頭，她以為心被世事磨成了鐵石心腸，但人沈靜下來活著，她還是會為朝露夕花所觸動，也會因丫鬟做飯時失手傷了手指而心焦，魏大人這幾天因天太冷，寒腿不便行走，她也能安下心來守在邊上與他說話；以為行至暮途，哪料一朝偶逢春溫，就如枯木逢春，又欣欣向榮了起來。

「北冥有魚，其名為鯤……」他們之間，賴雲煙是擅講話的那一個，靜下來時魏大人只會全神看書，偶爾看看她，但賴雲煙卻是個喜鬧之人，靜得太久就要說說話，便挑些魏大人感興趣的東西背背。

她把《莊子·逍遙遊》按自己的意思說了一遍，原文她是背不出來了。

「這世上可有這樣的人？」魏大人聽完看向賴雲煙，等著她的話。會有人世上人們都讚譽他，他不會因此而越發努力，世上人們都非難他，他也不會因此而更加沮喪？

「有，有天時地利人和就有。他無牽掛之人，身無一物；他心無名利，不知地位；他能餐風飲露就飽腹，不懂饑餓；他沒有這些，便能超脫這人界。」賴雲煙說完笑了起來，頭靠在魏瑾泓的肩頭動了動，笑著與他說：「可是人若沒有這些，哪會是人？他會是佛、是仙，但都不是人。你若是佛、是仙，你族人便不會活下來；你若是那樣的一個人，便不會有人恨你，也不會有人愛你，你也不會愛人，不會恨人……人之所以是人，是因為他有著七情六慾，因悲苦，歡愉才讓人追戀；因磨難，安穩才顯得尤為可貴……」

靜了大半天，一開口賴雲煙便滔滔不絕，想到哪兒就說到哪兒，今兒可算是又找著話說了；不像昨日，說完一段《韓非子》後，下面卻硬是想不起來了，還是魏大人揣度著接下話去，她只能「對、對、對」地直點頭。說完，接下來都是魏大人在補的，一點面子也沒有。

她所處的這個時代沒有莊子這些思想家，但大抵凡是像魏瑾泓這類的人，總有著與她所知的春秋、戰國時的那些思想家相符的想法，許是這些古人們思維相同，理解起來比她這種庸俗之人要上道太多。

魏瑾泓聽得甚是認真，間或穿插幾句，等賴雲煙說到口乾，便去取茶來與她喝，爾後，看妻子心滿意足地停下嘴，笑著跟他說──

「你現下這點好，我說何話都不再說我大逆不道，猖狂得無法無天。」

魏瑾泓搖搖頭，道：「不會說妳，是妳陪我。」

安靜得太久不叫寧靜，那是寂靜。他哪會不知，她每天開口跟他說話，是想讓他們和睦一些，也是在對他好，若不然，哪會多數說的話都是他想聽的？北冥魚、得道真人，有些她說來也不是太解其意，開了幾句頭就在那兒瞪著眼、敲著腦袋，說自個兒也不記得下面是什麼意思了。

魏瑾泓甚喜這些言論，不自禁要搭著她的話意往下講，講到天黑也不知疲倦。他想，為了讓他歡喜，她也是擠破了頭，為他煞費苦心；那些她講不明的事，她確也是記不得了，卻能為了他努力地去想。這些，他都是知道的，也只有在這個時候，他才能靜下心來去明瞭她嬉笑冷酷的外表下的柔軟。

「我總算做了對的事。」魏瑾泓拿帕拭了拭她嘴邊的水漬。「和妳來此地隱居，哪怕還是從妳這裡得的太多，但就算卑劣，我還是慶幸。」

「呵呵……」魏大人這麼謙卑，這反倒讓賴雲煙無所適從，她有些慌亂，頓了頓，又若無其事地笑著說起了另一件事。「我們不回去過年，給小輩的禮還是要備，你說給什麼好呢？」世俗物質的東西總是易讓人心安穩。

「我還有幾柄刀劍，妳去挑挑，按妳的意思送；至於內眷……」魏瑾泓歉意地看著妻子。

「你那幾柄寶刀、寶劍，哪是平常過年能送的！」賴雲煙可被他的話給嚇著了，連連搖頭。

「今年送了這些，來年你送什麼？可上哪兒找去？」

「那送什麼？」魏瑾泓好奇地看著賴雲煙。

賴雲煙一見他這樣，就知他不操心，知道有她呢，她不由得好笑，又覺得有點可惡地拍了拍他的臉，但這氣還是生不出來，她想了想便道：「這是世宇當家的第一個年，咱們送給小輩的禮輕比重好，不能奪他的勢。」

魏瑾泓頷首。

「咱們存的野味也夠多了，不如這樣，瑾榮這些平輩，都送大份肉，十來斤就可，小輩如世宇，就送一、兩斤，你看如何？」

魏瑾泓算了算家中所儲的野味，攤下去算夠，便點了點頭。「好，只是這樣一來，家中便也沒剩多少了。」

「我們占了個好山頭，餓不死。」賴雲煙也知這時外面缺的是什麼，他們送回族裡去的這些算不了什麼，但大過年的，也能給人打打牙祭，吃點肉，也是個念想。「女眷們，我那兒還有一盒子當賞物的釵子留著沒動，這次就一人給一支吧……」說到這兒，她嘆了口氣。「苦了她們，都是不易。」這世道，女人雖說不用像男人那樣在外搏殺，但要維持一個家所花的心力，不會比打打殺殺輕易多少。

他們閒聊著，把要送回族裡給人的東西說好了。

下午用過膳後，便有人來了，是冬雨家的賴絕到了，身後還帶了秋虹家的兒女。

冬雨、秋虹不知這事，賴絕他們到時，秋虹還在屋內廚房忙活，冬雨正坐在屋下的平地上，用從溫泉那邊引來的水洗兒子剛從山中逮來的野雞。

乍一看到賴絕，冬雨掉了手中的雞，等賴絕站到她面前叫了一聲她的閨名「小雨」，她才哭著笑了出來。「你們怎來了？」

「大小姐叫我們過來的。」賴絕還像以前那樣叫著他們的主子。

「我都不知道……」冬雨擦著臉上越流越多的眼淚，笑著道。

「嗯。」有著一張粗糙硬漢臉的賴絕，臉色一直是暖的。自從知道要來陪妻兒過年後，一路上無論是他的腳步還是心，都是輕快的。「我回來了，這次家裡人都在一起了。」

等到稍稍平靜一點後，冬雨與夫君、兒子，和這時見了面、已哭成一團的秋虹一家，去給兩位主子請安。

看到他們來，賴雲煙笑得眼睛彎彎。

看到他們主子戲謔地看著他們，剛止了淚的冬雨沒像平時那樣鎮定自若，反倒大哭了起來，與哭得比平時大聲許多的秋虹的哭聲匯成了一道，現下被人稱為婆婆、姑姑的兩個老丫鬟，全然失態。

這把猜錯了她們反應的賴雲煙哭得手都不知往哪兒放了。

「好好的啊，都要過年了，哭不好，不哭了啊……」賴雲煙小心翼翼地看著她的兩個老丫鬟，生怕她們生氣。她們伺候了她一輩子，沒她們盡心力，她便也活不下來，她們太好，好得賴雲煙只想對她們好，不想讓她們哭。

兩個丫鬟止了哭後，賴雲煙拉著她們的孩兒又說了一大通話。

等到他們一走，賴雲煙才有些後怕地跟魏瑾泓說：「早知道就先告訴她們了，哭這麼大聲，若不是自家人，都道我連自個兒丫鬟都欺負呢。」

魏瑾泓見她被哭得一臉頭大，忍不住好笑，眼睛裡的溫柔滿溢得都要流出來了。

賴雲煙嘆過氣後，就站到門邊，打開門，冒著冷風偷瞧兩家子人。他們現在站在木屋下面，不畏冷風，孩子們包圍著他們嘰嘰咕咕的，這一次，她又嘆了口氣，不過這次是滿足而嘆。

她側過頭，跟走到身邊的魏大人笑嘆著說：「我老想，若是跟了我一輩子的人我都給不了好，那可怎麼辦啊？怎麼對得起他們為我日夜操的心；還好，還好，總算有一些是我能給他們的，他們一個都沒少……」她說著說著，眼睛不知為何濕潤了。

她流著淚，看著院中那還在又哭又笑的兩家人，滿足地微笑了起來，魏瑾泓從身後抱著她。

那掩不住歡喜的兩家人的不遠處，老僕翠柏微笑地看著他們，臉上只有歡喜，沒有陰霾，想來，在這風雨飄搖的年頭，能有一家人團圓，不管他們是什麼人，都是值得欣喜的事。

「我知，妳一直都很害怕。」魏瑾泓抱著懷中人，用臉貼了貼她被風吹得有點冷的臉，道：「害怕親人會死，害怕努力了還是會失望，還害怕我臨頭生變，再迫妳於絕望之境；妳一直都怕，他們都指望妳讓他們安心，妳卻找不到人讓妳安心。」

賴雲煙慢慢地止了淚，她回過頭，這時她那雙被水意染得朦朧的眼睛裡，清晰地倒映著那個她以為永遠都不會說出此種話來的男人。她眨著眼笑了，淚水掉了下來，清明了她淚眼模糊的眼。「我們都一樣。」她知道，沒有誰比誰容易。「可現在挺好的。」她抬臉讓他擦她臉上的眼淚，跟魏大人笑著說：「你也是，魏大人，明天若是天晴，我便帶你去散步吧。」

魏瑾泓笑了起來，低下頭，看著她已刻上滄桑但還微笑著的臉，想著原來一個男人確實可以在漫長時間過後還能愛著同一個女人。

「你若是願意，可否與我同去？」賴雲煙說著便笑了起來，看來她的不正經也是抹不去了。說來，她享了世間好多的榮華富貴，哪怕王公貴戚皆落魄的如今，她依舊有華裳、暖屋，雙手依舊不沾陽春水，身邊還有一個願意暖被窩的人，夜半清醒時也還有人聲。她已年老，但寂寞孤苦都與她無關，這一切，是她鬥來的，也是魏瑾泓強拚而來的，沒有之前的竭盡心力、鞠躬盡瘁，哪來現在的平靜？

魏瑾泓也是對家族盡了全力，有強勢的後繼之人，這才能心平的退隱，若不然，這年頭過上這般安穩的日子，誰能心安？誰也沒有辜負他們，他們自己也沒有辜負自己。

第一百二十章

家中存著的肉不多，分過後，也只剩幾塊。

明日早上翠柏要啟程去雲谷，這天下午，冬雨她們做飯之際，賴雲煙摸著進了廚房，問秋虹。「除了帶走的，咱們還剩多少野味？」

秋虹指指掛在另一邊梁上的幾隻野雞，賴雲煙一看，還真是不多了，就五隻。

見她朝那邊走去，秋虹忙擦了潮濕的手過去。「您要幹什麼？」

賴雲煙指著看著是今天才剖好晾上的野雞，跟秋虹說：「拿三隻出來，晚上妳們辛苦點，燻一遍火，給大公子捎去。」

秋虹聽了愣了一下。「您不是給少夫人備了人參嗎？」

「一碼歸一碼。」賴雲煙擺擺手，在廚房裡轉悠了幾圈後，又從家裡擠出了點東西，讓她們包好，明兒個讓翠柏一併帶過去。

冬雨、秋虹聽了令，按她吩咐辦事。

賴雲煙一出門，肩微微有點垮，到了琴房後跟正在寫信的魏大人嘆著氣說：「不瞞你說，我上午還想著我這日子過得比皇后怕是都要好呢，結果剛一從廚房出來，得知我們家就剩兩隻雞了，一下子那心肝兒就又跌在地上了，跌得又狠又疼，現下全身哪兒都疼。」說著她拍了拍胸口，還真深吸了兩口氣。

若她是為物悲、為己喜之人，那魏瑾泓便是不為物悲己喜的人了，他聽後只頜首，一言不發，待等到手中信寫畢，他出了門，找家中男丁商量事情去了。

等他回來後，賴雲煙忍不住問他。「明天要出去打獵？」

魏瑾泓點頭。「離除夕夜還有幾天，賴三他們身手好，想來也來得及。」

「來是來得及，可要能找得著野物才好。」賴雲煙也知附近能活著跑的東西已被他們抓了個遍了。

「明日他們一起出去，再往深山裡走走，許是有收獲。」

若說日子無聊，一天等來也不過是天黑、天亮，若說有趣，其實每一日都有所期盼，有所希冀。

翠柏走後這天夜裡，賴三、賴絕帶著兒子和易文、易武這兩個藥奴捕了隻認不出是什麼的野物回來，易文這師兄弟倆說能吃，賴雲煙便放了心。

大年三十那晚，吃食不是很豐盛，但火上有藥酒，桌上有肉食，主僕幾家一起平平靜靜地守了歲，這年已算是眾人過得最為安逸的一個年了。

大年初一那天，兩個丫鬟為著她們小姐炸了一大碗魚乾，讓她就著藥酒吃，賴雲煙捧著碗樂呵了半天，分給了孩子們一些，剩下的就和魏大人分著吃了。

過不了幾天，翠柏回來，還帶了魏瑾榮家的大、小雙來了，這次翠柏帶來了世朝的一封信，信中世朝說了自己挺好的，又問道了父母身體的事。

翠柏悄悄跟魏瑾泓報。「大年那夜，公子叫了我去問話，老奴看著，那眼眶都紅了。」

魏瑾泓聽了久久無聲，過後淡道：「他有他的路要走，我們所能做的也不多了，這事你無須跟夫人說。」

「是。」

回頭魏瑾泓說起他們兒子時，只是溫和地與賴雲煙說：「找翠柏問起妳我身體好不好，他還是掛念我們。」

賴雲煙點點頭。「下次寫信給他，讓他別掛念我們了，他也知他娘是個不喜虧待自己的性子，讓他好好顧著自己就是。」

魏瑾泓「嗯」了一聲，就此揭過。

魏瑾榮家的大、小雙待了一個來月，其間夫妻倆親自教他們，大雙喜向賴雲煙問問題，小雙則規規矩矩地聽魏瑾泓吩咐每日練字背書。

兩人回去後，魏瑾榮問他們學了什麼。

大雙說：「回來之前族伯母說，我若是能一頓吃得了三碗飯，那就多吃半碗，撐著點沒事，能吃得下就撐下去，若是下頓沒得吃了，還能頂頂肚子。」

魏瑾榮一聽，就知像他那個長嫂說的話，好笑地問大兒。「你明白族伯母話裡的意思嗎？」

「有一點點明白。」魏世雙點頭。「族伯母的意思是，現在年景不好，力所能及之餘還要多做一點，便是撐著了也無妨，總歸消化得了。」

魏瑾榮哈哈大笑，問小兒。「你學了什麼？」

魏小雙因出身命格有點趨凶，一直沒承族裡排的「世」字，就叫小雙，意指跟兄長同脈受他福澤之意。聽父親問後，他道：「族伯讓我每日沈下心日練千字，偶爾跟我講講經書，那些我都曾聽老師講過。」

「練字？」

「是。」

「光練字？」魏瑾榮疑惑。

「也不是，還練武。」魏小雙想了想，道：「只是每日只有半個時辰。」

「爹，這個我問過族伯母。」魏世雙笑著說：「族伯母說，現在世道亂，人心亂，有著一分好定力，比能吃飽肚子都強，因這種人往往能活到最後。」

魏小雙猛點頭，拍著手笑著道：「對、對！族伯母就是這樣說的！族伯父聽了也笑了，還點了頭呢！」

「還點了頭？」魏瑾榮撫鬚。

「是。」回話的是魏世雙，他靠近他父親，在他耳邊耳語了幾句。

魏瑾榮聽罷搖了頭，見小兒子亮著眼睛直看著他，他不由得笑了，問：「這是做甚？」

小雙不好意思地摸臉。「族伯母說，爹問了我們這麼多事，她也想聽聽您是怎麼說的，讓我報給她。」

「才幾十個日子，就這麼聽她話了？」魏瑾榮拉了兒子在身邊坐下。

「她對我極好。」魏小雙看著父親，甚是認真地道：「她把吃的都給我們，自己不吃，冬雨姑姑把做給他們吃的配酒小肉乾送來一走後，她就把吃的都留給我們了。跟強叔他們說的不一樣，她不會隨意罵人，不會任意處罰人，她也沒有對族伯父不敬。她給族伯父洗手，族伯父有日乏了靠在桌上打盹，她沒叫下人，給族伯父蓋了她身上解下來的狐裘，還去另一邊端來了那麼大……那麼大的火盆過來。」魏小雙比了一個大大的圓。「放到了他腳邊。大哥說，那火盆比我還要重、還很燙。」他很認真地跟父親說：「真的，她對族伯父可好了，族伯父燙腳的水，她都要親自試呢！」

魏瑾榮聽了，比剛從大兒嘴裡聽到長兄對長嫂百依百順時還驚訝。「竟有這麼好？」

「好，比這還好呢！」魏小雙說到這裡，眼裡有著羨慕。「爹您去看了就知曉了，以後我討媳婦，也要過像他們這樣的日子。」

「童言無忌、童言無忌！」魏瑾榮忙掩了兒子的嘴，抱著甚不解世事的兒子搖頭道：「你還小，懂不了太多。」不說現下，便是以前的長兄、長嫂之間，可萬萬是擔不上一個「好」字的，像他們，能好到哪裡去？頓了一下後，他還是忍不住問什麼話都說的小兒子。「那你族伯父呢？也什麼都對她好？」

「好、好，好得不得了！您問哥哥，族伯父每日清早都會為族伯母梳髮呢！我們還去偷瞧過一次。」說到這兒，魏小雙呵呵地笑了。「不過被抓了。」他撓著頭，不好意思地看著父親。「不過爹爹莫擔心，族伯父、族伯母沒罰我們，還召我們進去說了話呢！」

「他們臥房裡，四處有很多張畫，每一張畫上的族伯母都栩栩如生！」魏世雙插了話，說到這兒，聲音也靜了。「我聽冬雨姑姑說，族伯父每日都畫，若是看得仔細了，就會發現每張畫上的族伯母服飾都不同，她哪天穿哪套，他就畫哪樣，就是哪日穿了一樣的衣裳，那髮也是不同的……」魏世雙說到後頭，一屋子人都靜了。

魏小雙則摸著自己的衣袖，在椅子上坐得挺直，想坐成像他族伯父那個樣子。

這時，聽得有些癡了的魏瑾榮嘆了口氣。「也算是苦盡甘來了……」

待到春來，天氣也沒溫暖多少，賴雲煙見樹林的樹木都不發芽，頗為苦惱，與魏大人道：「這氣候若是變了，吃物怕是更難尋，你叫世宇與文師傅他們多商量商量，想想對策。」

「自然。」

天氣不對勁，夫妻倆都無心待在暖屋了，都會跟著僕從往山林間走走。

易文、易武師兄弟倆這才發現，在野外，夫人懂得不比他們少，除了不識有些從外表看不出的毒物外，一般的草木她都能判斷，也知哪些角落會長什麼樹、哪兒長哪類的草。

回頭他們問了柏管家，翠柏拍了其中一人的頭，與他們道：「老爺書房裡的書，她都是瞧過的，她那裡瞧過的，老爺還未必瞧過；當年西行，她屋裡的地志有上千冊，你道她懂不懂那麼多？」

待到賴雲煙顫巍巍地拉弓，還能射到幾隻跑得甚快且還能飛的野雞後，易文、易武這兩個新僕又瞠目結舌了一番，萬般不解就夫人那腿都站不穩的箭術，怎麼也能射中在山林中身手敏捷的野雞？

「夫人會算。」帶的僕人跟沒見過世面似的，翠柏也是好笑，指點給他們看。「你們看她的箭，都會往野雞跑的方向的前面一點射，野雞呆笨，不會躲閃，當然會中箭。」

「這個也能算到？」易文還是發傻。

「夫人那是什麼眼界力？」翠柏淡淡道。「若連這點本事都沒有，她如何帶出任家？」

易文、易武轉念一想任家、賴家，還有夫人在魏家的威信，便瞬間都覺得夫人的這些本事理所當然了起來。

而賴雲煙回頭後，勉力拉弓的手要痛上七、八日這些事，下人們當然是不知的。

相比於賴雲煙把叢林探險當春遊，魏大人就要認真得多，半月下來，他帶著下人就找著了一種能吃的樹枝出來，那樹枝壓出來的水又甜又濃，可以做庶糖；還有幾種判斷著也能吃的小東西，但現在只是初步判斷，能不能結出他們所想要的果子，還得待一段時間，看它們是怎麼長的。

如此忙碌了一個來月，這時春末的春意才濃烈了起來，身上的厚裘也可以脫下來了，換了薄襖裳，整個人都輕鬆了下來。

賴雲煙這也發現自己的頭疼比以往少得多了，那銀白的頭髮好似也沒有平時那麼白了，現在還帶點灰，想來魏大人日日盯著她按時吃藥，還是有所成效的。當然，這也跟她一到入夜就能睡下，一整夜夢都不會作一個也不無關係。

賴雲煙以前心重，每日夜晚都輾轉難眠，現在卻是一躺倒就能睡下，豁達到了魏大人偶爾想起這事，都要多看她幾眼，她現在其實比前世還讓他感到意外。

衣裳穿得少了，天氣也沒那麼凍了，外面更是打得不可開交了起來。

這氣候變得太多，早前在魏瑾泓的信中，賴雲煙也夾帶了一封信給魏世宇，信中讓他別花那麼多的力氣打仗了，多去找點吃的，比跟人逞凶鬥狠強；至於挑釁，只要沒犯到門上來，就別去搭理了，要不到來年，這些人就會餓死了。

這時他們接到回信，魏世宇在信中回道不攻只防守也是難事，但還是派出了人，輪流去深山裡找可食之物。

這年春天沒過多久就直接暴夏，昨日還是薄襖，今日就是夏衫了，隱居之地也不復前時的平靜，這信是兩、三天就來一封。昨日信使才送了一封說皇帝病重的信，這一天，雲谷裡又來了信，說叛軍中瘟疫四起，很多人身上起了像屍斑一樣的東西，皮膚潰爛而亡。

「這些人一路困苦而來，能有幾人身上是不帶病的？吃他們的肉、喝他們的血的人，又能好到哪裡去？」賴雲煙看過後，推開了手邊的茶杯，手撐著頭淡淡地說：「叫世宇封谷吧，離這些人遠點，如若見著這些人，千萬不能靠近，雲谷四周如遇這些人的屍體，必要抬遠燒盡。」

「世宇已做了防範。」魏瑾泓把看過的信紙給她。

賴雲煙看過，知道這些事魏世宇已提前安排好後，她舒了口氣，臉上也有了點笑，對魏瑾泓道：「比你當年強。」

「嗯。」魏瑾泓淡然點頭。

過不了幾天，外面又送來了信，說岑南王病了，想請他們一見。賴雲煙想了想，決定去探望一下這位往日的盟友，魏瑾泓也決定一同前往。

他們這次花了挺長的時間，才毫無聲息地到了岑南王的王府，由於提前打了招呼，所以進了王府也沒弄出什麼動靜。

等在內屋見到岑南王夫婦，互相行過禮後，賴雲煙見著岑南王滿頭灰白的頭髮便道：「您怎地也頭髮白了？」

岑南王摸著頭髮，哈哈大笑，指著便是悄行也依然衣冠整潔、精神矍鑠的魏大人道：「妳當人人都與他一樣？」

岑南王妃笑著望了魏大人一眼，也對賴雲煙笑道：「魏大人不催老。」

賴雲煙笑著點頭。「那是我伺候得好，是不是，魏大人？」

魏瑾泓清咳一聲，微微一笑並不言語。

這看得岑南王夫婦面面相覷，對視了一眼。

岑南王是小病，這次是藉病請他們夫婦來商量事情的。

「如今這局勢，想來你們夫婦心中也有分寸。」寒暄過後，岑南王坦然道：「我知道魏家現在不歸你們管，但我想，在魏家你們現下還是說得上話的吧？」

魏瑾泓頷首。「您說。」

岑南王聽了眼睛一閃，道：「瑾泓，你可比以前直接多了。」

岑南王妃聽了在邊上淡淡一笑，道：「王爺，魏大人不繞圈子，您便也別繞了。」

聽得賴雲煙嘴角一翹，看向好友，眼裡全是笑意。

「多嘴。」岑南王轉頭，拍了拍王妃的手，沒有怪意地責怪了一句。

有了王妃的話，岑南王的開口就直接多了。「我聽說你派人送了三千流民往昆南山那邊走了？」

魏瑾泓聽得一頓，淺頷了下首後，抬頭往邊上看去，正好看到妻子看向他的眼神。「昆南山離西地近三百里之處的海上有一處小島，島上樹木甚多，宜住人，可打撈魚蝦為生，便差世宇讓人帶了他們過去；但那個地方太小，養一千人尚好，三千人還是多了。」魏瑾泓前頭後尾都說了個明白，說完又看了她一眼，見她朝他笑，便放下了心，轉頭專心地看著岑南王。「您的意思是？」

「我要那三千人。」岑南王這次相當直接。

「上戰場？」

「是，我缺兵。」

「不行。」魏瑾泓搖頭。「來了也是死，那些流民找著了活路，不會聽話來打仗的。」

「你說的也不聽？」

「不會聽的。」魏瑾泓心平氣和地與岑南王道：「魏家只是帶他們找了一個地方，怎麼活下來是他們自己的事，現下活了這麼多人也是他們自己的努力，王爺就是勉強，也勉強不了那麼多人，到時也只是多樹一個敵罷了。」

「你也知，皇上現在病入膏肓了，在死之前，他會做最後一次反撲……」岑南王說到這兒，眼色深沈。「這些時日你在路上，想來這件事你可能還不知曉，皇上打算帶兵親征。」

「親征？」魏瑾泓有點愣住。

「是，親征。」岑南王淡淡地道。皇上這是打算為兒子的江山死在戰場上了，有他親征，再有幾國兵力在身側虎視眈眈，這次他是真的大難臨頭了。

聽到親征，賴雲煙也愣了，往岑南王妃看去，難不成這次只打岑南王軍？他們出來幾日，也沒跟雲谷那邊有什麼聯繫，但看這架勢……

見賴雲煙看來，岑南王妃朝她輕輕地頷了下首。

見賴雲煙看向王妃，岑南王也知她之意，便道：「這次只衝著我一人來，魏家現下勢力太大，而且離得遠，皇上同時吃不下兩家。」而他也知魏家不便派人幫他，因魏家的局面也不比他容易多少，所以他只借那遠在小島上的三千人，而不是魏家人。「借還是不借？」岑南王再問。

魏瑾泓看了妻子一眼，見她點頭，便與岑南王道：「不好借，您得去跟他們談，魏家只能在其中牽一次線。」

「如此就好，我也只須你開口幫我牽線。」得了魏瑾泓的話，比得了魏世宇的話要強。岑南王已經探過，在那些人的心裡，魏瑾泓的威信要比魏世宇強太多，因是魏瑾泓一開始帶他們去的地方，魏世宇是後來才接手的。

「事不宜遲，魏大人，請。」

「王爺請。」

兩個作主的男人走後，賴雲煙這才張了口，問岑南王妃。「來得及嗎？」

祝慧芳笑笑道：「請來了就是後援，比沒有強。」

「怕是不易。」賴雲煙看了看門口，回頭對祝慧芳認真地說：「你們這次看來是要吃點虧了。」

「比守不住好。」岑南王妃起身換了個位子，坐到了她身邊，握住了她的手，與她道：「這地方，也就你們家還能幫幫我們了。」

賴雲煙聽了笑了。「什麼話？哪天魏家有難了，也是會求到你們頭上的。放心好了，魏家現在沒有稱王、稱霸之心，就這光景，沒個十年、二十年的，誰也不能確保這地方就是真正的逃難之地，誰也不知下一步會如何，魏家根本不會輕舉妄動，他們現也只有保己之力。」

「能有保己之力也已不易。」祝慧芳嘆了口氣。

賴雲煙見她滿臉憂慮，便靠近了她，輕聲問：「現在很難？府裡庫房可充裕？」看到祝慧芳朝她搖頭，賴雲煙便知，岑南王府眼下到了最艱難的地步。「多往外找找。」

「王爺也有了對策，只是……」祝慧芳說到這兒，搖頭失笑了一下，便不再說那沮喪之語了，言罷，又喚了兩位兒媳來見了賴雲煙。

賴雲煙想著她們以後是要跟嬌嬌來往的，祝慧芳叫她們來，也是想著她們因著她，以後有話跟嬌嬌說，便與她們多說了幾句。

只是到了時辰，魏瑾泓那邊派人傳了話來，說是喝藥的時辰到了，讓賴雲煙過去。

「不能端過來？」祝慧芳有些訝異。

這次跟來的只有冬雨，也是她來傳的話，聞言朝王妃福了一禮，道：「有兩道藥，兩道都有些苦，夫人素來不愛喝乾淨，有老爺在一旁盯著，也就不會糟蹋了那良藥。」

祝慧芳聽了往笑個不停的賴雲煙瞧去。「妳啊妳……」

「這算什麼？」賴雲煙不以為然。「我這是給魏大人找事做。」說罷起身就走，嘴邊還帶著笑意。

祝慧芳送她，跟她走出了門。「我看妳氣色比以前好多了。」

「好多了。」賴雲煙頷首，嘴角翹起。「再不好點，魏大人就要成孤家寡人了。」

祝慧芳聽得直搖頭，但見著她說說笑笑的臉，心中的沈重便也被拂去了些。

第一百二十一章

岑南王安排了個小院子給他們夫妻住，這次翠柏沒來，來了易文、易武，有著藥奴出身的這兩人在，賴雲煙喝藥的時辰也掐得準時，誤不了。

見到魏大人，賴雲煙剛一坐下，藥就放在她面前了，她也沒含糊，端起一碗喝了下去，這時才問他。「與王爺談妥了？」

「我寫了書信一封，他差二世子去辦了。」

「世子們倒是爭氣。」賴雲煙隨意地誇了一句，誇完才知不妥，拿眼去瞧魏大人，見他只是點頭，眼睛只往她的藥碗裡瞧。

「沒剩。」賴雲煙不由得好笑。

「這次甚好。」魏大人也就假裝不記得她上次偷偷倒掉最後幾口的事了。

賴雲煙聞言也失笑了起來。她在外頭向來乾脆得很，只有在那個僅他們和幾個老僕在的小居之地，她才會犯犯懶，使點性子，早上不願起，喝藥想倒掉一半，含著幾口不喝完，趁人不注意時再吐掉的事也經常做。

但在外面和在家中是不一樣的，在家她犯得起懶，也使得起性子，在外頭卻是不行的，她是魏家的老族母，可不是老無賴。這次他們不會久待，賴雲煙便也沒跟魏大人說明這事，就幾天而已，也用不著改這習慣。

歇得半會，喝完第二道藥後，魏大人就跟了王爺來請的人走了。賴雲煙在冬雨的服侍下歇息，躺到床上的時候跟冬雨感慨道：「王妃也是不易，怕是心累得很。」

「一大家子要操勞，哪能不累？」冬雨拍拍蓋在她身上的被子，覺得這個沒有在家裡蓋的被子輕，便道：「早些回去吧，家裡才自在。」

賴雲煙點頭，閉眼道：「我們的任務完成了，他們的還沒啊……」

魏家來了人，賴雲煙沒見，整日跟祝慧芳說說糧草之事，別的也不談。

過了兩日，事已談妥，魏瑾泓提出要告辭。

走之前，祝慧芳來了賴雲煙的屋裡，兩人手拉著手坐下。他們要走了，祝慧芳也不再拐彎抹角，與賴雲煙直接說道：「沒料現今妳真是什麼事都不管了。」魏家人不見，與王爺的談判也不過問，一句話都不說，與她也只是說些收集糧草之事，公事卻是一句都不插嘴了。

「不管了。」賴雲煙點頭道，因要離別，她臉上也沒有平常那些輕巧的笑，臉色也有點沈重。「管不了那麼多，魏大人為著我能多陪他幾年，也是不敢讓我管了，平時族裡的事，我還想操點心，但來了那麼多事，一天只許我看上一、兩樁。妳還真別說，這神耗得少了，精神便也養了起來。」

「他也算是有心了。」祝慧芳輕嘆了口氣。兩姊妹突然四目相對，兩人相望了一會兒後，眼淚在祝慧芳的眼眶裡打了個轉，一會兒就掉了出來。「我知道這次是妳為著我來的。」

要省事太多。

魏家現在甚是強勢，魏世宇雖身為後輩，但手段要比魏瑾泓在位時強硬不少，便是請他商議，所耗時間與精力怕是不勝枚舉，也就只有這夫妻倆出面了，這事才有了契機，比與魏世宇談

這幾日談下來，從王爺那兒，祝慧芳也知現在魏家的很多事都要聽魏世宇的了，便是魏瑾泓，也是與姪子站在同一線上的，假若沒著她們的情分在裡面，沒著這分顧忌，魏家也不會真幫這次。就目前看來，幫他們一次，便也是把魏家將來用那些小島流民的次數耗了一次，這於魏家是不利的。到談完事後，祝慧芳才判斷出是賴雲煙為她走的這一遭，賴雲煙來了一句話也沒插上，但人到卻是幫了他們天大的忙。

見到她哭，賴雲煙的眼睛也有些酸，勉強笑道：「我哪是為的妳？我還想著你們哪日強盛了，賴家也好，任家也好，還不得你們給幾許情誼，讓他們的路好走些？」這麼多年了，便是她做得再無聲無息，她這姊妹也能明瞭她的心，如若不是深信她，豈能解讀得了這底下的情誼？為著此，她有那個能力，便是多幫這姊妹幾許又何妨？

祝慧芳朝天抬了抬眼，把眼淚逼了回去，掩飾了臉上的感情後，笑道：「知道了、知道了，妳就去過妳的清閒日子吧！多活幾年，等王府裡的事定了，我就讓王爺帶我去找妳。」

「這話我愛聽。」賴雲煙一聽，這次是真笑了。「妳要快快來才好，我那兒可有不少好東西供妳玩耍。」

這老不正經的話一出，剎那把岑南王妃聽了個哭笑不得。

因要避開皇帝的征伐，這次他們回去的速度要比來時快了許多，為著安全，魏家這次派了兩百死士護衛，在數天的疾行後，夫妻倆總算無驚無險地回了隱歸之地。這次回來得急，一路辛苦得很，賴雲煙睡了兩天才恢復過來，才算褪去了一路奔波的疲倦。

因著這兩日皆懶散地躺在床上，這日午時便是睜開了眼，那入骨的疲倦也掃走了，賴雲煙仍是懶得起床，朝在桌邊對著床的魏大人道：「你這兩日畫了啥了？給我瞧瞧。」說是要瞧，卻是只伸直了點腰，人靠在了床上，沒打算下床。

她這兩日忙於與床繾綣，除了洗漱等瑣事之外，便是吃藥、用膳也是魏大人照顧著，昨晚賴雲煙貪睡犯懶，連沐浴也不願去了，也是魏大人抱了她去溫泉處清洗的身體，嘗得了甜頭後，魏夫人便像使喚下人那般用起了魏大人。

魏大人也不以為忤，聽得吩咐，拿了前兩日的畫像過去。

賴雲煙一看，竟是她賴在床上不願起來，手一隻放在床上，一隻掉在床下，臉還撲在枕頭裡不願起的樣子，那長長的灰髮更是鋪了滿床！見此，她不由得咋了舌。「成何體統！」說著便要動手撕畫。

所幸她懶得連畫像都沒拿，畫像是魏大人放在手中展開給她看的，她這一伸手，邊上的魏大人快速一縮手，便把他這兩日費盡心思所畫的得意之作拯救了過來。

賴雲煙想過去搶，魏大人有先見之明地把畫卷一攏，一甩，往地上順勢甩去，畫像便去了幾丈有餘，人被撲住了，但畫像走了。

「你這是不成體統……」見抓不到畫像毀屍滅跡，賴雲煙也不在意，賴在魏大人身上指教起魏大人。「叫別人見了，豈非要嘲笑於我？他人只會道你娶了個懶妻，丟的還是你的人。」

「餓了？」魏大人聽而不聞，摸了摸她的肚子。

賴雲煙抓住他的手，搖了頭，再行指教。「多的我就不跟你說了，一會兒你就去把畫像燒了，如今這紙貴得很，下次就別畫這種無聊之像了。我跟你說，現今族裡造紙多難？為著你每日書寫的紙張，那紙匠得日夜守著造紙房不休，你還這般浪費，真真是可恥至極，來日若被晚輩們知曉你這等——」說到此，她便止了嘴，因魏大人堵住了她的嘴。

魏大人照顧她之後也會為她穿衣，許是手法純熟了，這解衣的手法也甚是靈巧，賴雲煙只覺裡衫、裡褲被人一扯一拉兩下，一會兒就從身上去了，這不聲不響的，比以前還不著痕跡。

賴雲煙側著頭讓魏瑾泓吻著她頸側的敏感之處，抿著嘴忍了忍那快感，喘息著道：「你這手——」她本想說「你這手已然成賊了」，但魏大人行至了胸前，輕咬了那處一口，她輕「啊」了一聲，便止了嘴間的話，抱向了魏瑾泓的頭。待到他吻到她的嘴唇，心蕩神迷之際，賴雲煙迷濛著雙眼跟他說：「魏大人，你這可是白日宣——」這「淫」字尚未出口，又被驚叫聲奪了去，她的舌頭被魏瑾泓警告地咬了一口，直咬得賴雲煙的身體往他身上挺，手纏上了他的裸背，便是那腿，也難耐地勾在了他的腰上。

兩人床事近來頗多，魏大人床上的習性比之以前那可是變了不少，可能是年輕的時候忍得太過，待到往後再拾起，這耐性也比之前多了不知多少，總之，磨人得很吶！賴雲煙惱火魏大人的不乾脆，身被勾得起了火，他還慢慢地磨，變了老態去了；偏生他還忍得住，賴雲煙又不想跟個饑渴的蕩婦一樣求著他快，只得閉著眼睛咬著嘴，偏著頭告訴自己忍，為著磨過這陣後的痛快，也只得忍。

「輕了？」魏大人的聲音在她耳邊響起。

忍得汗水濕了髮間的賴雲煙睜開眼，沒好氣地道：「你就磨吧！」說罷，言不由衷，那腿勾得更緊了，那腹也往前蹭。

魏大人把住了她的腰，往前狠狠一挺，在她倒抽了口氣後，笑了，與她耳鬢廝磨，那濕潤的嘴唇最終落在了她的耳上。「聽不聽話？」

賴雲煙被挑逗得欲哭無淚，抽著氣連笑了數聲才咬著牙說：「你這老不要臉的！」

魏大人委實不要臉，已經扶著她的腰撞擊了起來，又不滿足於她這勾著他腰的方位，於是拉下她的腿，把她翻過了背，腹下放了枕頭，雄伏在了她身上。床鋪一陣劇烈動彈，賴雲煙沒忍住嘴，呻吟聲從嘴裡泄了出來，一聲響過一聲，待到後頭，那處被磨得讓她渾身顫抖之際，魏大人又趴伏了下來，在她耳邊輕喃了一句——

「不要偷看族裡的信，嗯？」

賴雲煙真真是欲哭無淚了，被擊倒的女人連連點頭。「不看、不看！」

魏大人便開了恩，攬著她的腰，又一陣大力的撞擊，次次都中穴心。

兩人行房素來堪稱盡致，待到魏大人最後泄出，兩人已渾身是汗，那被褥、床單已然全亂。

賴雲煙連鼻帶嘴一起喘息了半會才順過了氣，勉力睜開眼睛，無力地瞧了那以指代梳與她梳髮的男人一眼，又緩了好一會兒，才啞著嗓子道：「下次莫要如此了，留著點。」

每次都要這樣小死兩次，要是心臟一個緩不過來，她沒死在末路上，卻死在床上，這事她到了地底，都沒臉見小鬼、閻王了。賴雲煙已經連著幾年沒在床上贏過了，體力拚不過，而就技巧而言，魏大人定力太好，總會贏她一步，她已死了在床上也要贏他半分的心；想來，那偶爾會多看的兩封信，往後也是不能多看了。

魏瑾泓抬眼看了說話的她兩眼，便又合攏了眼，低頭在她額頭親了一記，等到兩人呼吸漸平，他才下床披了衣，拿衣包了她，抱著她去溫泉。夏天太熱，他便令翠柏在溫泉那邊開了一個池子，引了冷水進來，冷熱交替，倒也是不冷不熱。賴氏是個慣常愛享受的，做得好了得她欣喜，回頭再與他伏低做小她也是願意的，只可惜前世他不明白，這世也是花了很長的時間才摸清了她的性子，又花了很多年才得了她的放下，允他靠近。

過不了幾天，族裡那邊又來了信，這次的信中，說皇帝死了，死在了征伐岑南王的帳中。魏瑾泓看過信後出了門，對著東邊跪下，恭恭敬敬地磕了三個頭。

賴雲煙去換了素衣，囑下人這七日茹素。魏瑾泓是皇帝的臣子，可賴雲煙自覺不是，便沒去跟著跪，但還是叫下人替魏瑾泓設了案拜皇帝。

這日半夜，魏瑾泓回了屋，賴雲煙被他叫醒，就著皎潔的月光，賴雲煙看到魏瑾泓苦笑著朝她道——

「是我先棄他而去。」

賴雲煙慢慢地清醒了過來。「何出此言？」

「當年我答應了他，助他遷國。」

「那他答應了你，不取我賴、任兩家的性命，他可有做到？」

她問得甚是冷靜，魏瑾泓聞言閉了雙目。

「他出爾反爾，你也心知就算你還讓魏家跟著他，終有一天也會被殺盡的；現下，你還有命感慨你是臣，他是君，已是你們最好的關係了。」賴雲煙本想刺他幾句，但轉念一想，皇帝、國師、魏瑾泓，他們三人之間的情誼豈是這恩恩怨怨能說得透的？便止了嚴苛的口氣，聲音也換上了幾許無可奈何。「這天下是你們男人的天下，這話我本不該說，但魏大人，你覺得你對不起皇上，皇上又何曾對得起你？百姓中不乏出眾之人，這些人本該由皇上帶著過來的，可他只帶來了他的兵、他的糧；你與江大人，一個為他打前，一個為他鋪後，沒有誰對不起他，只有他對不起這天下百姓，對不起宣朝先帝，是他毀了這個國家，讓國人四分五裂、戰亂不休，這是他的無能，這是他——」

「雲煙！」魏瑾泓突然喝止了一聲。

賴雲煙便住了嘴。

「別說了……」

賴雲煙伸出手去抱住了他，魏瑾泓伸手掩了眼睛，賴雲煙瞧著他的臉，輕輕地嘆了口氣，偎過去靠著他的臉。「瑾泓，你要是有餘力傷悲，何不多想想那些在外頭活不下去的人，還有那些正往這處來的、還在路中的人？」

「我……」

「你做不到，你還要陪我，你還想多活幾年，和我多活幾年。」賴雲煙替他說了他想說的話，換得了魏瑾泓的靜默無聲。「去吧，跟世宇說說，跟你救下來的流民說說，讓他們自己選擇，魏家供乾糧，去幫幫那些後面來的流民；這於魏家也是好事，救回來了，是友，不是敵，總比要再多些敵人強。」賴雲煙總算把一直藏於腦海中的事說了出來。

「這事妳想了多久？」

這次換賴雲煙沈默不語，好一會兒她才道：「許久，但如果不知你救了那三千民眾，我不會開這個口。」她抬起頭，對上魏瑾泓定定看著她的眼，她俯身親了親他的眼瞼，淡淡地說：「與鎮遠，這世沒有任何私情，但我欠他的，我還不起；你是我的丈夫、我的夫君、我兩世唯一嫁的男人，你能還得起，便要替我去還，可好？」

她話音一落，魏瑾泓已點了頭。

賴雲煙頭一倒，臉貼著他的臉，手抱著他的脖子，深深地嘆了口氣。「兩世啊，魏大人，不是兩時辰，不是兩天，而是兩世，我們竟然還在一起，我沒有把你捅死，你也捺住了沒洩恨而去，你說，是不是月老把我們的紅線綁得太死了？」

「嗯。」魏瑾泓拿過從她身下掉下去的被子蓋住了她，與她淡淡道：「不是綁得太死，而是妳太狡猾。」

「哪有？」

魏瑾泓笑了笑，沒有出聲，在看見她臉上的笑後，他摸了摸她的臉，語氣柔和。「妳雖然狡猾，但太過於小心，不過這也不是妳的錯，是我的錯。」

賴雲煙笑而不語。

「是我的錯。」魏瑾泓加重了這句話的語氣。「妳一直能獨當一面，妳知道怎麼保全自己，妳厲害到讓我們刮目相看；皇上忌諱妳，而我想依靠妳，這不是妳的錯，是我勉強妳太多。」他需要她，才能走到西地，才能讓她幫他撐起魏家。

「好，都是你的錯。」他要承認錯誤，賴雲煙也玩笑般地點了頭。

「嗯。」魏瑾泓也點頭。

「什麼錯不錯的……」賴雲煙止了笑，搖頭平靜地道：「錯也好，對也好，也走到了這遭，你為我做的又何嘗少了？我心裡知道，這世上沒什麼是非黑白分明的界限，錯的能成好，看似好的也能成壞，我都知道。」他利用她，何嘗不是在逼著她往前走，逼著她想方設法保全家人？說起來，都沒什麼對錯，只是世事如此。

「妳說的事，我明天會寫信給世宇。」魏瑾泓轉了話。

「那就好。」

「仗還是有得打。」

「現在不是打仗的事，怕瘟疫，也怕……」

「妳怕太子報復？」

「嗯。」

魏瑾泓想了一下，轉臉看她。「妳是怎麼想的？」

「防患於未然。」賴雲煙只說了五字。

過了幾天，外面來信，外頭果然打成了一鍋粥。太子打岑南王，又說岑南王出身於巫師之地，瘟疫是他放的，這讓叛軍群情激憤，已向岑南王開戰。這時本與岑南王結盟的寧國迅速棄了岑南王，也派軍攻打岑南王軍，打算分一杯羹，還有幾個國家正在隔岸觀火，打算趁火打劫；一夕之間，岑南王成了眾矢之的，這是魏瑾泓與賴雲煙始料未及的。

「不行！」魏瑾泓看過信後就站了起來。「岑南王過後，怕就是魏家了。」

賴雲煙拿過信匆匆一看，問魏瑾泓。「子伯侯那兒有什麼消息？」

「沒有消息。」

賴雲煙想了一下，抬頭問他。「你有什麼打算？」

「助岑南王。」

魏瑾泓作了決定就開始寫信，但在剛把信寫完，招信使進來的時候，突然間，山崩地裂，只一下，天地就好像要倒個頭般，屋子頃刻打轉。妻子的榻椅這時拋在了空中，魏瑾泓奮力一起，把她接住按在了懷裡，這時頭上的懸梁屋蓋往下撲，打在了他往下掉的身體上，魏瑾泓一個急速翻身，往門邊滾去，在房屋倒塌之際，把懷中的人送出了門，用最後一絲力氣也相繼翻了個身。

一陣地動山搖停歇之後，賴雲煙扶著被磕破的額頭，顫巍巍地站起來，四處望去，那看不清東西的眼睛一片茫然，待視線清晰了一點點後，才模糊覺得腳邊躺著的人應是魏大人，那男人趴伏在地，不知是死是活。她跪倒在地，地底還一陣晃動，遠處傳來了下人叫喊他們的聲音，她看不清，繼續不為所動地把人翻過了身，沾血的手指往那人臉上一摸就知是誰；她把指往魏大人鼻前一探，探得呼吸是熱的後，她瞬間跌到了地上，這才記得頭疼，在一片地動中呵呵輕笑了兩聲，誇獎那眼前看不清的人。「魏大人，你可真是好身手……」

把她那麼重力一送，差點磕碎她的頭，讓她暈得現在眼前都還在冒星星，強撐著才沒昏死過去。

「小姐、小姐……」

耳邊傳來秋虹那支離破碎的聲音，賴雲煙看不清東西，但循著聲音望去，不忘端著小姐的架子，平靜溫和地笑著，朝出聲的那處揮揮手。「這裡、這裡……」待到身邊有人扶了她，賴雲煙這才安心地暈了過去。

待到醒來，發現自己躺在溫泉山洞的一角，身上包著厚披，她抬了頭，看那抱著她的男人，甚是詫異。「你沒事？」

「無事。」魏瑾泓低下頭，眼睛是憂慮的。「只是腰傷了一點。」

「冬雨她們呢？」

「無事。」

賴雲煙吁了一口氣，她頭是疼的，所以感覺地還在晃，她忍不住問道：「這地還在震？」

魏瑾泓點了點頭。

「……我的天。」半晌，賴雲煙就憋出了這三字。

冬雨、秋虹這時從外面抬了撿回來的糧，看到她醒來，兩個丫鬟忙跪了過來，一人去拿水，一人過來忙問她的身體。
「我無事。」賴雲煙道：「小寶兒沒事？」
「沒事。」秋虹忙答。
「你們也沒？」
「沒。」
「這地還動著，別到處走。」
「不大動了，下著雨，一些東西要趁早拿回來才用得上，淋濕了就沒用了。」秋虹答。
這時冬雨端了熱水過來，吹涼了兩口後，放到她嘴邊。「還熱得很，您慢點喝。」
賴雲煙不聲不響地喝完一碗熱水後，朝她們擺擺手。「有老爺在。」
丫鬟們自知她的意思，就且退了下去。
背後，魏瑾泓躺靠在牆壁上，抱著她一言不發，賴雲煙想了許久才開口道：「族裡那邊想來不會有什麼大事，雲谷的風水好。」
「嗯。」
「我們要不要回去？」
「不回，接下來可能更亂了。」魏瑾泓低頭，抵著她的腦袋，淡淡地說：「雲谷地勢好，西地十餘股勢力裡，只有我們能保全的糧草最多，我們就要成箭靶子了。」
賴雲煙聞言，心裡也是一驚。如果西地勢力裡只是單對單，誰也不可能是魏、賴、任三家的對手，可若是這十幾家齊手，他們魏家再有通天的本領，也守不住雲谷。

「那……」

「世宇怕是要動手了。」他那個姪子，是不會讓這些人回過神後聚成一股來對付魏家的，這幾天，外面怕是要血流成河，魏家要動手了。

「唉……」賴雲煙稍轉了下腦子，也明白魏世宇會作的決定。這世上真是長江後浪推前浪，後浪永遠要比前浪更會在所屬的時期恰當謀生。「我頭還暈……」賴雲煙不再去想外邊的事，只是抱怨魏瑾泓。「你剛把我往那一扔，差點沒把我的頭砸碎。」

「對不起。」魏瑾泓用嘴輕輕地碰了碰她額上的傷口。

「不知世朝和他那小媳婦如何了？」嘴巴不聽使喚，明明想讓自己想開點，賴雲煙又把話轉到了這上面。

「過幾天會有消息的。」魏瑾泓說到這兒，看了看沒有了什麼光線的洞口，眼中憂慮更深。

「這天變得太快了，這天候也降到了初冬。」

「呵……」賴雲煙閉眼輕笑了起來。「別怕了，魏大人，就算明天就是末日，除非是人都死絕了，要不咱們人要打的仗，一仗都少不了。」

她說得甚是嘲弄，魏瑾泓漫不經心地「嗯」了一聲，好一會兒，在察覺到她又睡過去後，嘴裡才喃喃道：「我怕妳有事……」她的身體損耗太多了，如若不能靜養，她的身子好不了；他闢了一塊靜土讓她養病，可不到一年就沒了……這天地若是不平靜，他也難以心甘。

人，總是有貪慾的。

餘震了三天，這地動才歇停下來。賴雲煙這三天也是昏昏睡睡，餘震止了之後又歇了兩天才站了起來，站起來後，不只身邊的人鬆了口氣，她也是鬆了一大口氣。身體沒她以為的差，恢復得還算好，在她這年紀真算是僥倖了。

再過了五天，魏家那邊也送來了信，這次地動，雲谷沒有大動，傷亡者不多，魏世朝小夫妻也無事；不過，魏世宇來的信中說，那日司笑與族中一嫂夫人正在屋內說事，地動時那嫂夫人為救司笑身亡。

而除了雲谷，外面現在屍橫遍野，那瘟疫比之前更嚴重，所蔓延之地，染病之人不到三、四天就會高燒而亡，比之前的死亡速度快了許多；與此同時，魏家死士陸續出動，焚燒周遭百里屍體，但饒是如此，依然有許多人說魏家所在的雲谷有仙藥，他們從四面八方往魏家所在的地方而來。

「雲谷會被包圍。」魏瑾泓看過信後咳嗽不止，賴雲煙拍拍他的背，去了洞口，探了探頭問了下易文在煎的藥，看還不到時候便又回來，接著先前的話跟魏瑾泓淡淡地說：「我們這次好像有點在劫難逃了。」

魏、賴、任三家在一起，岑南王想來這時也是自顧不暇，他們沒有任何外援。頭一批的來者全是染病之人，魏家人再厲害也是施展不開，哪怕他們的死士抱著一去不回之心，但來者這麼多人，他們哪有這麼多死士可犧牲？來的人沒一個身上是乾淨的，雲谷裡只要有人染上瘟病，三族之人便是危上加危，眼下，形勢無一有利之處。

魏瑾泓聽後，又咳嗽了幾聲。這幾天他高燒不止，先頭一天硬是隔開賴雲煙，可她不走，這兩天也一直待在身邊，只是隔開了下人的靠近，一手伺候他進藥、用膳；想來他若是染了瘟疫，她也是逃不了了，饒是如此，他也是要捂著咳嗽完才出口跟她說話。

連咳了數聲止了喉嚨裡的癢意後，魏瑾泓微啞著開口道：「世宇會動手，妳忘了，還有三千島上流民。」

「他們會幫魏家？」賴雲煙很是懷疑。

魏瑾泓聽著笑了笑，目光在她臉上流連著，甚是柔和。「聽天由命吧。」

「呵……」賴雲煙輕笑了一聲。「沒想到，你也有聽天由命的一天。」

外面細雨連綿，天色陰暗，全然的末世之相。

魏瑾泓也是想不到真到了這麼一天，他會如此平靜，許是她生死都相隨吧。他看了看放在石桌上、剛來的信。「別慌，既然世宇還有餘力派人來送信，想來他有對策。」

「他送信來，怕也是想著你能幫著想想對策吧？」賴雲煙也有些疲累，躺坐在了他的身邊，靠上了他的肩膀，懶懶地道。

「我讓他跟那些島民說，待事成之後，我與妳會歸隱他們所居之處。」魏瑾泓摸了摸她無束綁的長髮，偏頭看著她道：「妳可願意去？」

「你說都說了。」賴雲煙笑了起來。

她嘴角翹著，樣子很美，有點像她前世年輕時對他笑的模樣，那個時候，他們遠沒有以後的複雜，她笑著的每一次都帶著真心，那樣子是後來他想起她時最多的表情。後來她從不那樣笑了，便是現在笑得有點像，也不再是以前的那個她了……可只是有那麼一丁點真心的樣子，也還是很美，他知道她會去。

「你還跟他們承諾了什麼？」賴雲煙笑著問跟那些流民們信口開河的魏大人，她可不以為他僅只說了這麼一個讓人談不上多心動的條件；誰都不是傻的，這些費盡千辛萬苦才過來的人，更是沒一個好打發的。

「我說，我們過去之後，會幫後來的人來到西地，並收留他們。」魏瑾泓淡淡地道。

賴雲煙哈哈大笑起來，魏大人真不愧是為官之人啊，糊弄收買百姓的說辭手段在義占義，在利占利；他若是死了，或者這西地也還是會臨到末日的一天，這些個以後便都是虛空啊！不過，人爭鬥就是為著要活，哪怕以後是個虛空，也還是會拚上一拚的，所以，他們還算是有處外援。

她笑得甚是大聲，洞口得了她吩咐不許進來的翠柏往裡頭瞄了一眼，不知這個時候夫人在高興什麼？他猶豫地看了一眼，見主子看著她的臉也有著微笑，他便莫名地也笑了起來，回頭看向那灰暗的天時，也不覺得有多壓抑了；有主子們在，這難關總會度過去的。

天上連綿不斷地下著雨，天氣潮濕悶熱，外面的信不再像以往那樣，隔個四、五天就會送來一封，這次等了十天，等到魏瑾泓咳嗽都好了，他們也沒等到魏家的來信。

魏瑾泓差了翠柏去打聽，等到翠柏帶回來信，他們才知，外頭的流民起了內鬨，他們相互屠殺、撕咬，吃對方入肚——流民瘋了！來救援魏家的那幾千流民也開始有此等情況發生，魏世宇見狀不妙，著魏家人押送他們回了島上。

「相互屠宰？」翠柏退下後，魏瑾泓看向了坐在旁邊不曾開口言語的賴雲煙。

「應是崩潰了。」見他看來，賴雲煙勉強地笑了笑。「絕望會讓人瘋狂。」

歷經劫難而來，可老天還是不放過他們，天天看著有人在眼前死去，且還沒有終止的一天——有幾人能受得了這個？困苦，病痛，對手又那般強大，他們沒有生存之地，這豈能讓人不絕望？

「我們回去住幾日吧？」長長的沈默之後，魏瑾泓開了口。

賴雲煙點了頭。她知道，這次他們必須回去，與魏家度過這次難關。

得知魏瑾泓夫婦要回來的信，魏世宇還沒反應過來，魏瑾榮與魏瑾允卻是齊齊地鬆了一大口氣。在這種活到今天沒有明日的氛圍裡，族人需要精神領袖，這比強硬當家人的鐵腕更能鎖住人心。

幾日後，魏世宇帶領族人在谷口迎回了魏瑾泓夫婦。

老族長黑袍玉冠，長袖飄然，年近知天命之年卻還是以往那般仙人之姿；老族母滿頭灰髮，髮間白玉在灰暗的天空中仍閃著溫白光芒，身著繁華紫袍袘地，他們仍如在宣京那般尊貴，高高在上。

族人高呼跪拜，兩人淡笑而過，等到他們進了屋消失後，禮師大人才回身下了讓他們起的命令；從迎進到退下，夫婦倆未置一詞，但籠罩在雲谷上空的烏雲似是消褪了些。

魏瑾泓夫婦回雲谷半月後，外面再次傳來新消息——

子伯侯討伐太子祭天，太子帶人逃脫，皇帝之兵力歸入其下；子伯侯下令，開放糧倉賑災，太醫院全力施救流民，與此同時，他派人與魏家求藥材救急。

而後來的數萬流民加上島上的兩千餘眾，只剩不到八千人。

馬金、寧國等，所餘者不到兩千人，岑南王趁弱攻擊，搶占了馬金、寧等地方，把他們占領之地歸入了轄地。

魏家在這次末日之災中，派出去千人，回來的只到六成。

幾個月過後，西地放晴，而新格局也已形成。子伯侯異軍突起，帶領所餘流民接收了皇帝先前的勢力，占領沿海附近十餘山峰和西地最大的平地；岑南王三子占領西地東南方向，沿路達兩千里之地；魏家所在之地最小，西靠山，東靠海，坐鎮於西地中間的雲谷之地；還有一隊殺出的黑馬之軍，乃昔日馬金國大將軍之子蒙巴金，帶領將領兵士西退在了西地最裡面的西北之地。

其餘幾股殘餘的小勢力在各地流蕩，等著被俘與投降。

饒是不到兩萬人的地方，也還是分出了四大勢力出來——這時誰都無過多的兵力與糧草收服對方。

地動所帶來的冷天過去，盛夏已完，這時已近深秋，西地真正寒冷之時已然來臨；人心潰散狂勁稍稍消褪，燃眉之急已過，但缺衣短食的新問題又迫在眉睫，讓人無喘息之時。

就在此時，魏家局勢已趨於穩定，族人衣食基本能解決，魏瑾泓夫婦便去了人心已定的昆南山小島。

岑南王與子伯侯先前認為魏家不擴張勢力是因魏瑾泓的本性趨於守成，待糧食危機來了，他們才確定魏家這是在保本；而魏瑾泓與他那位妻子向昆南山移居之舉，怕是又在給魏家留退路了……

現下，昆南島島民已然接納了他們的到來。

——全書完

番外

魏瑾泓巡島一周從外面回來，剛到大門口，義子周強就往門內探了探，笑著回頭問他——

「也不知娘此時在不在家？」

周強已年有二十五，本是島上流民之首，他們來之後認了他們為義父、義母，老妻只囑了他一聲「叫爹娘就好」，周強便打蛇上棍，從此未再叫過「義父、義母」，惱得老妻私下與他撇嘴不高興，道他當時怎會不攔了她的話，現下多了這麼個三大五粗的兒子天天叫她娘，若讓人真以為是她生的，她哪來的臉面去活？

周強生得粗獷矮小，確不像她所生之兒。她暗地怪他不攔她的話，魏瑾泓隨她惱，笑笑不語，便是那句「西地沒什麼外人會以為周強是妳親兒」也沒說。

過得些時日，魏家來了子姪，順著她的話說周強醜陋粗鄙，原本以為能討她歡心，但當下卻被她冷冷地盯了幾眼，駭得那送禮物過來的子姪戰戰兢兢，求了族叔過來替他致歉，族伯母那邊是萬萬不敢再去見了。

魏瑾泓也是無奈，世人都當她喜怒無常、冷血獨斷，但時常忘了她極其護短，她認定的人，她說得，別人卻是說不得的。

她跟子姪說周強面容醜陋、不識一字，其言下之意是：這等醜陋之人，一個字都不識且能當一方首領，你們這些容貌端正、從小被栽培長大的人還不如他，以後還是須多努力才好。只是子姪哪是她肚中蛔蟲？不知她言下之意，便是小心地順著她的話說，一不小心，也還是逆了她的意，豈能還得她的什麼好臉色？他為她夫兩世，還是這些年才解她心思，能對她較為遊刃有餘，子姪小輩又能知她多少？確也是怪不得的。

周強行事敢作敢為，心思縝密周全，進退得當，便是得了她的責怪也據理力爭，不卑不亢，從不妄自菲薄，性子完全合了她的脾胃；她一邊罵著他妄自尊大，一邊卻把他當繼承人培養，知他手拙不會握筆，還每日親自拿著戒尺勒令他習字，這等心思，豈有看輕他之意？只有那不明就裡的外人當她真看不起賤民；只有魏瑾泓知道，她若是真厭惡周強，那讓他叫爹娘的話哪會出口？她當時說是說得隨意，可就她這心思難測之人，哪句話說出來會是隨意的？

周強腦子活絡，嘴巧身手靈活，但手一握筆就僵，習了一月有餘的字了，本人的名字兩字都沒練好，他那老妻這幾日恨鐵不成鋼，手中戒尺換成了鐵板，便換得如今她這義子一進門，都要探頭看看義母在不在？聽得他出聲，魏瑾泓淡看了他一眼，抬腳進門。

「成大叔，島主夫人在不在？」周強還是不敢進門，便問了院中幹活的人。

成大叔本是周強的人，雖是忌怕島主夫人的威嚴，但在四周望了望，見夫人身邊的姑姑不在，幹活的人全是他們以前島主的跟隨之人，便大著膽子朝周強點了下頭，但只點了一下，就不敢再放肆了，提著手上的刀就走，生怕被夫人不小心看到。

周強見了便要往後退，剛退一步，就見義父回頭看了他一眼，只一眼，周強便嘆了氣，愁眉苦臉地進了屋，等著他的厄運降臨。

魏瑾泓進了正屋，妻子一見到他，便笑了，像招小孩子一般地朝他招手。「回來得正好，剛剛讓冬雨給我泡了參茶，你趕緊過來趁熱喝兩口暖暖身子。」說罷，眼睛往他後面一瞅，那笑意盈盈的臉頓時便冷了，只見她板著臉朝那後面的人說：「今日的字練好了？」

「娘……」周強立即響起一陣哀求聲。

魏瑾泓坐到她身邊，接過她手中的參茶，對周強向他看過來的哀求眼神視而不見；便是打殘了，他也是不能管，若不然，就要換他的日子不好過了。他若是讓她不高興了，她就會讓他不高興，非要報了仇，不讓他好吃好睡好幾日，心裡才會舒坦。為著自己那太平日子，魏瑾泓也就無視了這半路出來的義子的求助，哪怕剛剛出行時，這孩子忙上忙下，便是下船，也是踩穩了踏板等他下了船，自己才下。

「沒練好？」她揚了眉。

只一揚眉，周強便軟骨頭地跪下了。「孩兒是真練不好，您就教我多認幾個字吧，別讓我寫了。」

「我看我還是別活了！」她轉過了臉，拿帕拭眼角，對著魏瑾泓甚是悲戚地說：「你一個天下第一君子，上知天文、下知地理，老年卻認了個不識字的兒子，咱們的臉面都要丟乾淨了……」說著又拿帕擦了兩下眼角，還假惺惺地拍了下胸口順氣。

魏瑾泓淡定地瞄她兩眼，知道自己不能再裝聾作啞了，現下該輪到他了，他便清了清喉嚨。「去練吧，練好百——咳，千字再用膳。」見說了「百」她就瞪他，魏瑾泓便立即改了「千」字。

這下子換周強臉色慘白，毫無血色，哭都沒法哭出來了。他現下只有握筆劃圈圈最順手，便是畫一千個圈圈，也須得半個時辰，這練千個字，這一夜都莫想睡了；真是蒼天無眼，他以為迎來了一對救命菩薩，哪想，他以前親耳聽過的話全是假的。他曾有幸在江先生門下聽過幾次江先生講的課，江先生曾跟他們談過魏家的夫人，提及她時無一詞不含讚譽；可江先生所說的魏夫人是風華絕代的，他絕對是沒見過她凶起來時那堪比劊子手的狠勁，她比殺過人的男人還狠，哪來的什麼風華絕代啊？

妻子在外頭的名聲太盛，以至於有些盛氣凌人，魏瑾泓知道這裡頭七、八分是她的性格所致，另有兩、三分卻是她故意為之；倒也不是她喜歡別人怕她，而是她認為這樣省事得多，按她的話說，就是誰都知道她的惡名，誰還敢拿她的話不當話？來了昆南島後，她還親手拿棍子打過周強，如此她修身養性一年後，又被島上眾民知道她是怒極了誰都敢打的，周強她都敢當著下人收拾了，島民便也紛紛猜測在家裡她是母老虎，說一不二。

事實卻不是如此。如西行路中，族人認為她不管他死活，但無論他多晚回帳，爐上總有罐參湯在煨著；現下他回來得要是晚了，她便會坐在門口等他，用膳時吃魚她也會挑了刺再送到他碗中；這兩年他開始著手著書，往往坐於桌前多時不起身，她便也只有這時會多事一些，起身讓他和她出外走走。

外人總當他們夫妻不睦，卻不知實則她護他如眼珠，又因著兒孫不在膝下，她道天倫之樂他們是沒法享了，她便在別的地方多補給他點。她說時像開玩笑般，但時間一久，他就知這話真的不能再真，她比以往對他更用心，許多事也不再假手於下人，而是親自照顧他，也時常掛心於他；便是一起散步，他若是因觀看樹木景致而走慢了幾步，她都會等著他齊步才走，每次都有耐心得很，不生氣也不催他。

這夜用膳，下人來報，說周強才只寫了百字，不能過來用膳了。

下人端來了銅盆，他洗了洗手後，伸出來讓她拿帕替他擦拭，見她眉頭往中間攏，他便輕聲安慰她道：「晚些再讓下人送點吃的過去就是。」

妻子一聽笑了，眉頭也舒展了開來。「我哪是擔心這個？我是怕明日一見又是滿紙的圈。」

「會好一些的。」

「最好如此。」她眼睛一眨，呵呵地笑了兩聲，又挺高興了。「要不我打腫他的手！」

魏瑾泓見怪不怪，點頭道好。因著他這一聲好，她這下笑得眼睛都彎了，還過來替他整了整衣袖。她一高興，就恨不得對他好得不得了，就如惹她不高興了，她便要嫌棄他，讓他知道他做錯了事般；她喜怒還是如此分明，也不知是不是心境變了，魏瑾泓覺得她這樣挺好的，什麼都好，便是她怪罪他的那些話，聽起來也甚是有理。

這些年來她的一些不好模糊了起來，以至於他覺得她的不好也是好，當然這些是不能與外人道的。前些個日子裡頭他還想告知世朝，在他心裡，他娘是永不會做錯事的那個人，可惜這句話是不能說給長大了的世朝聽的，因他不再是他們那個總護著她、纏著她的小兒子了。

對於世朝後來的轉變，魏瑾泓是有著幾分遺憾的。妻子在這世間，瞭解她待人處事的不多，她身負重責且心重，他與她又恩怨過多，不可能與她心心相印，所以他一直希望世朝陪伴在她身邊，減她憂煩；可惜，後來是她先釋然了兒子與他們的不同道，反倒是他一直耿耿於懷，直到現在兩人能平平靜靜地過日子，她每天都過得甚是精神，他這才全然釋懷了。

上世這個時候，他已重病在身，身邊的人死的死、走的走，臨死前去看她一眼，也是想看她是否知當年那樣鮮活？那時，他已孤寂多年。這世得了她的陪伴，才知老伴是個什麼意思；她知道他過往所有的一切，兩人恩怨太多，卻還是相互搭著手，知冷知熱尤勝當年。

晚膳用完，他們走著去了書房，把白天拿亂的書收整一下。書房中的瑣事她不再讓翠柏做了，說他們現今事不是太多，這些小事情便自己動著手做才好，免得懈怠了心思，真成了個老廢物；只是，話是她說的，但收拾起來，都是她在旁站著指點，由他來動手。他之前因此多瞧了她一眼，她便振振有辭地道「你是動手，我是動腦，我也是有功勞的」，瞧她還有話要說，他就點頭，她便哈哈笑幾聲，停了嘮叨，神情卻甚是愉悅。

今日他一早就出去了，沒去過書房，書房的燈一點，就見滿桌的書，便是椅子上也放著好幾本，顯然是大動過了，他頓了一頓，看她一眼，便動手收拾。

他一把椅子收拾出來，她就坐了下去，拉著他的袖子笑著直眨眼。「你就不問問我今兒個幹啥了？」

魏瑾泓點頭，問：「做什麼了？」

「查書！」她清脆兩字答道，身子往後一靠，玉指一伸，手臂一撐，支著腦袋輕笑著說：「你好生收拾著，吶，桌上那十來本書你用得著，你歸整歸整。」

魏瑾泓這段時日正在編書，試種一些作物，他們兩人把有關於這方面的書都拿了出來，他沒想到還有，不由得微怔了一下，問她。「還有？」

「也不算有，就是這十來本裡有涉及土地作物的，每本也不過幾句，我瞅著挺有用的，你先看看。」她輕描淡寫地說。

魏瑾泓收拾好書後，坐下來看書的時候，發現每本確實只有那麼兩、三句提及作物的話，從出物到結果，寥寥幾語，但其中有那麼一、兩樣物種是他在島上仔細瞅過原物的，只是一直不知來歷；許是在旁見他看得認真，她便記了下來，也不知翻了多久，才從上千冊的書裡翻出來。

「翻了一天？」他看過就合上了書，拉她起身去外頭走走。

「也沒有，午睡好才過來翻了翻。」她笑道。

他拉起她的手看了看，見沒外痕，便笑了笑，道：「下次記起來了就告知我一聲，我來找。」

「你又不記得，怎麼找？」她不以為然。

他牽著她的手，與她說事。「有一個從隴州過來的百姓懂一些農術，花也養得好，他養了幾盆花都含了苞，許是再過些時日就能開了，我想明日去找他買過來，放到窗棱下，妳看如何？」

「人家可賣？」

魏瑾泓搖頭。

她笑道：「你可別去，你這一去，人家的花就賣不上錢了；叫周強差人去吧，也別用金銀，送上幾斤魚乾吧。」

「好。」

「以後看中誰家什麼了，也要回來先跟我說，別輕易張口，這島上誰敢賣你東西啊?可別嚇著了人，讓人白送。」

「好。」

「別老說好。」

魏瑾泓頓了頓，改了詞。「知道了。」

她又笑。「明日你還要出去?」

「去練兵營看一看。」

「我也去，在家裡待得煩了，也出門耍耍威風去。」

魏瑾泓低頭去看她，與她說：「風不大就帶妳去。」

她過來扯他的鼻子，搖頭。「煩了，風大也去。」

「若是下雨──」

「我穿青裙，沾不了泥水。」

她最喜穿紫、朱兩色的長裙，這讓她看起來甚是尊貴華美，最不喜青裙這種樸素簡單的衣裳，看來確是悶得久了。魏瑾泓把她的手拿下，在手中握了握，嗯了一聲，再次順了她的意。

隔日早上，魏家又來了人，送來了紙張和茶葉，魏世宇在信中說，茶葉是岑南王妃給大伯母捎來的。

妻子一見信，便想著要回岑南王妃什麼才好，出門找丫鬟去了，他以為她不跟他出門了，便差了翠柏去說一聲要出門了，卻見她又匆匆回來了，見著他就喊道——
「怎地不帶我去了？」說罷，就疾走去了他們的臥屋，淡藍的長裙拖了一地，她的髮在空中輕輕搖晃。

翠柏在一邊笑著說：「夫人說要給王妃送一擔果子去，問冬雨家中還有多少？」

「還有多少？」魏瑾泓問。

「沒了。」翠柏一擺手。「都讓夫人每日差我們分給外面那些最勤快的小孩兒吃了，就是剩著的那點乾果子，也不到小半罐，還是她們藏著給夫人平日吃的。」

「都分了？」

「是的。」

「去島上看看，看誰家還有。」魏瑾泓仔細地吩咐著。「有的人家，拿了東西就記個數，看他們家缺什麼，到時補上去。」

「這也湊不到一擔啊。」翠柏搖頭。「這些人家家裡找著點鮮果子，每日早晚也都是送來給夫人了。」

老爺是個夫人要什麼就給什麼的，這周強公子也是個孝順的，見著好的了也會拿回來孝敬夫人，現在整個島上就那麼一點好東西，每日都是往府中送了，外邊哪還能存著點什麼？

「沒有？」

「真沒有。」翠柏搖頭。

「嗯。」

「老爺……」

「我再想想法子。」魏瑾泓道，想著要給妻子找什麼更好的回禮。

「您就別想了，夫人會想到好法子的。」翠柏忍不住道。怕老爺又悶不吭聲地去給夫人找東西，結果夫人看兩眼就扔到一邊，從此再也想不起來，真是費力又不討好。

「我再想想。」老僕的意思魏瑾泓明白，朝他笑了笑。

不多時，妻子出來挽了他的手，手中還拿了他的披風，給他披上打結時與他道：「忘了你昨日沒午睡，今日咱們早點出去早點回，你回來歇一會兒，別疲著了。」

魏瑾泓微笑，低頭看她，頷首又道：「好。」

到了練兵營，她也不往操練場再去，候在了不顯眼處遙遙看著，所說的要耍威風，不過也是說著玩罷了。

魏瑾泓也習慣了她的話只聽一半，等到他回去找她時，她已在一民眾家中的籬笆牆裡支起了桌子，喝起了茶。碗是缺了口子、有著裂縫的土胚碗，隱隱還有著黑色，茶卻是好茶，茶香隔著距離還能聞得到。

「快來嚐嚐！這位老阿婆的炒米炒得極香！」她朝他招手，止了與她坐在一塊的老婆子的行禮。

「免。」見那老人還要起，魏瑾泓頷首免了她的禮，坐在了下人搬置於她身邊的長凳上。

「今日這天氣挺好的，不出來走走還發現不了。」她挑出一把炒米，把還帶殼的穀子剝掉皮，挑了一小把完整的出來，放到他嘴邊。

魏瑾泓含進嘴裡。炒米炒的是西地這邊的野穀，身形細小，比正常的稻穀子要小一半，雖是如此，在西地也是極為難得的吃物，用火炒出來，確也是別有一番香味。

他坐下後，身邊那老婆子已是坐不下去了，不安地看著賴雲煙，賴雲煙見狀，笑著道：「老人家要是有事要忙，就且忙去吧。」

老婆子忙不迭地退了下去。

魏瑾泓只見她一嘆，道——

「看吧，不是我不想和氣，我是想和氣來著，可人家都怕我。」

魏瑾泓在她手心挑了顆炒得開了花的米放進嘴裡，頷了下首。

「魏大人吶……」她又張了嘴。

魏瑾泓去看她，看她笑著與他說——

「我想到了給王妃的還禮了，就挑一擔野穀子去吧，你看如何？」

魏瑾泓點了頭。「好。」

她哈哈笑了起來，戲謔地看著他。

整個島聚起來也聚不到半擔穀子，她當給他找了事，就樂得開了懷，魏瑾泓有些無奈，輕撫了下她的頭髮，道：「多給我兩天。」

「不急不急，再多給你兩天也可使得！」賴雲煙解決了回禮，心中高興得很。

這年光景還是不好，但魏瑾泓的心緒卻是這生以來最為平靜之時，一日大半時間教導下面的人耕種辨物，剩下的就與她陪伴，日子極為安寧。

這年到十二月時，世朝來信詢問可否過來與他們一道過年？魏瑾泓想了想，還是問了一下妻子的意思。

「你想見上佑、詩珍了？」她問他。詩珍是他們的小孫女，在雲谷的那段時日，他們都抱在手中看過。

魏瑾泓搖了頭。「不是。」

「嗯？」

「來了，又是請安、又要妳過問瑣事，誤了妳的歇辰。」這年冬天還是寒風刺骨，怕她吹風受寒，魏瑾泓便止了她出門散步，他也減了出門的次數，在書房內安了暖榻讓她靜臥，這時她在榻上看信，他拉了拉她身上往下滑的毛毯。兒孫來了，上下都要招待他們，她也不得安寧。

「除了這，你想讓他們來嗎？」她把信放到一邊，眼神平靜地看著他。

「雖是不遠，但來回也誤事。」魏瑾泓淡淡地道：「這等時候，他應與族人一道過年。」比起與他們一起過年，世朝留在族中更好，畢竟以後與他一道走下去的是族人，而不是他們這對父母。

「他也是一片孝心。」

「妳想見的話，就讓他們來。」

妻子笑了起來，笑了數聲後也搖了頭。「來做甚？」說著把信給了他。「回信給他吧，讓他與族人好好過年。」

魏瑾泓回書案前回了信，把信交出後，他回了她的身邊，問她。「妳不是送了衣物給他們？」她不是還惦記著他們？真是不想見嗎？

「遠香近臭。」她往他身邊靠了靠，枕在了他送過來的肩上。「來了，不熱乎，他們會想著我對他們有成見；太熱乎了，我又不是個時時守著誰的性子，還要拉著老臉貼小輩的臉，這等事我也做不出，還不如不見，他們免得不安了，我也免得費事了，都太平。」

「嗯。」

「你若是想見，回頭去族裡住住，與他們親近親近也是可行的。」

「知道了。」魏瑾泓低頭，吻了下她灰黑的頭髮。「就這樣吧。」

「呵……」她笑了起來，翻了個身。

眼看她又要睡，魏瑾泓餵了她吃藥，這才放低了她，給她蓋上被子，讓她入睡。這段時日，她的臉龐比以往有光澤了一些，大夫說她血氣足，心神安寧，這樣下去再好不過；他是不想再有什麼人來打擾她了，哪怕那些人是他們的親兒、親孫。

兒子魏世朝與表兄賴煦陽一道來了昆南島，妻子欣喜無比，只是相較於對姪兒，她對親兒卻是有些小心翼翼，對待他就像對待一個遠道而來的小輩，慈愛大度，但沒有太多親昵。她本是放肆之人，等過了兩日煦陽要走，她笑著讓他趕緊走，省得她越看越久就不讓他走了；對著親兒，卻是款語溫言，讓他一路小心，路上注意保暖。外人尚且看不出什麼來，魏瑾泓卻知，她與世朝已不再像他小時候那般親近了，她在他面前像個慈母，而不是像她自己。

她知道他們的兒子看她不慣，也很明白兒子覺得她強大到近乎可怖，覺得她不會受傷，他親近保護弱小之人，卻不承想，在此之間她會不會為難？她心裡一直都很清楚，也很明白當初魏瑾泓為何讓司仁一家留下來——如果不留，讓司仁一家死在外面，他們的兒子會與她真正的形同陌路。

這些事太傷人，她從來沒把這些話放到檯面上來說過，到了現在，她已無所謂他做何事、說何話了，只管當她的慈母，盡她的責任，至此魏瑾泓就已明白，妻子與兒子之間，這世怕是不能再回到當年了。想來，孩子長大就是如此吧，她安慰他的那些話，何嘗不是在安慰她自己，跟著他一起釋懷？他們子孫緣淺薄，許是他們再活一世，一生過於鋒利的代價。

妻子說兒子有孝心是好事，成全他的孝心也是他們應盡的責任，如此一來，魏瑾泓教他待人處世的書信也是寫得勤快了起來，每次得信就會及時回信。

來年在世宇的信中看到世朝已能全權負責兩百人的隊伍，且能帶領隊伍出色地完成任務後，他確是有著幾分安慰的。

賴雲煙聽後，與他仔細說道：「你以後在與他的回信中，應對他還有著幾分期許，日後他怕是會更好，知道我們對他沒有失望，反而還存有厚望，他會更盡力的。」

「嗯。」魏瑾泓頷首，這時才敢問她。「妳沒有傷心過？」

「算不上傷心。」賴雲煙淡淡道。「這是我們一起欠的債，要還到我們死才算完，一想就沒什麼可傷心的，既然做了就要有擔當，才不枉我們再活的這一世。」

「可能他至死都不會明瞭妳。」

「為何要他明瞭？」賴雲煙好笑地看著他。「魏大人，這世上有誰真能明白誰？我們有著兩世，最醜、最不堪的面目，得已的、不得已的都看過，世事逼得我們不得不去瞭解對方，去妥協、去融合，可這世上有幾人能生死與共這麼多次，又有那麼多的理由必須在一起？我們沒法，只能去瞭解對方，可誰有我們這樣的天時地利不得不去瞭解，不得不去接受？我們擺脫不了對方，為了日子好過，所以不得不連最醜的樣子都學著去愛，別人何至於要走到這步？」

魏瑾泓知道她的意思，他們的在一起，是因為任、賴兩家要和魏家共處許多年，為著那兩家，她以前沒辦法走，現在她也還是沒有辦法走；但凡有別的路可走，她選擇的都不會是如今這條路，他們不能分開，才不得不在一起。

「不管如何，他還在成長。」她又道：「我們盡了心，不管他以後明不明瞭，也不管你我對他有過多少失望，事實就是他好了我們才心安。」

「嗯。」

「笑一笑。」

魏瑾泓牽起嘴角，露出了個笑，心平氣和地與她道：「我已明白，就像明白他好了我們才心安一樣，我也知道，只有妳才會真的與我一道，哪怕是承諾，妳也會認真地想那個與我同棺的結果。妳向來是個認真的人，知道我在意，便不會讓我真正的傷心，我全然知道了妳，才學會了對妳全心全意。」

妻子聽了後左看右看，最後他在她嘴角輕吻了一下，她才不得已地道：「魏大人，我好久都不知道臉紅了……」

「嗯。」他又溫柔地吻了下她的嘴唇。

「你還是別搭理我吧。」她輕咳了一聲。「我還是習慣你半天吭不出一個字來，老冷不丁地說這些個話，我都當你又要掐我命門了。」

「這會不會讓妳更喜歡我？」她不自在的樣子讓他笑了起來。

「不會不會！」她連連搖頭，但搖到一半卻停了下來，靠近了他，兩人氣息相交，她靠著他的肩，在他臉頰親吻了好幾下，良久後才道：「一直都是我愛你比你愛我多。」

魏瑾泓愣住了，半晌都沒說話，過了好一會兒，他僵硬地轉過頭，不敢去看她。

「……我以為妳不會再說出這句話來。」

「我也以為我永不會再說。」

他把頭埋在她的脖子旁，眼眶滾燙……

——本篇完

文創風 253-254

家好月圓

柴米油鹽的農家記趣，
酸甜苦辣的逆轉人生，
日子再苦再難又有何懼？
有她在，生活一定會蒸蒸日上！

波瀾更迭，剛柔並蓄／恬七

別人是高唱家庭真幸福，溫月只能怨嘆自己遇人不淑，
不僅爹不疼、娘不愛，還看到老公與小三勾勾纏，
她一怒之下，借酒澆愁，沒想到宿醉醒來竟離奇穿越？
不過幸好上天待她不薄，除了賜她一位良人，
還讓一直冀望有個孩子的她，一穿來就有孕在身，
只是……這夫家生活也太苦了吧～～
打獵她不會，種田更是沒經驗，這該如何是好呀？
好在她腦筋轉得快，運用現代絕活也能不愁吃穿，
不只繡藝技壓群芳，涼拌粉條更征服了古代人的胃，
可好日子總是不長久，最渣的「大魔王」竟出現了——
失蹤的公公突然歸來，不僅帶回兩個美妾，還說要休掉正妻？
果真是色字頭上一把刀，更何況這狐狸精心懷不軌，
既想謀奪家產，又想當他們的後媽，哼，門兒都沒有！

文創風 269

兩世冤家 4 完

國家圖書館出版品預行編目資料

兩世冤家 / 溫柔刀著. --
初版. -- 臺北市 : 狗屋, 2015.02
冊 ; 公分. --（文創風）
ISBN 978-986-328-415-4（第4冊：平裝）. --

857.7　103027055

著作者　溫柔刀
編輯　黃淑珍
校對　沈毓萍　馮佳美
發行所　狗屋出版社有限公司
地址　台北市104中山區龍江路71巷15號1樓
電話　02-2776-5889～0
發行字號　局版台業字845號
法律顧問　蕭雄淋律師
總經銷　知遠文化事業有限公司
電話　02-2664-8800
初版　2015年2月
國際書碼　ISBN-13　978-986-328-415-4
原著書名　《兩世冤家》，由北京晉江原創網絡科技有限公司授權出版

定價250元
狗屋劃撥帳號：19001626
網址：love.doghouse.com.tw　E-mail：love@doghouse.com.tw